Die *Mur* schweigt

Gudrun Wieser, geboren 1987 in Frohnleiten, machte ihre Matura bei den Ursulinen in Graz (damals noch eine reine Mädchenschule), darauf folgte das Lehramtsstudium für Deutsch und Latein an der Karl-Franzens-Universität in Graz. Aus Leidenschaft für die alten Sprachen hängte sie 2017 noch ein Doktorat in Klassischer Philologie (Latein) in Graz und Wien an. Als Lehrerin verschlug es sie nach einem Abstecher als Lektorin an der Universität und mehreren Sprachkursen an der Urania an das geschichtsträchtige Akademische Gymnasium Graz, wo sie nun Latein, Deutsch, Interkulturelles Soziales Lernen und Darstellendes Spiel unterrichtet. Daneben tritt sie als Erzählerin allein und als Duo Wieser&Wiesler mit der Schauspielerin und Autorin Marion Wiesler auf.

GUDRUN WIESER

Die *Mur* schweigt

HISTORISCHER KRIMINALROMAN

emons:

Bibliografische Information der Deutschen Nationalbibliothek
Die Deutsche Nationalbibliothek verzeichnet diese Publikation in der Deutschen Nationalbibliografie; detaillierte bibliografische Daten sind im Internet über http://dnb.d-nb.de abrufbar.

MIX
Papier | Fördert gute Waldnutzung
FSC® C083411
FSC
www.fsc.org

Umschlaggestaltung: Nina Schäfer, unter Verwendung eines Motivs von arcangel.com/Magdalena Wasiczek
Gestaltung Innenteil: DÜDE Satz und Grafik, Odenthal
Lektorat: Christiane Geldmacher, Textsyndikat Bremberg
Druck und Bindung: CPI – Clausen & Bosse, Leck
Printed in Germany 2024
ISBN 978-3-7408-2214-9
Historischer Kriminalroman
Originalausgabe

Dieser Roman wurde vermittelt durch die Textbaby Medienagentur Carsten Polzin.

Für Julia und Eva,
auf deren historische Garderobe ich ziemlich
neidisch bin und die mich zu außergewöhnlichen
Frauencharakteren inspiriert haben

Prolog

1877. Tief in seinem Inneren, dort wo üblicherweise jene Gedanken saßen, die er tunlichst zu vermeiden suchte, wusste er, dass es wahrscheinlich nicht besonders klug war, was er da gerade tat. Allerdings war er auch nicht der Mann, der allzu lange über gewisse Dinge nachdachte. Vor allem dann nicht, wenn sie durch die militärischen Dienstvorschriften eigentlich ohnehin eindeutig geregelt waren.

Er verließ die Kaserne mit Einbruch der Dunkelheit, aber immer noch früh genug, dass er sicher sein konnte, vor dem Zapfenstreich wieder in seiner Stube zu sein. Rauscher und Platzny waren selbstverständlich der fixen Meinung, dass er nur zu einem der süßen Mädel unterwegs sein konnte, die doch so willig jeden Gruß eines Militärs mit einem seufzenden Augenaufschlag quittierten und bereit waren, einem jeden Offizier sogleich in die Arme zu sinken, wenn er nur zu einem halbwegs charmanten Wort fähig war. Allerdings bog er nun keineswegs in jene Gasse ein, wo in den ärmlichen Dachkammern die Grisetten schmachteten und auf ihre Erlösung durch einen Ritter oder wenigstens einen Leutnant hofften. Auch wenn dem jungen Mann die holde Weiblichkeit durchaus nicht völlig fremd war, waren an diesem Abend seine Gedanken auf eine ganz andere Angelegenheit konzentriert.

Wilhelm Koweindl marschierte mit raschem Schritt und einem unförmigen, länglichen Paket unter dem Arm von der Kaserne schnurstracks in Richtung des Murufers, wo im Schatten des Schlossbergs sich die Krämerläden drängten und in manchen windigen Geschäften Waren von höchst fragwürdiger Herkunft angeboten wurden. Einen kurzen Moment verharrte er vor einem Fenster, aus dem ihn zwei Puppen mit ausgeschlagenen Augen anlächelten, daneben eine Kiste, die an einen Kindersarg erinnerte, und eine offensichtlich gebrauchte Beinprothese. Abgerundet wurde die leicht verstaubte Ansammlung von einem Bügeleisen, einer Emailleschüssel mit hübschem Blumenmuster und einer Auswahl an Hosenträgern. Gott sei Dank hatte dieses Geschäft längst geschlossen. Wilhelm wollte sich nicht vorstellen, welche Art von Kundschaft hier ein und aus ging.

Sein Ziel war ein kleines Geschäft in einem Hinterhof, welches man ihm empfohlen hatte.

»Zwetschgenbaum – Kurzwaren und Sonstiges« stand auf dem Schild, welches unter einer der Renaissance-Arkaden baumelte. Die ganze Stadt war voll von diesen Innenhöfen, die wie aus der Zeit gefallen schienen, während sich draußen in den Straßen von Graz die Welt unerbittlich weitergedreht hatte.

Man hatte ihm gesagt, dass er jederzeit herkommen könne, solange es nicht der Schabbesabend sei.

Wilhelm zögerte, und ein Schatten hinter einer der Säulen tat es ihm gleich. Dann schritt er beherzt auf die schmale Tür zu, die offenbar der Eingang zu Zwetschgenbaums Laden war, und klopfte. Eine Weile war nichts zu hören außer dem Knarren eines Mansardenfensters, das von einem alten Dienstmädchen geöffnet wurde, um einen Schwall Waschwasser in die Regenrinne zu kippen. Schon wollte Wilhelm sich wieder umwenden, als sich die Tür einen Spaltbreit öffnete und sich ein junges und überraschend weibliches Gesicht zeigte.

»Was wollen S'?«, fragte eine Stimme, die jedoch nicht so recht zu dem Bild passen wollte.

»Sind Sie ... Frau Zwetschgenbaum?«

»Nein. Zwetschgenbaum ist umgezogen.«

»Aber ...« Er deutete auf das Schild über ihnen.

»Der Laden kann von mir aus heißen, wie er will, bloß ich bin kein Zwetschgenbaum.«

Dass es sich bei der jungen Frau um eine derartige botanische Rarität handeln könnte, hatte Wilhelm auch nicht angenommen.

»Ja, nun ... Ich hätte da was zum Verkaufen«, erwiderte er ungelenk.

»Sie sind von der Kaserne, nicht?«

Wilhelm nickte. »Ja«, sagte er dann, weil er sich nicht sicher war, ob die Person hinter der Tür in dem Dämmerlicht seine Geste gesehen hatte.

»Dann kommen S' herein.« Die Frau trat zur Seite und gab den Blick auf einen spärlich beleuchteten und bis oben hin vollgestellten Raum frei.

Etwas beklommen trat Wilhelm ein und sah sich sogleich einer ausgestopften Wildsau gegenüber, die neben einer kunstvoll bemalten Tür stand. Jeder Fleck an den Wänden des Ladens war entweder mit Gemälden unterschiedlichster Qualität oder Jagdtrophäen gepflastert. In den Vitrinen lagen uralte Steinschlosspistolen neben feinen Spitzenkrägen und Kerzenleuchtern. Dort lehnte eine Geige, der zwei Saiten fehlten, hier stapelten sich Bücher, in einer Ecke lagen ein paar Hüte, und in einer Schatulle gab es Nähgarne und Knöpfe zu kaufen. Fasziniert betrachtete er das Sammelsurium und hätte fast vergessen, weswegen er überhaupt hierhergekommen war, wenn ihn die Frau nicht ungeduldig angeredet hätte: »Wenn S' nur zum Schauen da sind, dann kommen S' morgen wieder.«

»Ja … nein, ich …«, stotterte Wilhelm.

»Was wollen S' denn verkaufen, Herr Offizier?«

Umständlich legte er ihr nun sein Paket auf den Tisch. Es war in ein Leintuch eingeschlagen, und als die Frau den Stoff auseinanderzog, wurden ihre Augen groß.

»Sind Sie da sicher?«

Wilhelm nickte nur und unterdrückte den Drang, sich nach etwaigen Lauschern umzusehen.

»Ich habe den Verdacht, dass das aber nicht das übliche Vorgehen in Ihrem Verein ist«, merkte die Geschäftsfrau gelassen an, ehe sie scheinbar beiläufig einen Betrag nannte, der nicht so hoch war, wie Wilhelm erhofft hatte, aber doch genug, dass er es sich zweimal überlegen musste, ob es sich auszahlte, noch zu feilschen.

»Das ist … für einen Freund, der …«

»Na, na, lassen S' nur, so genau will ich's gar nicht wissen«, unterbrach sie ihn. »Nehmen S' das Geld oder nicht?«

Wilhelm schluckte. Es war trotz allem eine Menge, vor allem

für ihn, der kaum je so viel in der Tasche gehabt hatte, dass er unbeschwert mit seinen Kameraden feiern konnte, ohne an den kommenden Tag zu denken. Ganz zu schweigen von den anderen Ausgaben, die man als junger Mann, noch dazu als Unteroffizier und guter Kamerad, zu tätigen hatte.

»Ist gut«, sagte er schließlich, ließ das Geld in seiner Tasche verschwinden und beeilte sich, das Geschäft Zwetschgenbaum so rasch wie möglich zu verlassen.

Der Schatten, der unter den Arkaden im Innenhof gewartet hatte, folgte ihm.

Mit langen, raschen Schritten marschierte Wilhelm zum Murufer. Das Rauschen des Flusses beruhigte ihn, und für ein paar Sekunden konnte er sich einreden, dass er das Richtige getan hatte. Er atmete durch, wollte schon zur Kaserne zurückkehren, als er plötzlich eine Hand auf seiner Schulter spürte.

»Seit wann gehst du zu einem Juden einkaufen, Koweindl?«, schnarrte die Stimme seines Stubenkameraden Platzny in seinem Ohr.

Wilhelm blieb stehen. »Der Jude ist nimmer da, bloß das Geschäft heißt noch so«, erklärte er. »Und ich hab auch nichts gekauft«, wischte er die Hand mit einem Ruck von seiner Schulter.

»Ich weiß. Du bist offenbar ein ganz ein Feiner, ein Dieb bist du und hast dein Zeug dem Zwetschgenbaum da angedreht. Hat er wenigstens gut gezahlt?«

»Das war er nicht, der ist umgezogen!«

»Glaubst, das interessiert mich? Was hast du da gemacht, will ich wissen!«

»Ich hab auch nichts gestohlen!« Zornig fuhr Wilhelm herum und sah Platzny in die blassen Augen. »Ich habe für einen Freund etwas … hergebracht. Er hat mich drum gebeten.«

»Du bist so ein Idiot«, zischte sein Kamerad. »Der Blamberger ist weg – und du hast nichts Besseres zu tun, als ein paar Tage drauf seinen Säbel dem nächstbesten Tandler zu verkaufen. Ich will ja nicht glauben, was man so redet, dass es was mit eurer … Meinungsverschiedenheit zu tun hat, dass er auf einmal weg ist.

Aber wenn man eins und eins zusammenzählt«, er machte eine ausholende Geste in Richtung des Krämerladens, »ist es schon ein bisserl verdächtig … Aber so deppert zu sein und den Säbel eines Unteroffiziers zu verscherbeln – Respekt, Koweindl. Das hätte ich nicht für möglich gehalten.«

»Ich habe doch nicht –«

»Gescheiter, du bist still. Beim Rapport wirst du schon noch zu Wort kommen.«

Wilhelm presste die Lippen zusammen, um nicht versehentlich etwas zu sagen, was sein Kamerad nur mit einer sofortigen Forderung zum Duell quittieren konnte. Schweigend folgte er Platzny zurück zur Kaserne, während der Zorn und schlimmste Vorahnungen in seiner Brust und hinter seinen Augenlidern brannten.

Besonders viel gab es beim Rapport beim Kasernenkommandanten ohnehin nicht zu sagen.

Rauscher und Platzny und noch ein paar andere Unteroffiziere, mit denen Wilhelm tags zuvor noch gelacht und sich amüsiert hatte, standen nun feixend daneben, während er nach allen Regeln der Militärhierarchie in Grund und Boden geschrien wurde. Er konnte nur strammstehen, die Hände zu Fäusten geballt, und warten, bis es vorüber war.

Der Unteroffizier Alois Blamberger war verschwunden. Dass dieser als Schwerenöter und Muttersöhnchen verschrien war, sorgte vielleicht für Gerede in der Kaserne, brachte aber keine weiteren Erkenntnisse. Es gab weder Spuren noch irgendwelche Hinweise, was vorgefallen sein mochte – lediglich sein heftiges Gespräch mit Wilhelm war einigen Kameraden in Erinnerung geblieben. Dass Platzny Wilhelm dann jedoch dabei beobachtet hatte, wie er den Säbel des Verschollenen einem jüdischen Hehler verkaufen wollte (seine wiederholten Beteuerungen, dass jenes Geschäft eben *nicht* mehr einem Juden gehörte, interessierten niemanden), warf Fragen auf, die Wilhelm allerdings weder beantworten konnte noch wollte.

Man steckte ihn daraufhin für unbestimmte Zeit in den Arrest, was Wilhelm mit verbissenem Schweigen hinnahm. Allerdings ließ sich in den folgenden Tagen – wie sehr man auch suchte und forschte – nichts weiter herausfinden, als dass der Unteroffizier Wilhelm Koweindl den Säbel des Kameraden zu Geld hatte machen wollen. Rauscher und Platzny schwadronierten zwar allerhand von Liebschaften und deren unliebsamen Folgen, aber auch da ließ sich nicht mehr herausfinden, als was in der Kaserne ohnehin allgemein bekannt war.

Schließlich musste man es bei einer für alle unbefriedigenden Lösung belassen: Über das mysteriöse Verschwinden des Unteroffiziers wurde so weit wie möglich Schweigen gebreitet. Offiziell hieß es lediglich, er habe den Dienst quittiert. Wilhelm Koweindl hingegen musste aus dem Militärdienst scheiden. Er verlor seinen Rang, und statt des Blaus der Infanterie musste er fortan das Dunkelgrün der Gendarmen tragen.

Der junge Mann, der ohnehin nie ein Ausbund an Eloquenz gewesen war, schwieg auch dazu, und in den folgenden Jahren wusste kaum jemand, was (abgesehen von seiner bemerkenswerten Körpergröße) ihn vom Militär zum Gendarmeriedienst verschlagen hatte.

Lediglich seine Mutter schrieb einen verzweifelten Bittbrief an das Regiment, dass man ihren Buben doch wieder zurücknehmen solle, er habe doch gewiss nichts Böses getan. Ob jenes Schreiben aber jemals in die Hände eines der Offiziere gekommen war, muss offen bleiben.

Kapitel 1

... in welchem es mehr als einen Walzer braucht, um gewisse Dinge auch ohne Worte endlich beim Namen zu nennen ...

Wilhelm zupfte nervös an seinem Hemdkragen herum, der ihm auf einmal viel enger und steifer als der Kragen seiner üblichen Gendarmerie-Uniform schien, die er seit bald sechs Jahren tagtäglich zu tragen hatte. Zugleich fühlte er sich merkwürdig ungeschützt, fast nackt, wie er da in seinem einzigen zivilen Anzug neben einer mickrigen Droschke stand und auf Ida wartete. Der Kutscher kaute mürrisch auf einer erkalteten Pfeife herum, die beiden Pferde sahen drein, als würden sie längst den Tag des Jüngsten Gerichts als Ende all ihrer Mühen und Plagen herbeisehnen.

»Na, was ist? Kommt sie heut noch, oder wollen Sie da übernachten?«, knurrte der Kutscher ihn über die Schulter an.

Wilhelm hob den Blick zu dem kleinen Mansardenfenster, hinter dem er nun eine Bewegung wahrzunehmen meinte. »Natürlich kommt sie«, erwiderte er. »Wir sind ohnehin viel zu früh da.«

»Sie zahlen mir aber auch die Zeit, die ich da mit Warten vertue – das wissen Sie eh?«

Wilhelm nickte nur ergeben.

Nachdem das Mädchenpensionat am Annaberg aufgelöst worden war und Ida – wie zu erwarten – nach den skandalösen Vorfällen im Hause von Professor Lahothny auch dort ihre Stellung als Hauslehrerin hatte aufgeben müssen, war sie für eine Weile ohne Beschäftigung und ohne Bleibe dagestanden. Insgeheim hätte Wilhelm sie ja durchaus gern bei sich aufgenommen, aber erstens waren einem einfachen Gendarmen Frauen in seinem Militärzinszimmer nicht erlaubt, zweitens wäre dort kaum genug Platz gewesen und drittens musste er sich im Moment die schlichte Kammer ohnehin mit einem Kameraden teilen.

Er unterdrückte ein Seufzen und schaute abermals zu dem Fenster empor.

Ganze zwei Wochen hatte Ida unter dem Dach ihres Vaters zugebracht, ehe dessen beißende Kommentare über ihre offensichtlich glücklose Lebensführung, das ausdauernde Nörgeln ihrer um zwei Jahre jüngeren Stiefmutter und das nervenzersetzende Quengeln ihres kleinen Halbbrüderchens sie wieder aus dem Haus getrieben hatten. Mit ihrem Ersparten hatte sie sich daraufhin ein kleines Dachzimmer inmitten der Stadt genommen, das immerhin leidlich sauber und trocken, dafür aber auch reichlich eng und verwinkelt war. Von dort aus hatte sie sich nach einer neuen Stellung umgesehen, denn immerhin hatte sie ja mehrere Jahre lang als Lehrerin in einem Pensionat für höhere Töchter unterrichtet, sie verfügte über beste Umgangsformen, war in deutscher Literatur und Allgemeinwissen bewandert, konnte Klavier spielen, zeichnen und auch lateinisch lesen und schreiben. Im Grunde verfügte sie somit über jene Fülle an Bildung, die Wilhelm bisweilen heimlich schaudern machte, ihm aber auch Respekt und Bewunderung für diese Frau einflößte, an die er im Laufe des letzten Jahres fast täglich hatte denken müssen.

Plötzlich öffnete sich das Mansardenfenster. »Ich bin gleich da!« Ein Lachen regnete auf Wilhelm herab, und er konnte einen kurzen Blick auf Ida erhaschen, die sich in geradezu mädchenhaftem Übermut zu ihm herausgelehnt hatte, ehe das Fester sich wieder schloss.

»Na, Gott sei Dank …«, brummte der Kutscher nur.

Wilhelm beachtete den Mann gar nicht. Er versuchte sich vorzustellen, von welcher Farbe das Band in Idas Haaren gewesen sein mochte, die immerzu in Bewegung schienen, sich hinter ihren Ohren und über dem Kragen kräuselten. Gern hätte er einmal eine von diesen widerspenstigen Locken berührt, aber eine ihm unerklärliche Scheu hielt ihn zurück.

Überhaupt hatte er Ida, seit er den Chargen-Kursus angetreten hatte, weit nicht so oft gesehen, wie es ihm lieb gewesen wäre. Statt einer neuen Anstellung hatte sie nämlich gleich mehrere angenommen und unterrichtete nun die Töchter der Familie Mandelsüß zweimal die Woche im Klavierspiel, daneben verbrachte sie immer wieder einen Nachmittag bei zwei ältlichen Damen, die zusammenlebten und Ida dafür bezahlten, dass sie diese für ein paar Stunden mit Musik und Vorlesen unterhielt, und schließlich hatte ein Herr Fischer sie eingestellt, um seiner ausufernden Kinderschar wenigstens irgendeine halbwegs vernünftige Freizeitbeschäftigung näherzubringen. Also verdiente sie sich auch dort ihr Geld mit Musizieren, Zeichnen und dem Versuch, den überaus aufgeweckten Buben und Mädchen hier und da so etwas wie gute Lektüre schmackhaft zu machen.

Immerhin ermöglichten diese Stunden Ida ein schlichtes Auskommen, das sie von der Notwendigkeit befreite, ihren Vater um Unterstützung zu bitten. Seit sie nämlich vor mehreren Jahren gleich zwei Heiratsanträge zurückgewiesen hatte, betrachtete er ihren Lebenswandel als fortwährende Provokation.

Endlich ging die Tür des Hauses auf, und Ida trat heraus.

Sprachlos starrte Wilhelm sie an. Sie sah nicht aus wie die junge Lehrerin, als die er sie vor ungefähr einem Jahr kennengelernt hatte, auch jene vornehme Distanziertheit fehlte, die sie seiner Meinung nach anfangs als Hauslehrerin von Professor Lahothny umgeben hatte (und die ihn zum ersten Mal, seit er mit weiblichen Wesen Umgang pflegte, so etwas wie Eifersucht hatte spüren lassen). Sie trug ein modisch geschnittenes Kleid, das ihre Figur betonte und hinter einem züchtigen Streifen heller Spitze einen überraschenden Einblick in ihr Dekolleté erlaubte. Ein asymmetrisch geraffter Überrock wallte locker über eine dezente Tournüre, ihre Hände steckten in gehäkelten Handschuhen, eine ebenso gehäkelte Stola lag um ihre Schultern.

Dass es sich bei ihrer Garderobe übrigens um eines jener Kleider handelte, welche ihre frühere Arbeitgeberin ihr geschenkt hatte, die sich mittlerweile, eines Mordes überführt und ihres Verstandes verlustig gegangen, in der Landes-Irrenanstalt Feldhof befand, musste ja niemand wissen. Außerdem hatte Ida die teuren Gewänder fast vollständig auseinandergenommen, um sie neu und passend und ihrem Geschmack entsprechend wieder zusammenzunähen. Ein Kleid von dieser Qualität hätte sie sich nämlich kaum je leisten können.

»Ida … Fräulein Fichte?« Wilhelm wusste nicht recht, ob er vor ihr salutieren sollte (was er eigentlich gar nicht durfte, da er ja in Zivil gekleidet und noch dazu außer Dienst war), ihr die Hand lieber küssen oder schütteln oder sie gleich in seine Arme schließen sollte. Also blieb er einfach stehen und schaute sie weiter an, als hätte er noch nie ein weibliches Wesen aus der Nähe gesehen.

Erst ihr Lachen ließ ihn wieder zu sich kommen. »Ja, ich bin es leibhaftig.«

Nun wagte er doch, nach ihrer Hand zu fassen, welche er sich dann aber weder zu schütteln noch zu küssen traute und stattdessen einfach nur festhielt.

»Ich hätte dich so ganz ohne Uniform auch fast nicht erkannt.«

»Ja, ich … hab mir die Weste extra gekauft, und das Halstuch hat mir die Mutter geschenkt und den Kragen gestärkt … Der Rock ist auch nicht der neueste, aber frisch aufgebürstet und –«

Ida unterbrach ihn, indem sie sich zu der Droschke wandte. »Wir fahren ja auch nicht zum Empfang des Kaisers, sondern zum Brauhaus-Ball.« Ehe Wilhelm reagieren konnte, war sie schon in den Wagen gesprungen. »Und es ist mir vollkommen gleichgültig, ob du ein rotes oder ein blaues Halstuch trägst – zu dieser feschen Weste würden sie nämlich beide nicht passen.« Mit einem schelmischen Grinsen auf den Lippen ordnete sie ihre Röcke, während der Kutscher auf ein Zeichen hin seine Rösser in Bewegung setzte.

»Wieso – welche Farbe hat denn meine Weste?«

Ida wusste um Wilhelms Geheimnis – nämlich, dass er vollkommen farbenblind war – und erwiderte: »Du trägst eine dunkelgrüne Weste, die übrigens recht gut zu meinem Kleid, allerdings eher schlecht zu dieser fliederfarbenen Halsbinde passt. Dein Anzug ist dunkelgrau. Du schaust also fast ein bisserl so aus wie ein Erzherzog, der sich als Steirer verkleidet hat.«

»Na, vielen Dank …«

»Ich finde das fesch.« Sie blinzelte verschwörerisch.

»Solang du nur mit mir tanzen magst.«

Die Droschke rumpelte in leidlich flottem Tempo durch den frühsommerlich lauen Abend.

Als hätte er Angst davor, womöglich gewisse Gefühle aufkommen zu lassen, berichtete Wilhelm Ida in überdeutlich sachlichem Tonfall von den Mühen und Leiden des Chargen-Kursus, den er mit Beginn des Jahres angetreten hatte. Quasi als Lohn für seine Verschwiegenheit in einer Angelegenheit, die dem 27. Infanterieregiment höchst unlieb gewesen war …

Als er im letzten Jahr, bevor noch der erste Schneefall über die Stadt hereingebrochen war und herbstlicher Nebel sich wie ein Leichentuch über die Mur gebreitet hatte, verletzt ins Militär-Spital eingeliefert worden war, da hatte er Ida um ihren Rat gefragt. Man hatte ihn nämlich vor eine unerwartete Wahl gestellt, und er hatte lediglich wissen wollen, ob sie ihn denn lieber als Soldaten oder als Gendarmen hätte. Ida allerdings hatte nur geantwortet, dass es sie nicht kümmerte, *was* er war, sondern *wer*. Da er sich auf diese kryptische Antwort hin nicht getraut hatte, noch einmal nachzufragen, hatte er schließlich getan, was ihm naheliegender erschien, und sich für den Chargen-Kursus entschieden, aus dem er – so er die Prüfung bestand – als Wachtmeister und vielleicht zukünftiger Postenkommandant hervorgehen würde.

Gewissermaßen drückte er nun also wieder die Schulbank.

Wenigstens konnte er sich so einreden, dass er auf diese Weise auch seinem Fräulein Lehrerin nahe war, während er sich Geschichte, Waffenlehre und Heeresorganisation neben den verschiedenen juristischen Gegenständen einzuverleiben suchte und mehr als nur einmal kurz davorstand, alles aus dem Fenster zu werfen.

»Du weißt, dass du mich um Hilfe bitten könntest?«, merkte Ida nach einer Weile an, in der sie geduldig seinem Lamento gelauscht hatte.

»Ja, aber das sind ja keine … Frauenfächer.«

Sie funkelte ihn von der Seite an, was ihm seinen Kragen gleich noch ein Stück enger werden ließ.

»Na, ich meinte nur …«

»Ich muss dazu ja kein Feldwebel sein. Ich bin bloß Lehrerin und habe lediglich gelernt, wie man effektiv verschiedenes Wissen in Schülerköpfe hineinbefördert.«

Wilhelm murmelte darauf eine Antwort, die irgendetwas von wegen »Weiberleut« beinhaltete, was allerdings unter dem Fluchen des Kutschers unterging, als eines der Pferde Anstalten machte, eine Abkürzung in den Straßengraben zu nehmen.

Schon lange hatten sie sich auf diesen Abend gefreut, an dem sie zusammen zum Brauhaus-Ball gehen wollten, ein schlichtes, sommerliches Tanzvergnügen, dem beide mit heimlicher Aufregung entgegengefiebert hatten. Obwohl Wilhelm für die Zeit seiner Ausbildung vom Gendarmeriedienst in Gratwein befreit war, hatte er ja kaum Gelegenheit gehabt, sich mit Ida zu treffen. Und auch Ida hatte bei Weitem nicht so viel freie Zeit zur Verfügung, wie sie es sich einmal ausgemalt hatte. Allerdings muss man hier anmerken, dass sie sich im Allgemeinen bemühte, sich nicht allzu viele Dinge auszumalen – vor allem, wenn diese eine höchst unwahrscheinliche Idee ihrer Zukunft beinhalteten.

Umso mehr freuten sich beide nun auf diesen Sommerball.

Schon von Weitem konnte man die hell erleuchteten Fenster des Brauhauses sehen und den mit Lampions erhellten Platz davor, auf dem sich längst die zahlreichen Gäste tummelten.

Ein barscher Befehl des Kutschers brachte endlich seine Rösser zum Stehen.

Mit einem fast knabenhaft aufgeregten Lächeln bot Wilhelm Ida den Arm und ging mit ihr zum Brauhaus, wo sie in einen Nebel aus Stimmen, Gelächter und den vorüberwehenden Takten der Musik eintauchten.

Während er sich ihren Weg zum Tanzboden bahnte, sah Ida sich in der Menschenmenge um. Alle schienen hier zu sein. Sie konnte ein paar pomadisierte Haarschöpfe erkennen, die zu Herren in eleganten Abendanzügen gehörten, mit silbernen und goldenen Taschenuhrketten, daneben hemdsärmelige Arbeiter. Da waren Damen, deren Kleider von geradezu frivolem Schnitt waren, und Mädchen, die ihr Sonntagskleid zum Tanz trugen, geschmackvolle Abendgarderoben und schlichte Nachmittagstoiletten, mit ein paar Spitzen und Bändern dem Anlass angepasst. In manchen Gesichtern lag die ausgelassene Freude eines lang ersehnten Festes, andere hingegen sahen sich gelangweilt um, manche suchend, manche überwältigt, gierig, lüstern, unbekümmert oder verloren. Einige Gäste schienen dem Bier des Hauses bereits ausgiebig zugesprochen zu haben, andere schauten sehnsüchtig zu den halb leeren Gläsern hin, die vergessen auf einem der Tische standen.

Schon hatten sie den Tanzboden erreicht, auf dem sich die Paare im Walzertakt drehten. Ohne ihr Gelegenheit zum Widerspruch zu geben, hatte Wilhelm Ida in die Mitte der Tänzer gezogen, sie fühlte seine Hand an ihrer Taille, einen sanften Druck, der sie in die Tanzrichtung drehte, und dann blieb ihr gar nichts anderes mehr übrig, als sich von ihm führen zu lassen. Sie hatte gerade noch Zeit, zu bemerken, dass er fast einen ganzen Kopf über die restlichen Tänzer hinausragte, als er sie bereits zur Coda des Walzers herumwirbelte, dass sie meinte, gleich davonzufliegen.

Als die Musiker viel zu bald schon endeten und von allen Seiten Applaus aufbrandete, standen sie errötend und ein wenig außer Atem einander gegenüber. Sie hatten kaum die letzten paar Takte des Walzers mitgetanzt, und fast betreten stellten sie fest, wie überaus eilig sie sich ins Getümmel gestürzt hatten.

»Noch einen?«, fragte Wilhelm.

»Selbstverständlich!«

Man muss wohl auf ewige Zeiten jenen feinen Herrschaften dankbar sein, die irgendwann beschlossen hatten, dass zu einem ausgiebigen Ballvergnügen mehr gehörte als bloß Menuette und charmante Contre-Danses, und stattdessen den Walzer in Mode gebracht hatten, der so viel Nähe erlaubte, wie man es in gesitteten Kreisen sonst kaum je gekannt hatte. Dementsprechend berauscht waren Ida und Wilhelm nun von den mitreißenden

Melodien des Tanzes – und von den Berührungen des jeweils anderen. Denn wann hatte der Gendarm je zuvor die Gelegenheit gehabt, sie so fest an sich zu drücken, jede ihrer Bewegungen zu spüren? Wann sonst hätte Ida denn, ohne die Grenzen des guten Geschmacks zu überschreiten, ihre Stirn an seine Schulter lehnen können? (Denn weiter hätte sie bei seiner beachtlichen Höhe ohnehin nicht gereicht.)

Gewiss konnte man über die künstlerische Qualität der Tanzkapelle streiten, zumal fast jeder der Musiker bereits einen oder mehrere Krüge Bier unter dem Sessel stehen hatte, doch wenn sie etwas konnten, so war es, die Gäste restlos in den Bann des Dreivierteltakts zu schlagen.

Ida ließ es zu, dass sie alles um sich herum vergaß, dass sie wenigstens für die Dauer des Walzers nur in diesem Moment lebte. Verzückt schloss sie kurz die Augen, wollte sich vorstellen, dass es diesen Tanz nur für sie allein gäbe. Da ließ aber eine vorbeiwehende Schleppe sie aus dem Takt kommen, sie stolperte und versuchte, in Wilhelms Armen wieder in den Rhythmus zu finden.

Sie hob den Blick, da bemerkte sie, wie ein Mann sie vom anderen Ende des Tanzbodens her fixierte. Erst meinte sie, dass er ihre Hingabe beobachtet hätte und sich nun über ihr Straucheln amüsierte, doch während sie ihn an Wilhelms Schulter vorbei im Auge behielt, erkannte sie, dass er nichts anderes tat, als sie anzustarren. Steif, als hörte er die Musik gar nicht, stand er da. Unwillkürlich schauderte sie.

Dann tanzte ein Paar mit ausladenden Schritten in ihr Blickfeld, eine federbewehrte Frisur drehte sich an ihr vorbei, zwei Mädchen, die jauchzend im Ringelreihen sprangen – und der Mann war verschwunden.

Erst als der Dirigent den Taktstock aufs Pult legte, die Geiger ihre Instrumente vom Kinn nahmen und ein Blechbläser mit einem Schlenker Wasser aus dem Trichter seines Waldhorns rinnen ließ, löste sich das Gedränge am Tanzboden ein wenig auf.

Ida atmete durch, hakte sich bei Wilhelm unter und dirigierte ihn in einen Nebenraum, wo es angenehm nach Bratwürsten roch. Sie wollte möglichst weit weg von dem Fremden, dessen Starren sie immer noch im Nacken zu spüren meinte. Und sie hatte Hunger. Mit jeweils einem Krug des obligaten Biers und einer deftigen Jause suchten sie sich dann draußen unter den farbenprächtigen Lampions einen ruhigen Platz.

Ungeniert streifte Ida ihre Handschuhe ab und aß mit den Fingern (sehr zur Erleichterung Wilhelms, der es ihr daraufhin gleichtat), wobei sie ein wohliges Seufzen von sich gab. Nach einem herzhaften Schluck Bier wandte sie sich zu ihrem Begleiter, der sich gerade verstohlen den Schaum vom Bart wischte. »Ich wusste gar nicht, dass du so gut tanzen kannst.«

»Na ja, früher als Unteroffizier … Es gehört eben dazu«, antwortete er, als schämte er sich seines Könnens. »Wenn man einmal wo eingeladen ist, da wird eben erwartet, dass man die Damen … unterhalten kann.«

»Ach, das gehört also zu den militärischen Pflichten?«, erwiderte Ida schelmisch.

»So würde ich es auch wieder nicht nennen.«

»Für Gott, Kaiser und Vaterland.« Ida kicherte. Der Mann vom Tanzboden war vergessen. »Du brauchst dich nicht zu genieren. Ich habe es sehr genossen, mit dir zu tanzen.« Sie leerte ihren Bierkrug und stellte fest, dass sie sich gerade äußerst beschwingt, geradezu ein wenig beschwipst fühlte. »Allerdings befürchte ich, dass ich beim nächsten Walzer passen muss.«

Es war nicht unwahrscheinlich, dass Wilhelm das Flirren in ihren Augen aufgefallen war, allerdings war er keineswegs der Mann, der sich daraus nun einen Vorteil ausgerechnet hätte. Jedenfalls wäre ihm das niemals mit Ida Fichte in den Sinn gekommen.

»Viel lieber hätte ich noch einen Spagatkrapfen«, sagte sie. »Mit Schlag. Und Preiselbeeren.« Ein wenig ungelenk kramte sie in ihrer Rocktasche nach ein paar Münzen.

Grinsend beobachtete Wilhelm eine Weile ihre Bemühungen. So hatte er die junge Lehrerin noch nie gesehen, und ein wenig amüsierte ihn der Anblick. »Lass nur«, meinte er schließlich. »Lauf mir nur nicht weg, ich bin gleich wieder da.«

Ida wusste selbst nicht recht, wie ihr war, während sie auf der Bank unter dem langsam verlöschenden Lampion saß und ein Kribbeln auf ihren Lippen spürte, das jeden Moment in ein unbeschwert glückliches Lachen zerbersten wollte. Wie unfassbar weit weg waren die Schrecken des Annabergs, die Gräuel, die sie in ihrer letzten Stellung erlebt hatte.

Irgendein nächtliches Insekt flatterte, vom Licht angezogen, gegen den Lampion. Immer wieder, als gäbe es nichts Süßeres als das brennende Licht hinter dem roten und gelben Pappmaché, bis es resigniert eine große Schleife zog, nur um noch einmal mit aller Kraft gegen die bunte Papierhaut zu fliegen. Das Rascheln der Flügel ließ Ida aufschauen. Ein weiterer Versuch, zu dem verlockenden Licht zu kommen – und das Insekt fiel scheinbar überrascht von seinem eigenen Missgeschick in ihren Schoß. Die großen grau-braunen Flügel ließen Ida zusammenzucken.

»Na, na, Fräulein, vor so einem Flattermann brauchen Sie sich nicht zu fürchten.«

Ein Mann stand vor ihr, ein Lächeln unter dem akkurat geschnittenen Bart, eine goldene Uhrkette an der Weste. Im ersten Moment dachte sie, es wäre wieder der unheimliche Mensch vom Tanzboden, doch diesem fehlte vollkommen jene Steifheit, die so gar nicht zum Brauhaus-Ball passte.

»Natürlich nicht.« Ida versuchte, das zappelnde Insekt von ihrem Rock zu befördern, allerdings ohne diesem dabei allzu nahe zu kommen. Sie hatte noch nie eine besondere Zuneigung zu Tieren empfunden, die mehr als die üblichen maximal vier Beine hatten.

»Sie gestatten?« Der Mann beugte sich über sie und griff den Nachtfalter so sicher und behutsam, als hätte er nie etwas anderes getan. Dann wandte er sich um und warf das Insekt in die Luft, wo es einen Augenblick lang verwirrt zwischen Himmel und Erde hing, ehe es sich flatternd herumwarf und den nächsten Lampion ansteuerte.

Ida sah dem Wesen hinterher, das ahnungslos von Gott und der Welt von Licht zu Licht tanzte, und bemerkte dabei nicht, dass der Mann noch immer vor ihr stand.

»So schöne Wesen sieht man ja nicht oft«, sagte er und sah sie dabei auf eine Weise an, dass in Ida Zweifel aufkeimten, ob er nun sie oder das Insekt meinte. »Was so eine Sommernacht alles zutage befördert …«

Sie lächelte und nickte unverbindlich. Sie wollte ja nicht unhöflich sein.

»Sie brauchen nicht schüchtern zu sein, Fräulein. Ich bin nur hier, um zu tanzen. Sie tanzen doch auch, wie ich hoffe?«

»Ja. Durchaus«, erwiderte sie. Ida fühlte sich von seiner Aufmerksamkeit ebenso geschmeichelt wie verunsichert. Sie war ja kein Backfischlein mehr, das über ein paar charmanten Worten eines Mannes schier den Verstand verlor, aber sie war noch jung genug, Freude an derlei Beachtung zu finden. »Ich muss Ihnen jedoch gestehen, dass ich nicht alleine hier bin.«

»Ich sehe aber niemanden an Ihrer Seite.«

»Er ist gerade –«

»Nein, nein, ich will gar nichts hören, Fräulein. Ich bestehe auf den nächsten Tanz.« Schon hatte er ihre Hand ergriffen und Ida von der Bank auf die Füße gezogen. So selbstbewusst, geradezu selbstverständlich hatte er dies getan, dass Ida gar nicht auf die Idee kam, zu protestieren. Dass er sich bislang auch noch nicht einmal gebührend vorgestellt hatte, war ihr – nebenbei bemerkt – noch gar nicht in den Sinn gekommen.

»Hören Sie auch den Walzer?« Beim Tanzboden hatte die Musik wieder eingesetzt, nicht unbedingt melodischer, aber in jedem Falle ebenso schwungvoll wie zuvor. »Kommen Sie!«

»Ja … nein, ich …«

»Seien Sie doch nicht so spröde, Fräulein!«

»Nein, ich warte lieber auf –«

»Sie brechen mir das Herz!« In scherzhafter Verzweiflung fasste er sich an die Brust. »Nur einen Tanz, Fräulein, einen einzigen.«

»Lieber nicht.«

»Ich bestehe darauf!« Und plötzlich veränderte sich sein Blick, und er wiederholte: »Ich – bestehe darauf.«

Ida sah ihn an. Hatte zuvor noch hinter ihrer Stirn das wohlig-wattige Prickeln von Tanz und Musik und dem ungewohnten Konsum von Alkohol vorgeherrscht, so fühlte sie sich nun schlagartig wach und nüchtern. »Nein. Vielen Dank, ich möchte mit Ihnen nicht tanzen«, wiederholte sie abermals.

»Aber ich mit Ihnen. Dafür sind wir doch hier. Außerdem g'fallen mir die Hantigen eh am besten, da weiß man, was man hat.« Er blinzelte anzüglich. »Fräulein ...«

Idas Gedanken reichten noch nicht so weit, dass sie Angst bekommen hätte – immerhin befand sie sich ja nicht irgendwo an einer zwielichtigen Ecke der Stadt oder beim Murufer, wo gewiss schon so manche Tat mit den kalten Fluten fortgeschwemmt worden war, sondern beim Brauhaus-Ball. Dennoch warf sie verstohlen einen Blick über die Schulter des Mannes, ob denn nicht Wilhelm bald käme. Mit oder ohne Spagatkrapfen, denn im Moment hatte sie ohnehin wenig Gusto auf etwas Süßes.

»Jetzt kommen Sie und tun Sie nicht so bigott!«, machte der Mann plötzlich Anstalten, sie mit sich in Richtung Tanzboden zu zerren. Zugleich lachte er auf, rau und übermütig, dem Siegesruf, den ein Jäger nach erfolgreichem Abschuss ausstoßen mochte, nicht unähnlich.

»Lassen Sie mich!«

Er lachte abermals, wobei er überraschend wohlgeformte Zähne entblößte. Als er noch näher kam, roch sein Atem nach Bier und süßem Zigarrenrauch. »Dann müssen Sie sich schon mit einem Kuss auslösen, Fräulein.« Herausfordernd zog er sie an sich.

Ida sträubte sich.

»Und bist du nicht willig ...«

Selbstverständlich war Ida auch in jener prekären Situation bewusst, dass sich der Mann mit diesen Worten gerade an keinem Geringeren als Goethes Erlkönig vergriff. Unbeeindruckt von seinen literarischen Reminiszenzen hob sie den Arm, um ihn entweder mit Nachdruck von sich zu stoßen oder ihm mit einer Ohrfeige wenigstens Respekt – wenn schon nicht vor ihrer eigenen Person, dann zumindest vor dem Dichterfürsten höchstselbst – beizubringen.

»Sie küsse ich ganz sicher nicht!«, gab sie zurück, bereits drauf und dran, sich einer gewissen Handgreiflichkeit schuldig zu machen.

Der Mann grinste scheinbar entzückt von ihrer weiblichen Kratzbürstigkeit, als eine Stimme ihn mitten in der Bewegung erstarren ließ.

»Wenn das Fräulein einen küsst, dann mich!«

Es hatte kaum eines Herzschlags bedurft, dass Ida Wilhelm erkannte, der nun mit finster zusammengezogenen Brauen und zwei Tellern mit Spagatkrapfen (mit Schlag und Preiselbeeren) auf sie zustapfte.

»Jetzt lassen Sie das Fräulein los und verschwinden, bevor ich Ihnen versehentlich eines Ihrer Tanzbeine breche, Sie Sauschädel, Sie!«

Nur kurz fuhr der Blick des Fremden in Wilhelms Richtung. In dem flackernden Licht des Lampions war schwer zu erkennen, ob er überrascht, erschrocken oder erzürnt war. Dann ließ er Ida einfach stehen und verschwand mit langen Schritten irgendwo im Gewühl der Ballbesucher.

Ein paar Sekunden verharrte Wilhelm vor Ida, wobei er sie ansah, als hätte er noch nie zuvor bemerkt, dass auch sie zwei Augen, Nase und Mund von ausgesprochen selbstbewusster und liebreizender Lebendigkeit hatte.

Später einmal würden beide nicht mehr mit Gewissheit sagen können, was genau zu dem nun Folgenden geführt hatte. Vielleicht war es das Bier und die beschwingte Stimmung des Brauhaus-Balls gewesen, der allem eine bis dahin ungewohnte Leichtigkeit verlieh; vielleicht war es der fremde Mann, der mit seinem zügellosen Benehmen auch in Wilhelm eine Begierde geweckt hatte, der er bis dahin mit militärischer Sitte und Anstand Zügel angelegt hatte; vielleicht aber war es auch schlicht ein Naturgesetz des menschlichen Lebens, dass einmal geschehen musste, was nun eben geschah: Wilhelm stellte sorgsam die beiden Tellerchen mit den Spagatkrapfen auf die Bank, dann legte er die Arme um Idas Schultern, beugte sich ein wenig ungelenk zu ihr herab – und küsste sie.

Um genau zu sein, war es nicht eine Wiederholung jenes brüderlichen Kusses auf die Wange, mit dem er sich einst für ihre Hilfe bei den Mordermittlungen am Annaberg bedankt hatte, sondern ein Kuss, bei dem sein Bart sie ein wenig in der Nase kitzelte und sie einen Hauch seines Pfeifentabaks auf den Lippen schmeckte.

Das langsam versiegende Licht der Lampions verdeckte die Röte ihrer Wangen, als sie nach einigen endlosen Augenblicken wieder voneinander ließen. Sprach- und atemlos standen sie einander gegenüber, und es wäre wohl gelogen zu behaupten, dass nicht beide den Drang verspürten, das Geschehene auf der Stelle zu wiederholen.

»Ich … Das heißt, ich hoffe … War ich … Verzeihung«, formulierte Wilhelm schließlich mit der gesamten Eloquenz, derer er in diesem Moment fähig war, was ihm am Herzen lag.

Wundersamerweise verstand Ida ihn diesmal vollkommen. »Ja … Ich meine, das war … in gewisser Weise, wenn du … aber schön«, erwiderte sie nicht minder formvollendet.

Verschämt lächelten sie einander an.

»Tanzen?«, brachte Wilhelm endlich heraus und bot ihr seinen Arm.

»Gern.«

Die Spagatkrapfen auf der Bank waren vergessen, und es besteht Grund zur Annahme, dass irgendein anderes Paar sich der verwaisten Süßspeisen dankbar annahm, sodass zumindest ein Abglanz des Glücks, das Ida und Wilhelm an diesem Abend verspürten (auch wenn sich beide nicht die Mühe machten, es ausführlicher in Worte zu fassen), noch weitere Kreise zog.

Kapitel 2

… in welchem über vieles geredet
und schließlich ein Toter erwähnt wird …

Es war ein wunderbarer Taumel, mit dem Ida den folgenden Tag begann. Nachdem sie in ihrer winzigen Wohnung die notwendigen Arbeiten verrichtet und ein paar Zeilen in ihr Journal notiert hatte, bereitete sie sich auf ihre Musikstunde bei Familie Mandelsüß vor. Ein paar einfache, aber melodische Etüden sollten den Mädchen endlich wenigstens ein Gefühl von Modulation am Klavier näherbringen, wo sie bislang zwar eifrig, aber mit der Eleganz von Hackbrettspielerinnen gefuhrwerkt hatten.

Auf dem Weg wollte Ida noch in einem Café eine Kleinigkeit essen. Auch wenn es gewiss billiger gewesen wäre, wenn sie für sich auf ihrem mickrigen Herd etwas zubereitet hätte, fühlte sie sich im Moment für derlei prosaische Arbeit einfach nicht geschaffen. Wenigstens einen Tag lang wollte sie sich dem süßen Gefühl, das in ihrer Brust schwelte, ergeben und sich vorstellen, was für wundervolle Dinge sie und Wilhelm erwarten könnten, ehe sie sich wieder entschlösse, vernünftig und besonnen zu sein und der Realität ins erbarmungslose Auge zu blicken.

Im Grunde war ja auch nichts weiter geschehen – abgesehen von jenem einem Moment, den Wilhelm und Ida für die restliche Dauer des Brauhaus-Balls jedoch behandelten wie eine Fata Morgana, von der sie sich beide nicht sicher sein konnten, ob sie selbige tatsächlich gesehen oder bloß imaginiert hatten. Nicht mit einer Silbe berührten sie den Kuss, und als Wilhelm sie spätnachts zu ihrer Wohnung zurückbrachte, plauderten sie scheinbar belanglos über den Ball, die Musik und einmal mehr über den vermaledeiten Chargen-Kursus, der dem Gendarmen selbst zu dieser Stunde Kopfzerbrechen bereitete.

Als sie sich verabschiedeten, hatte Ida ihm allerdings in einem unbedachten Moment angeboten, doch einfach zu ihr zu kommen, wenn sie ihm bei seinem Pensum irgendwie helfen könne. Immerhin war sie Lehrerin – auch wenn das, was Wilhelm lernen musste, gewiss nicht zu ihren Spezialgebieten zählte. Dass die Hausbesorgerin, eine vierschrötige Person, deren Damenbart manchem Burschen schon zur Ehre gereicht hätte, sich womöglich weiß Gott was denken mochte, wenn die junge Frau unter ihrem Dach Herrenbesuch erhielt, fiel Ida erst viel später ein.

Sie verdrängte jenen unerfreulichen Gedanken, während sie sich zum Ausgehen fertig machte.

Fast verwegen kam sich Ida vor, als sie schließlich in einem Café saß und dabei durch das nur mangelhaft geputzte Fenster auf die Straße blickte. Vielleicht war es ja unschicklich, als Frau allein in einem Lokal zu sitzen, aber es bedeutete auch eine ungeahnte Freiheit, wenn man wenigstens für eine kurze Zeit niemandem Rechenschaft schuldig war.

Der Gedanke veranlasste sie zu einem Seufzen.

Ihr ganzes Leben lang war sie von einer Abhängigkeit in die nächste geschlittert. Aus ihrem Elternhaus in die Lehrerinnenbildungsanstalt, dann ins Pensionat am Annaberg und weiter in den Haushalt von Professor Lahothny. Was auch immer sie tun wollte, immer hatte sie sich erklären müssen, um Erlaubnis fragen. Erst ihren Vater, dann den Direktor, die Oberlehrerin, den Hausherrn.

Ida lehnte sich zurück und leckte ungeniert den Löffel ab. Mochte man sie doch für eine Grisette halten. Auch wenn sie sonst durchaus auf ihren Ruf bedacht war, hier und jetzt kümmerte sie es nicht. Zumindest für eine kurze Weile wollte sie sich dies einreden. Tatsächlich wusste sie natürlich, dass eine alleinstehende Frau – dazu in einem Alter, das eine Ehe noch nicht gänzlich ausschloss – kaum ein anderes Kapital als jenen so zerbrechlichen *Ruf* vorzuweisen hatte, wenn es um ihre Zukunft ging. Allein die Vorstellung jedoch, dass es auch anders sein könnte, hatte etwas Berauschendes.

Als es Zeit wurde, zu Familie Mandelsüß aufzubrechen, rückte Ida forsch ihren Hut zurecht, packte ihre Tasche mit den Noten und machte sich auf den Weg. Die Familie wohnte am eleganten Ufer der Mur, nicht weit vom Fluss entfernt, in einem frisch renovierten Haus, selbstverständlich in der Beletage. Dass die Familie reich war – um genau zu sein: neureich –, war offensichtlich, und man gab sich auch nicht die geringste Mühe, dies zu verbergen.

Ein Diener in Livree ließ sie ein und führte sie in das Musikzimmer, wo die beiden Töchter des Hausherrn, Victoria und Valentine, Backfische in dem überaus gefährlichen Alter von vierzehn und fünfzehn Jahren, bereits auf sie warteten. Die Mutter, eine große, schlanke Erscheinung, deren dunkle Augen und das bereits zart mit Silber durchzogene schwarze Haar irritierend ehrfurchtgebietend wirkten, saß etwas missmutig auf einem Sofa.

»Ah, Fräulein Fichte. Endlich.« Sie sah bei Idas Eintreten auf und wies in Richtung des Klaviers. »Die Mädchen haben eifrig geübt.«

Ida deutete einen Knicks an und lächelte, während sie erwiderte, dass sie auch nichts anderes von den jungen Damen erwartet habe.

Frau Mandelsüß nahm das Kompliment wohlwollend entgegen, ehe sie fortfuhr: »Sie müssen allerdings entschuldigen, dass das Haus im Moment nicht in bester Ordnung ist.«

Ida hatte nichts dergleichen bemerkt; die Mädchen seufzten nur.

Die gnädige Frau hatte offenbar das Bedürfnis, sich weiter über die Missstände in ihrem Domizil auszulassen. »Unser Hausmädchen ist im Moment aushäusig. Offenbar tut den jungen Dingern vom Land die Stadtluft nicht gut.« Ihr Ton ließ vermuten, dass die Bedienstete auch im Falle ihrer Rückkehr nicht lange bleiben würde. »Unzuverlässig, allesamt. Und was das für ein Beispiel für meine Töchter ist! Wenn ich das geahnt hätte … Na, wenigstens sind Sie nun hier.«

Ida ersparte sich eine Antwort. Von verschwundenen Dienstmädchen hatte sie seit ihrer letzten Anstellung eindeutig genug, da wollte sie lieber gar nicht mehr über das ungebührliche Verhalten der Bediensteten erfahren. Die Alpträume kamen auch ohne dies immer wieder zurück. Außerdem hatte sie die Hausangestellte kaum ein- oder zweimal vorüberhuschen sehen, wenn sie zum Klavierunterricht kam.

»Nun gut. Das sind eben die Plagen, wenn man einen ordentlichen Haushalt führen muss. Ich habe noch ein paar Korrespondenzen zu erledigen«, erhob sich die Hausherrin endlich und schickte sich an, das Musikzimmer zu verlassen. »Sie rufen, wenn Sie etwas benötigen. Der Marek wird Ihnen später noch einen Kaffee bringen, wenn Sie wollen.«

»Vielen Dank.« Ida legte die Noten auf das Pult. »Wir sollten uns heute ein paar Etüden widmen«, sagte sie zu den Mädchen gewandt.

Gehorsam, wenn auch ohne nennenswerte Begeisterung klimperten sich die Schwestern abwechselnd durch die Übungen. Wenigstens waren die beiden reich genug, dass in Zukunft jeder ihr Spiel für äußerst charmant halten würde, sobald er nur eine ungefähre Ahnung von den Ausmaßen ihrer Mitgift hatte.

Mit einer theatralischen Geste der Erschöpfung ließ sich Valentine schließlich nach hinten sinken. »Ich kann nicht mehr«, verkündete sie.

Victoria rümpfte dazu nur ihr leicht gekrümmtes Näschen. »Da bist du aber auch selber schuld.«

»Woran soll ich schuld sein?«

»Na, wer hat denn die halbe Nacht wach bleiben müssen, um die Marie abzupassen, wenn sie mit ihrem *Liebhaber* wieder heimkommt?« Das Wort wurde mit äußerster Emphase ausgesprochen, sodass Valentine tatsächlich ein Hauch von Röte in die Wangen stieg.

Ida hatte dem Disput der Schwestern irritiert gelauscht, ehe sie sich doch bemüßigt fühlte, einzugreifen. »Darf ich fragen, von wem die Rede ist? Denn wenn es sich um keine allzu wichtige Angelegenheit handelt, würde ich vorschlagen, dass wir uns noch dem Herrn Schumann widmen. Ich würde gern hören, wie weit ihr mittlerweile gekommen seid.«

»Ach, es geht nur um die Marie«, erklärte Valentine mit einer wegwerfenden Geste.

»Das Hausmädchen«, fügte Victoria erklärend hinzu. »Die Mutter hat ja gesagt, dass sie weg ist. Jedenfalls ist sie gestern nicht wie sonst wieder heimgekommen, wenn sie mit ihrem *Schatz* unterwegs war. Der Marek hat uns sogar das Frühstück servieren müssen! Und die Sonja, Mutters Zofe, hat der Köchin zur Hand gehen müssen! Stellen Sie sich das vor!«

Ida nickte nur vage. Sie war zwar Haushalte mit mehreren Dienstboten gewöhnt, mit Zofen hatte sie bisher allerdings wenig zu tun gehabt. Nichtsdestotrotz reichte ihre Vorstellungskraft für dieses Szenario durchaus: ein Szenario, das dem Weltenbrand der nordischen Sagen gewiss nur um weniges nachstand.

»Und der Mann, mit dem sich unsere Marie heimlich trifft, der gefällt der Vali so gut, dass sie sogar stundenlang am Fenster ausharrt, nur um ihn einmal zu sehen«, fügte Victoria maliziös hinzu. »Wenn das die Mutter wüsste …«

»Wenn du nur ein Wort sagst, dann verrate ich ihr, was du für Fotografien unter deinen Büchern versteckst! Schauspieler und Zauberkünstler!«

»Wenigstens sind sie fesch! Der, den du anschmachtest, der schaut ja aus wie gebrandmarkt!«

»Das stimmt überhaupt nicht! Das ist nur irgendein Fleck – und den sieht man unter dem Hemdkragen fast gar nicht!«

»Ach, so genau hast du ihn schon inspiziert?«

»Hab ich nicht!«

Es fehlte nicht viel und die beiden jungen Damen hätten vollkommen auf Sitte und Anstand und Idas Anwesenheit vergessen und wären einander an die elegant aufgedrehten Locken gegangen oder – noch schlimmer! – hätten sich gegenseitig an ihren teuren weißen Spitzenkrägen vergriffen.

»Nachgestiegen bist du ihnen sogar!«

»Du doch auch!«, konterte Valentine sogleich. »Es war ja deine Idee, dass wir den beiden nachgehen und schauen, was die Marie an ihrem freien Nachmittag so macht!«

»Ich hatte meine Arbeiten fürs Lyzeum aber auch schon erledigt. Du hast nachher von mir abschreiben müssen!«

»Aber du wolltest die Marie beobachten! Ob sie wirklich diese Sachen macht, die in deinen Büchern stehen. So wie diese Schauspieler …«

Ida hatte zwar in ihrer Zeit im Pensionat am Annaberg eine Ansammlung von ganzen siebzehn Mädchen erlebt (ehe durch einige tragische Morde ihre Zahl dezimiert wurde), dass es unter den jungen Damen jedoch so hitzig zugegangen wäre, hatte sie nicht in Erinnerung. Offenbar hatte in der Erziehung der beiden Schwestern Contenance bisher eine eher untergeordnete Rolle gespielt. Sie ersparte sich, nachzufragen, um was für *Sachen* es sich handeln mochte. Ihre Phantasie reichte auch so ungefähr dazu aus, um sich vorzustellen, was den Geist der beiden jungen Fräulein dermaßen entfachte.

»Dabei sind sie eh nur zu diesem Trödelladen gegangen …«, verriet Valentine schließlich ihre Enttäuschung, dass sie keiner skandalöseren Szene beiwohnen durfte. »Nur ein altes Geschäft mit hässlichem Plunder – und es hatte am Sonntag offen! Ich habe gelesen, dass solche Geschäfte *Hehlerei* betreiben.« Sie betonte das Wort auf eine Weise, die nahelegte, dass sie zwar nicht genau wusste, was denn Hehlerei sein mochte, allerdings davon ausging, dass es jedenfalls höchst empörend war.

»Wahrscheinlich hat sich ihr schöner Liebster eben nichts Besseres leisten können«, setzte Victoria noch einmal nach. »Gefällt er dir jetzt immer noch so gut?«

Ida hatte den beiden Mädchen mit zunehmend gerunzelten Brauen gelauscht, während das Bild, das sie sich bisher von den liebreizenden, wohlerzogenen und gut gebildeten Töchtern des Privatiers Mandelsüß gemacht hatte, in Staub zerfiel. »Vielen Dank«, unterbrach sie den schwesterlichen Disput. »Ich bin nun über das Hausmädchen vollkommen informiert.«

»Und außerdem ist die Marie gar nicht vom Land, und so jung, wie die Mama gesagt hat, ist sie auch nicht. Sie ist schon weit über zwanzig, eigentlich überhaupt zu alt, um noch mit einem Mann zu poussieren«, setzte Victoria noch einen Schlusspunkt.

Ida verbiss sich eine weitere Erwiderung. Offenbar war das Hausmädchen ungefähr in ihrem Alter, und dass dieser Lebensabschnitt in den Augen der Schwestern kurz vor dem Greisenalter stand, schien über jeden Zweifel erhaben. »Ich denke, wir sollten nun Schumann sprechen lassen«, sagte sie stattdessen und legte die entsprechenden Noten auf das Pult. »Und nur ihn.«

Murrend und giftige Blicke um sich werfend widmeten sich Victoria und Valentine daraufhin dem großen Komponisten, dessen Werk sie in der folgenden Stunde nach Kräften malträtierten, bis Ida sich mit einem Seufzer der Erleichterung von ihrem Platz erhob.

»Bitte denkt daran, dass die Pedale nicht nur zur Zierde gedacht sind. Und, Valentine, die dynamischen Angaben sind keine unverbindliche Empfehlung des Komponisten«, verabschiedete sie sich, ehe der Diener sie wieder zur Tür brachte.

Der Abend schien noch länger, die Stunde immer grauer, ihre kleine Wohnung unter dem Dach enger, als Ida nach ihrem Tagwerk an ihrem Tisch saß und vor sich hinstarrte. Die Reste des Essens hatte sie von sich geschoben, das altbackene Brot mit dünner Butter, ein wenig Zucker darübergestreut, schmeckte wie Pappe. Der Tee erinnerte sie an Abwaschwasser.

Vor ihr lag eine Näharbeit, ein Unterkleid, das sie dringend brauchte und an dem jede Naht sich zur Unendlichkeit dehnte, wenn sie daran arbeitete. Daneben ein Buch, das ihr weder Unterhaltung brachte noch ihr Wissen erweiterte. Die weißen Seiten eines leeren Heftes sahen sie unter einem Wollknäuel vorwurfsvoll an. Vor ein paar Wochen hatte sie begonnen, sich Notizen zu machen, ihre Gedanken in ein Journal zu schreiben, fast wie ein Tagebuch, das die Damen der Gesellschaft führten, die dafür ihre überreiche Freizeit erübrigen konnten.

Nach dem Brauhaus-Ball hatte sie ein paar Zeilen hingeworfen. Leere, nichtssagende Worte, die nicht im Entferntesten wiedergeben konnten, was in ihrer Brust rumorte und woran sie selbst nicht recht zu rühren wagte. Stattdessen hatte sie auf den letzten Seiten des Hefts eine Geschichte geschrieben von einem kleinen Jungen, der nachts im Garten eine Motte fangen wollte, die sich dann aber als ein Feenwesen entpuppte und ihn allein in der Dunkelheit zurückließ. Fast schämte sie sich der läppischen Erzählung, die keine weitere Funktion erfüllte, als dass sie damit Papier und Tinte vergeudet und für ein paar kurze Stunden ihre Gedanken abgelenkt hatte.

Unruhig stand Ida auf. Das Zimmer, das sie ihre Wohnung nannte, hatte sie mit wenigen Schritten durchmessen. Klein und erbärmlich war es hier, und nicht zum ersten Mal musste sie ein nagendes Gefühl der Unzufriedenheit niederkämpfen, das sich ihrer bemächtigen wollte. Nicht dass sie hochmütig war. Sie war sich ihrer Stellung und ihrer Aussichten durchaus bewusst – und die Freiheit, die sie hier genoss, hatte ja auch ihre Vorteile –, aber manchmal überkam sie eine Furcht davor, dass dies *alles* gewesen sein könnte. Diese Wohnung, ihre paar Unterrichtsstunden, Wilhelm.

Die berauschende Unbeschwertheit, die sie am Ball erlebt hatte, war verflogen.

Ida war wieder zu der vernünftigen Person geworden, die sich keine kindischen Träumereien erlaubte. Und diese Vernunft sagte ihr, dass Wilhelm für sie kein Ausweg war, sondern sie womöglich in nur noch engere Verhältnisse führen würde. Was auch immer sie sich vielleicht sonst einreden mochte, er war ein einfacher Gendarm von mittelmäßigen Geistesgaben und mit schlechten Perspektiven für die Zukunft.

Diese Gedanken verfolgten Ida auch noch am folgenden Tag, als sie sich zu den beiden Fräulein Hermelinde Wagner und Erna Papst aufmachte.

Die Frauen wohnten auf der weniger eleganten Seite der Mur in einem Häuschen, das höchstwahrscheinlich nach ihrem Dahinscheiden einem weit größeren Gebäude Platz machen würde. Die Stadt hatte sich wie eine wuchernde steinerne Schlingpflanze um ihr Domizil ausgebreitet, und das Haus sah aus, als wäre es irgendwann im letzten Jahrhundert aus der Zeit gefallen.

Ähnlich anachronistisch wirkten auch die beiden Frauen.

Nicht bloß, weil sie offenbar noch immer die mehrfach ausgebesserten biedermeierlichen Kleider ihrer Mädchenzeit trugen, sondern weil alles um sie herum wie aus einem Märchen oder einem rührseligen Roman von Charles Dickens schien.

»Oh, Fräulein Fichte!«, wurde Ida bereits an der Gartentür aus dem Fenster heraus begrüßt.

»Erna hat einen Kuchen gebacken«, öffnete sich die Pforte, die in das mit Nippes ausgefüllte Domizil führte. Fräulein Wagner trug ein altmodisches Spitzenhäubchen über den noch überraschend dunklen Haaren. »Sie werden uns also heute wohl mit vollem Mund vorlesen – er ist wirklich vorzüglich!«

»Du übertreibst, Hermi«, widersprach ihre Gefährtin, die einen silbergrauen Zopfkranz trug sowie eine winzige Drahtbrille, die ihr immer wieder die Nase herabrutschte.

»Ich spreche nur die Wahrheit, meine Liebe. Ich habe schon vor dem Backen den Teig gekostet. Einfach himmlisch!«

»Wirst du wohl die Finger von meinem Teig lassen, wenn ich bitten darf!«

Unter derlei Geplänkel wurde Ida in das Wohnzimmer geführt, das zugleich Ess-, Schreib- und Musikzimmer war. Die Möbel standen etwas zu eng beisammen, dennoch machte alles einen überaus gemütlichen Eindruck. Da die beiden Frauen keine Dienstboten beschäftigten, begann die eine sogleich, wässrigen Kaffee zu verteilen, während die andere den Kuchen aufschnitt. Ida blieb gar nichts anders übrig, als dankend anzunehmen. Im Grunde gefiel ihr diese heimelige Atmosphäre bei den beiden Frauen sogar. Vielleicht gab es hier ein wenig zu viele Spitzen und Rüschen und Nippes, aber die Herzlichkeit, mit der man sie stets erwartete – obwohl sie nur eine bezahlte Gesellschafterin war –, hatte sie noch an keinem anderen Ort erlebt.

»Und hier, das lesen wir gerade«, reichte Fräulein Wagner ihr ein Buch. »Sie können gleich anfangen.«

In der einen Hand die Kaffeetasse, in der anderen ein Stück Kuchen, von welchem das Fräulein Papst eine sofortige Verkostung wünschte, blickte Ida auf die Lektüre. »Die Denkschrift der Madame de Valmont«. Sie unterdrückte ein Seufzen. Die Frauen hatten eine Vorliebe für sentimentale Werke, und leider war sie nicht in der Position, ihren literarischen Geschmack zu kritisieren.

Nachdem sie also den tatsächlich vorzüglichen Kuchen eingehend gelobt hatte, was Fräulein Papst freudig erröten machte, griff sie nach dem umfangreichen Werk und begann zu lesen. Die beiden Frauen holten ihre Handarbeitskörbchen hervor, und während sie Ida zufrieden lauschten, strickten sie jeweils an einem Wollstrumpf, der eindeutig nur für wohltätige Zwecke gedacht sein konnte, denn jede Person, die über irgendeinen noch so bescheidenen Sinn für Ästhetik verfügte, hätte dieses Ungetüm gewiss im hintersten Winkel ihrer Kommode verschwinden lassen (oder es wieder aufgetrennt, um daraus etwas Brauchbareres zu machen).

Zwischendurch nötigten sie Ida abwechselnd, doch noch einen Schluck Kaffee oder noch etwas Kuchen zu genießen, bis Fräulein Wagner sie zur Erholung aufforderte, ein paar Stücke auf dem Klavier zu spielen.

Da eine eigene Meinung zu haben nicht in ihrer Stellenbeschreibung stand, setzte sich Ida an das Klavier und spielte einige der schlichten Lieder, welche die Frauen am liebsten hörten. Anschließend musste sie eine weitere Tasse Kaffee leeren, ehe sie noch ein weiteres Kapitel las und die Fräulein Papst und Wagner ihre Strümpfe vollendeten.

Wider Erwarten bemerkte Ida, wie sie trotz ihrer anfänglichen Vorbehalte die Lektüre zu genießen begann. Auch wenn die Übersetzung aus dem Französischen ein wenig altmodisch und umständlich klang, gefiel ihr die Art, wie die Autorin, eine gewisse Olympe de Gouges, gesellschaftliche Ungerechtigkeiten vorführte, indem sie recht bissig die moralische Schwäche einiger Männer hervorkehrte und die Schicksale der Frauen aufzeigte, die ihnen ausgeliefert waren.

»Kennen Sie denn auch solche Individuen?«, fragte Fräulein Wagner amüsiert, als Ida mit einem unwillkürlichen Seufzen das Buch schließlich weglegte.

»Oh, ich … na ja«, erwiderte sie vage und griff nach der leeren Tasse.

»Es hat schon einen Grund, weshalb ich mich für Erna und gegen einen Hausherrn entschieden habe«, kicherte Fräulein Wagner, indem sie zu ihrer Gefährtin hinsah. »Ich bin mir sicher, dass auch Männer gewisse … Vorteile haben. Jedenfalls behaupten sie das immer von sich, aber für eine gescheite Frau gibt es so viele andere Möglichkeiten.«

»Ja, gewiss.« Ida fühlte sich auf einmal unwohl in der Gesellschaft der beiden Frauen. Nicht, dass sie sich vor den alten Damen scheute, aber es war ihr, als tadelten jene sie für eine Bildungslücke, derer sie sich bislang noch gar nicht bewusst gewesen war.

»Nun, machen Sie sich keine Gedanken, Fräulein Fichte. Ein wenig Zeit haben Sie ja noch.«

Wer einen solchen Rat erhielt, konnte sich sicher sein, dass er in den folgenden Stunden über nichts anders mehr nachdenken würde. Nicht anders erging es Ida, als sie schließlich den Heimweg antrat. Den Blick auf das Straßenpflaster gerichtet, merkte sie kaum, wohin ihre Füße sie trugen. Sie sah lediglich auf, wenn sie eine Straße überqueren musste, und so war es auch nicht verwunderlich, dass sie kurz bevor sie in die Gasse abbog, in der sich ihre Wohnung befand, einer Person blindlings in die Arme lief.

Schon wollte sie sich entschuldigen, um eilig in ihre vier Wände zu kommen, als selbige Person ihre überaus langen Arme um sie schlang und Anstalten machte, sie an sich zu drücken.

»Wilhelm!«, rief Ida da ebenso überrascht wie empört aus.

Sie wand sich aus dem, was vielleicht eine herzliche Umarmung hätte werden können, und sah sich um. Wenigstens hatte niemand auf der Straße ihr unschickliches Zusammentreffen bemerkt. Dass sie der Hausbesorgerin oder einer der Nachbarinnen, die um das Seelenheil ihrer Familien besorgt waren, Rede und Antwort stehen musste, fehlte ihr gerade noch.

»Was tust du hier?«

Etwas enttäuscht sah Wilhelm sie an. Ohne die Uniform, lediglich in seinem Straßenanzug, der nun auch nicht für einen Ball hergerichtet war, sah er noch ungelenker aus. »Ich dachte, ich … Du hast doch gesagt, dass ich kommen könnte, wenn ich … nun ja, wenn ich das Bedürfnis nach deiner Unterstützung, gewissermaßen in diesen Belangen des Kursus … Also, hier bin ich und …« Er beendete den Satz mit einer Geste zu einer zerbeulten Schulmappe, die er bei sich trug und die bei seiner Statur reichlich fehl am Platz wirkte.

»Jetzt?« Ida sah ihn überrascht an. »Ich meinte eher, dass du dich vorher … meldest.«

Seine Miene sank in sich zusammen. »Ich bin davon ausgegangen, ich muss mich nun nicht mehr bei dir … beim Fräulein Fichte anmelden.«

»Du hast leicht reden. Ich habe Arbeiten zu erledigen, meinen Unterricht, ich habe Verpflichtungen. Wie stellst du es dir denn vor, hier einfach aufzutauchen und …?« Ida wusste selbst nicht, wieso das Erscheinen von Wilhelm sie in diesem Moment so aus der Fassung brachte. Eigentlich hatte sie sich auf ein Wiedersehen gefreut – bloß nicht hier und zu dieser Stunde.

Wilhelm fühlte sich zu Unrecht getadelt, enttäuscht und vielleicht auch etwas in seiner Männlichkeit gekränkt. »Es wird nicht wieder vorkommen …«

Man mag sich vielleicht fragen, was einen erwachsenen Mann mit einer Körpergröße von fast einem Meter und neunzig Zentimetern, einen Gendarmen noch dazu, der schon mehr als einen Verbrecher dingfest gemacht hatte, dermaßen durcheinanderbringen konnte. Es war ja nicht so, dass Wilhelm Koweindl noch nie etwas mit dem weiblichen Geschlecht zu tun gehabt hätte – auch wenn in der Kaserne derlei Individuen eher spärlich gesät waren (und im Übrigen dort auch nichts verloren hatten). Lediglich jene Frau, die ihm nun gegenüberstand, war viel mehr als bloß irgendein Frauenzimmer, dessen Bekanntschaft er zufällig gemacht hatte. Sie war so viel mehr, dass er es kaum begreifen konnte und es daher auch vorsichtshalber gar nicht erst versuchte.

Ida wand sich, während sie nach einer passenden Antwort suchte.

Mit einiger Genugtuung bemerkte Wilhelm, dass ihr seine Worte nicht gleichgültig waren. »Ich lad dich auch zum Essen ein«, fiel ihm ein, bevor sie sich noch zu einer Erwiderung durchringen konnte. »Mit Spagatkrapfen, wenn du willst. Dann kannst du dir einmal anschauen, was ich alles lernen muss und … ich kann dir das Neueste vom Leopold erzählen.«

»Vom Leopold Leitner? Vom Probegendarmen?«

Wilhelm nickte. »Na ja, Probegendarm kann man ihn nicht mehr wirklich nennen. Er ist ja jetzt in die Stadt versetzt worden, und im Herbst erwartet man ihn schon in Wien am Polizeiagenteninstitut. Der Junge wird Karriere machen.« Er machte eine wegwerfende Geste, als wäre damit ohnehin schon alles Wichtige über ihn gesagt. »Kommst du nun mit?« Er bot Ida seinen Arm.

Nur für einen kurzen Moment meinte Ida, die Stimme von Fräulein Wagner zu hören, die sie daran erinnerte, dass es für gescheite Frauen auch noch ganz andere Möglichkeiten gebe als Männer. Dann aber sah sie Wilhelms Blick, der von oben fragend auf sie herabfiel, und mit einem Lächeln hakte sie sich bei ihm unter.

Er führte Ida zu einem kleinen Gasthaus, das sich mitten in der Stadt in einem Innenhof verbarg. Der Gastraum zeigte die alte Gewölbeform, wie sie viele Häuser hier hatten. In der warmen Jahreszeit konnte man auch an einigen Tischchen unter den Arkaden des Hofs sitzen und den Tauben und Spatzen bei ihrer unverschämten Futtersuche zusehen.

Bei Hauswein und Klachlsuppe besah sich Ida schließlich die Unterlagen, die Wilhelm mitgebracht hatte. Diese Fülle an Rechtstexten, Statuten, Verordnungen und Richtlinien mochte einem Mann, der nicht mit der hingebungsvollsten Lernbegierde gesegnet war, schon einen gewissen Respekt einflößen. Sie konnte sich diesen Chargen-Kursus geradezu bildlich vorstellen, in dem Gendarmen aus der ganzen Steiermark mehr oder weniger freiwillig saßen, um sich für eine Beförderung zu qualifizieren.

»Und?«, fragte er, nachdem er sie eine Weile skeptisch beobachtet hatte.

»Auch das kann man lernen.«

»Ja, aber …«

»Falls es dich beruhigt«, gab Ida mit einem schelmischen Blinzeln zurück, »ich habe den Verdacht, dass der Herr Leitner in Wien bald noch viel mehr zu lernen haben wird als das hier.«

»Ja, der …«, brummte Wilhelm, ehe er sich straffte und ein tapferes Lächeln aufsetzte. »Du hast recht. Es ist nur, dass ich …« Es schien, als wäre er im Begriff gewesen, etwas ganz anderes zu sagen, als er auf einmal verstummte und stattdessen meinte: »Der Leopold hat ja sogar schon seine eigene Leich.«

Ida gab vor, den sprunghaften Themenwechsel nicht bemerkt zu haben, und zog nur ironisch die Brauen hoch. »Ah, ich wusste gar nicht, dass Gendarmen Besitzansprüche auf die Toten erheben.«

»Nicht direkt.« Wilhelm strich sich über den Oberlippenbart. »Gestern, da haben wir uns getroffen«, begann er. »Hin und wieder setzen wir uns eben zusammen, zum Reden und so … Ich hätte es mir nicht so vorgestellt, aber wenn man nicht im Dienst ist und allerweil nur in der Uniform im Unterricht sitzen soll, da geht einem schon was ab. Wenn man auf einmal den ganzen Tag wen vor sich hat, der nichts anderes tut, als einem zu erzählen, wie wenig man kann und weiß, da vergisst man leicht, dass man vorher auch allein was zusammengebracht hat.«

»Und das verschwindet nicht, selbst wenn du jetzt in dem Kursus sitzt«, meinte Ida.

Wilhelm brummte, obwohl man ihm ansah, dass er sich über ihre Antwort freute. »Dann reden der Leopold und ich eben über die Dinge, die gerade los sind. Irgendwas passiert ja immer«, fuhr er fort. »Er war nämlich in der Nacht vom Brauhaus-Ball mit einem Kameraden auf Streife und hat gegen Morgen einen Toten ungefähr auf der Höhe der Poudrettefabrik im Straßengraben gefunden. Noch bevor der andere recht gewusst hat, was er tun soll, hat der Streber die Umgebung erkundet, eine Skizze des Fundorts angefertigt und drei Marktgeher befragt.«

»Das hört sich sehr nach dem jungen Herrn Leitner an.«

»Jedenfalls gilt der arme Mann nun als *sein* Toter. Es dürfte wohl keine allzu große Sache sein.« Wilhelm fischte einen Knochen aus seiner Klachlsuppe und legte ihn neben den Teller. »Jemand hat ihn offenbar erschlagen, wahrscheinlich ausgeraubt. Leopold hat gemeint, dass er vielleicht sogar vor seinem Tod selbst am Brauhaus-Ball gewesen sein könnte.«

Ida musste schlucken. »Wirklich?«

»Wegen des frisch gestärkten Hemdkragens und eines feinen Taschentuchs oder so.«

»Oh …« Sie war von sich selbst überrascht, dass die bloße Erwähnung eines ihr vollkommen unbekannten Toten sie auf einmal so durcheinanderbrachte. Die Vorstellung, dass sie ihm Stunden vor seiner Ermordung begegnet sein könnte, ließ Ida erschauern. Vielleicht war aber auch ihr Nervenkostüm seit ihren Erlebnissen am Murufer etwas fadenscheiniger geworden. Oder es war der Gleichmut, den Wilhelm in Bezug auf diesen Todesfall an den Tag legte. Zum ersten Mal redeten sie über einen Mord, der ihn eigentlich nicht kümmern musste – und sie erkannte, dass, was immer auch geschah, er im Grunde seines Herzens immer ein Gendarm sein würde.

Wilhelm bemerkte ihre plötzliche Blässe. »Ich wollte dich nicht … Es war nur wegen Leopold.«

»Schon gut«, winkte Ida ab und nahm einen Schluck von ihrem Wein.

»Ich würde niemals zulassen, dass dir etwas … Wenn ich kann, wenn ich die Chance dazu hätte …« Einmal mehr beließ er es bei einem unvollständigen Satz, den er mit einem zaghaften Lächeln abrundete. »Jedenfalls, wenn du mir vielleicht mit dem Chargen-Kursus …« Er deutete auf die abgewetzte Schulmappe.

»Dem Manne kann geholfen werden«, entschloss sich Ida, mit Schiller zu antworten, was Wilhelm ein erleichtertes Seufzen entlockte. Wohl eher nicht wegen des literarischen Zitats.

Kapitel 3

… in welchem Ida mit einer Leiche konfrontiert wird und einer alten Angewohnheit anheimfällt …

Es war nicht so, dass das unerwartete Treffen mit Wilhelm sie den Ratschlag von Fräulein Wagner und Fräulein Papst einfach hätte vergessen lassen, doch statt der Möglichkeiten, die sich angeblich einer gescheiten Frau boten, geisterten in jener Nacht vor allem Rechtstexte und Richtlinien zur Heeresorganisation in Idas Träumen umher. Ganz zu schweigen von gewissen bleichen Gliedmaßen, die in den Abwässern der Poudrettefabrik vorüberdümpelten.

Dennoch war da am Morgen ein heimliches Lächeln, das nicht von ihren Lippen weichen mochte. Gewiss hätte sie dessen Ursache bei einer genaueren Introspektive entdecken können, doch sie entschied sich dagegen. Sie war ja vernünftig. Sie musste es sein! Alles andere barg nur die Gefahr, wie so viele andere Frauen zu enden, die allzu unüberlegt einer süßen Hoffnung nachgegeben hatten.

Am Nachmittag marschierte Ida wieder zu den Fräulein Mandelsüß, wo nicht nur das Klavier, sondern die ganze Familie deutlich verstimmt war. Offenbar hatte sich das Hausmädchen Marie dazu entschlossen, sowohl unangekündigt als auch dauerhaft zu verschwinden, was zur Folge hatte, dass sich der Diener, die Köchin, die Zofe und (zum allgemeinen Schrecken) die gnädige Frau höchstselbst um gewisse Belange des Haushalts kümmern mussten.

Bei ihrem letzten Besuch hatte Ida sich noch versucht einzureden, dass es zwar etwas höchst Unerwünschtes, aber wohl nichts allzu Schlimmes war, wenn eine Hausangestellte ihre Freizeit über Gebühr ausdehnte. Natürlich erwartete man sich von gutem Personal, dass es die Pflicht stets über das persönliche Vergnügen stellte, aber wie Frau Mandelsüß angedeutet hatte, war dies von den jungen Leuten, die vom Land kamen, nicht mehr so ohne Weiteres zu erwarten. Dass nun allerdings jenes Hausmädchen noch immer nicht zurückgekommen war, ließ in Ida eine würgende Erinnerung aufkommen, welche sie sich aber zunächst keineswegs anmerken ließ. Immerhin war es für die Familie ohne Belang, was sie bei ihrer letzten Anstellung durchgemacht hatte, und auf keinen Fall wollte sie die Mädchen oder die Hausherrin mit einer Überreaktion behelligen, die allein auf ihren Erlebnissen, wohl kaum aber auf der Sache an sich beruhte.

Es war ja nichts weiter vorgefallen, als dass ein Hausmädchen auf etwas unorthodoxe Art seine Stellung quittiert und auf diese Weise die anfallenden Arbeiten anderen überlassen hatte.

In dieser prekären Situation waren auch die beiden Töchter genötigt worden, ihren Beitrag zu leisten. Victoria hatte unter Protest eingewilligt, die teuren, exotischen Tropenpflanzen im Musikzimmer zu gießen, wobei die elegante Gießkanne ihren Händen entglitten war und eine nicht unbeträchtliche Menge Wassers seinen Weg in das Innenleben des Klaviers gefunden hatte. Klanglich hatte dies nicht zu seinem Vorteil gereicht.

»Ach, Sie kommen höchst ungelegen«, wurde Ida von Frau Mandelsüß begrüßt. »Es ist einfach furchtbar. Und anständige Dienstleute sind so schwer zu finden! Dabei wollte ich doch unbedingt eine Soiree für einige Freunde geben, aber nun …« Sie seufzte, während sie Ida dennoch in den Salon führte, wo ihre Töchter auf die Klavierlehrerin warteten.

»Das tut mir sehr leid«, zeigte Ida das erwartete Mitgefühl, während sie die beklemmende Ahnung, die ihren Nacken heraufkroch, entschlossen zurückdrängte.

»Nun ja … Da kann man wohl nichts machen. Es gibt hoffentlich noch ein paar ordentliche Mädchen, die eine Anstellung in einem ehrbaren Haus suchen. Valentine, Victoria«, wandte sich Frau Mandelsüß an ihre Töchter, »ich bin mir sicher, Fräulein Fichte weiß eine Musikstunde auch ohne Klavier fruchtbar zu nutzen.« Mit diesen Worten rauschte sie aus dem Raum.

»Die Mama ist vollkommen aufgelöst, dass die Marie weg ist«, konstatierte Valentine schließlich, nicht ohne einen Hauch von Schadenfreude in der Stimme.

»Dabei hat sie sich vorher immer echauffiert, dass die nichts so machen kann, wie es sich gehört, und sie dringend ein anderes Mädchen haben will«, ergänzte ihre Schwester.

»Ich hätte da auch meinen Dienst quittiert.«

Victorias Augen blitzten spöttisch auf. »Du wärst selbstverständlich längst mit deinem Liebhaber durchgebrannt. Das hat die Marie ja auch gemacht. Du bist eben –«

»Bitte«, versuchte Ida, das Gezänk der Schwestern zu unterbrechen. Sie wollte alles lieber, als sich weiter über den Verbleib des Hausmädchens unterhalten zu müssen. »Eigentlich haben wir jetzt eine Klavierstunde.«

»Aber der Kasten steht leider unter Wasser. Victoria sei Dank.«

Idas Versuch, statt weiterer Etüden oder eines neuen Musikstücks den beiden etwas über berühmte Komponisten oder musikalische Strömungen zu vermitteln oder mit ihnen wenigstens eine gehaltvolle Diskussion über ihre musikalischen Vorlieben zu beginnen, scheiterte bereits im Ansatz. Entzückt darüber, des Klavierspiels fürs Erste enthoben zu sein, nutzten die Schwestern die Gelegenheit, Ida alles über das mysteriöse Verschwinden des Hausmädchens Marie mitzuteilen.

Ida biss die Zähne zusammen und lächelte. Natürlich hätte sie angesichts dieser vollkommenen Missachtung ihrer pädagogischen Versuche einfach das Feld räumen können, aber das tat sie nicht. Zum einen wollte sie es sich weder mit Frau Mandelsüß noch mit deren Töchtern verscherzen, die ja für einen nicht unbeträchtlichen Teil ihres Einkommens verantwortlich waren, zum anderen musste sie sich eingestehen, dass sie sich trotz aller furchtbaren Dinge, die sie zuletzt erlebt hatte, auch einer gewissen Neugier nicht erwehren konnte.

So erfuhr sie, dass Marie, die eigentlich Maria-Benedikta Kern hieß, bereits seit ihrem vierzehnten Lebensjahr in Diensten stand. Bevor sie zur Familie Mandelsüß gekommen war, habe sie in einem anderen vornehmen Haushalt gedient, wo sie aber sehr grausam behandelt worden sei, weshalb sie schließlich eine neue Stellung gesucht habe.

»Sie müssen sich vorstellen, alle ihre Schwestern sind auch Hausmädchen!«, erklärte Valentine.

»Und ihre Schwestern heißen auch alle Marie«, kicherte Victoria. »Eigentlich Maria, also genau genommen Maria-Grazia, Maria-Magdalena, Maria-Assunta und Maria-Zelestina. Ihre Mutter wollte das angeblich so.«

Abgeschreckt von ihrer geradezu extravagant christlichen Familie, war es kaum verwunderlich gewesen, dass Maria-Benedikta nach verschiedenen anderen Anstellungen in dem vergleichsweise weltoffenen Haushalt Mandelsüß ihr zunächst noch sehr zaghaftes Verhältnis zu diesem einen gut aussehenden Mann vertiefte. Sehr zur Freude von Valentine, die dadurch immer öfter die Gelegenheit hatte, ein Auge auf jenen pittoresken Vertreter des männlichen Geschlechts zu werfen. Dass das Hausmädchen schlussendlich zusammen mit besagtem jungem Mann verschwunden sein musste, stand für die Schwestern außer Frage.

»Und ihre Sachen? Hat denn Marie die auch mitgenommen?«, kam Ida schließlich nicht umhin, zu fragen. Wenn sie einfach mit Sack und Pack verschwunden war, dann war sie tatsächlich nur ein unzuverlässiges Ding, das mit einem Geliebten durchgebrannt war. Dann brauchte Ida sich nicht weiter Gedanken zu machen, und sie konnte ihre dummen Ängste einfach beiseiteschieben.

Victoria und Valentine sahen sie irritiert an. »Natürlich hat sie alles dagelassen«, erklärten sie einstimmig. »Wenn man einen Mann heiratet, dann muss er einem doch ohnehin alles neu kaufen.«

Ida nickte nur vage. Mit klammen Klauen krallte sich die Erinnerung in ihren Nacken, und es kostete sie alle Mühe, sich nichts davon anmerken zu lassen.

»Nun ja …«, meinte sie nur, ohne etwas zu sagen. Ihre Aufgabe war es, die Mädchen in Musik zu unterrichten – ihnen den Lauf der Welt zu erklären, überstieg ganz eindeutig ihre Kompetenzen.

Es war Ida nicht unlieb, als ihre vereinbarte Unterrichtszeit ein Ende fand und sie den Heimweg antreten konnte. Der späte Nachmittag verströmte bereits die milde Wärme des herannahenden Sommers, und sie entschloss sich, einen Umweg die Mur entlang zu nehmen. Durchzuatmen und ihren Kopf zu klären, tat ihr sicher gut.

Es war merkwürdig. Das Rauschen des Flusses ließ in ihr die schrecklichen Erinnerungen an die Ereignisse des letzten Herbstes wieder erwachen. Zugleich aber fühlte es sich an, als würde das Wasser die grausigen Bilder mit sich davontragen, sie nach und nach hinter ihrer Stirn wegwaschen, bis nur noch verschwommene Schemen zurückblieben. Verblasste Schatten, denen sie sich leichter entgegenstellen konnte.

In Gedanken ganz bei sich und den Melodien, die diesmal nicht von ihren Schülerinnen zu einem Haufen Töne zerstückelt worden waren, spazierte sie am Ufer entlang, ohne auf die Passanten zu achten. Irgendwann einmal wollte sie auch ein Klavier besitzen. Wenigstens ein kleines Piano, auf dem sie ganz für sich üben konnte.

Eine unerwartete Ansammlung von Menschen hemmte auf einmal ihren Schritt.

Verwundert sah sie sich um. Eine Gruppe Neugieriger drängte sich bei der Uferböschung zusammen und blickte zum Fluss hinunter, während zwei Männer in dunkelgrünen Waffenröcken, mit krapproten Kragen, den Säbel an der Seite, sie zurückdrängten.

»Was ist denn geschehen?«, fragte Ida, ohne sich an jemanden Bestimmten zu wenden.

Im Grunde ahnte sie bereits, was die Antwort sein musste.

»Eh nichts«, sagte ein Mann neben ihr, während er den Kopf reckte, um doch noch etwas zu erkennen. »Da unten liegt halt eine.«

»Da unten liegt jemand?«, wiederholte Ida, und ein merkwürdiges Gefühl von Schauder und Anspannung durchfuhr sie.

»Irgendwer hat da unten ein Mädel erschlagen«, stellte eine Frau ungerührt fest. Mit einem Korb voller Gemüse, das bereits bessere Tage gesehen hatte, schob sie sich aus dem Gedränge. »Wird wohl so eine Lohndirne gewesen sein«, fuhr sie zu Ida gewandt fort. »Die kommen alle vom Land herein und können nichts. Und dann fragt sich noch wer, wieso bei uns an jeder Ecke so eine steht. Kein Wunder, dass man die erschlagen muss.« Ohne ihren Sermon zu unterbrechen, marschierte sie davon, wobei ihre Miene die rechtschaffene Zufriedenheit einer erfolgreichen Streiterin für Recht und Ordnung zeigte.

Nach und nach lösten sich die Gruppen der Schaulustigen auf; manche lungerten zwar noch in der Nähe herum, doch offenbar gab es nicht mehr viel Interessantes zu sehen. Ein Mann starrte aus einiger Entfernung in ihre Richtung, ehe auch er sich abwandte. Allein Ida konnte sich nicht dazu aufraffen weiterzugehen. Vielleicht war es der Fluss, an dessen Ufer sie vor kaum einem halben Jahr selbst fast das Leben gelassen hätte, vielleicht die Tatsache, dass es ein Mädchen war, das da unten sein Ende gefunden hatte – etwas hielt sie fest.

»Na, Fräulein, haben S' bald genug geschaut?«, trat da einer der Gendarmen an sie heran. Auch wenn seine Stimme freundlich klang, verrieten die Linien in seinem Gesicht, dass er sowohl mit Worten als auch mit Taten hart zupacken konnte.

»Verzeihung, ich wollte nur ... Ist es wirklich ein Mädchen, das da unten getötet wurde?«

Der Gendarm sah sie abschätzig an. »Mädel würde ich sie nicht mehr nennen. Die war wohl ungefähr in Ihrem Alter.«

Ida gab vor, seine letzten Worte nicht gehört zu haben, und sah ihn stattdessen nur weiter interessiert an, was ihn offenbar zum Reden animierte, denn er fuhr fort: »Aber wenigstens hat sie noch einen schönen Abend gehabt, bevor ... na ja, wie's eben so geht.« Er hielt inne, während einige Männer eine Bahre mit der verhüllten Toten vom Ufer herauftrugen.

Unter dem groben Leintuch war der Volant eines blau gemusterten Rocks zu erkennen. Obwohl der Stoff bereits ausgebleicht und am Saum etwas beschmutzt war, erahnte Ida in dem Schimmern, dass es sich um Seide oder ein ähnlich teures Material handeln musste. Ein langer Riss zog sich die Naht entlang, der sich nur notdürftig hatte flicken lassen. Offensichtlich war der Stoff bereits recht mürbe. Kurz fragte sich Ida, ob es nicht hübscher gewesen wäre, wenn man mit einer Spitze oder einem Band den Schaden verdeckt hätte. Und plötzlich geschah, was vor etwa einem Jahr zu ihrer Bekanntschaft mit Wilhelm geführt hatte: Idas Gedanken verselbstständigten sich, und ohne den Gendarmen direkt anzusprechen, stellte sie lediglich fest: »Sie war wohl beim Brauhaus-Ball.«

Der Uniformierte sah sie an, als hätte sie sich einen nicht geringen Fauxpas erlaubt. »Wie kommen Sie denn darauf, Fräulein?«

»Verzeihung«, beeilte sich Ida einzuwenden. »Es war nur, weil Sie gemeint haben, dass sie noch einen schönen Abend gehabt habe, bevor … Nun ja, und ihr Rock sieht nicht unbedingt nach einer Landpartie aus. Außerdem war ja vor einigen Tagen der Ball im Brauhaus, und da dachte ich –«

»Mir scheint, Sie sind eine ganz eine Gescheite«, brummte der Gendarm.

Ida wollte sich bereits mit einem beschwichtigenden Gruß zurückziehen, ehe sie versehentlich noch den Unmut des Mannes vollends herausforderte, als dieser sie zurückhielt. »Kennen Sie womöglich die Leich?« Ohne sie vorzuwarnen, trat er zu der Bahre und zog das Tuch vom Gesicht. »Wissen Sie, wer das ist?«

Das Gesicht der Toten war wachsbleich, mit einem Stich ins Gräuliche, nicht mehr jung und noch längst nicht alt, die Haare waren vom Flussufer durchfeuchtet. Fast hätte man sich der Illusion hingeben können, dass sie sanft entschlafen sei, wenn nicht der Schädel hinter ihrer linken Schläfe offenbar von einem Hieb eigentümlich eingedellt worden wäre. Von der plötzlichen Bewegung erschreckt, huschte ein kleiner Käfer über ihre Stirn und verschwand hinter dem Ohr in ihren Locken, die vom geronnenen Blut eine satte Farbe angenommen hatten.

Ida schüttelte den Kopf, einen bitteren Geschmack in der Kehle. »Ich … denke nicht.« Dass sie sich dessen nun, da sie das Antlitz der Frau offen vor sich sah, doch nicht mehr so sicher war, behielt sie für sich.

»Aha«, sagte der Gendarm nur, warf das Leintuch wieder über die Tote und bedeutete den beiden Männern, dass sie die Leiche fortbringen konnten. »Dann schauen Sie lieber, dass Sie heimkommen, Fräulein«, wandte er sich wieder an Ida. »Wer weiß, womöglich ist der Hund, der ihr den Schädel eingeschlagen hat, noch unterwegs und Sie gefallen ihm.«

»Vielen Dank für Ihren Rat«, erwiderte Ida und marschierte von hinnen.

Selbst wenn sie es gewollt hätte, wäre ihren Gedanken nun keine Ruhe beschieden gewesen. Das totengraue Gesicht der Frau, der zerschlissene Rocksaum aus teurem Stoff, die Worte des Gendarmen kreisten unaufhörlich hinter ihrer Stirn. Ida versuchte, sich mit ihrer Weißnäherei und später mit ein paar Eintragungen in ihrem Journal abzulenken, doch vergebens.

Erst als Wilhelm wie vereinbart mit seiner unförmigen Schulmappe auf der Hintertreppe auftauchte, konnte sie sich für eine Weile auf etwas anderes konzentrieren. So schwer es ihr auch fiel.

Nach anfänglichem Zögern hatte sie sich doch entschlossen, ihn in ihrer winzigen Wohnung zu empfangen, um ihm mit dem verflixten Chargen-Kursus zu helfen. Sie sagte sich, solange sie immer pünktlich und anständig ihre Miete bezahlte, konnte man sie doch schwerlich hinauswerfen, nur weil sie einen Bekannten oder auch Freund (so genau wollte sie sich in der Nomenklatur nicht festlegen) männlichen Geschlechts empfing. Vorsichtshalber hatte sie Wilhelm dann aber doch gebeten, nicht durch den Vordereingang, sondern über die Hintertreppe im Innenhof zu ihr zu kommen. Sie wollte die Hausbesorgerin nicht unnötig in Aufruhr versetzen. Dass er zu ihr in Zivil und nicht in der dunkelgrünen Gendarmerie-Uniform kam, verstand sich von selbst.

Nachdem Wilhelm sich dank seiner beachtlichen Länge fast den Kopf am Türrahmen angeschlagen hatte, tauschten sie einen zaghaften Gruß aus. Ida hatte den kleinen Tisch so platziert, dass man bequem zu zweit daran sitzen konnte. Ihr Bett hatte sie hinter einem ausgeblichenen Paravent notdürftig verborgen. Es war nicht zu übersehen, dass Wilhelm sich nach Kräften bemühte, sich nicht allzu neugierig umzusehen, und mit großer Konzentration auf die Unterlagen vor sich starrte.

Auch wenn sie Wilhelm kannte und ihm vertraute, fühlte sie sich auf einmal ein wenig beklommen. Noch nie zuvor hatte ein Mann ihre privaten Räume besucht. Selbst als Kind hatte ihr Vater das Zimmer, das sie mit ihren Schwestern geteilt hatte, unter dem Vorwand, dass er so viel läppischen Weiberkram nicht vertragen könne, niemals betreten.

»Nun, dann fangen wir einmal an«, begann Ida schließlich. Die Rolle der Lehrerin gab ihr für den Moment die notwendige Sicherheit.

»Fangen wir an«, wiederholte Wilhelm nur.

Recht bald war Ida klar, dass Wilhelm ungefähr so lernte, wie sie sich den Dienst eines Soldaten vorstellte: stur, stramm, geradeaus, ohne auch nur irgendetwas zu hinterfragen, punktgenau nach Dienstvorschrift. Was die Männer in diesem Chargen-Kursus zu bewältigen hatten, war gewiss nicht wenig, immerhin sollte sie die abschließende Prüfung auch einen Schritt näher dem Offiziersrang bringen, aber vieles wiederholte sich, ergänzte sich, ergab sich eins aus dem anderen – wenn man die Zusammenhänge denn durchschaute.

»Du musst mit deinem Verstand lernen.«

Wilhelm schnaubte unwillig. »Ja, mit was denn sonst?«

»Ich meine, du musst verstehen, was du da lernst.«

»Hältst du mich etwa für deppert?«

Ida musste schmunzeln. »Ich glaube, du warst immer ein leidlich braver Schüler. Jedenfalls nicht viel schlimmer als die anderen. Aber du hast nie gelernt, wie du Ordnung in deinem Kopf schaffst.«

»Du hältst mich also für deppert«, stellte Wilhelm ernüchtert fest. »Bald sechs Monate – ein halbes Jahr – sitz ich da wieder in der Schulbank, und du meinst, ich versteh nicht, was die Herren Offiziere uns da vorbeten!« Wider Willen musste er erkennen, dass ihre Hilfe – sosehr er sich diese auch erhofft hatte – irgendwo an seinem männlichen Selbstbewusstsein kratzte.

»Ich bin mir sicher, dass du es verstehst. Aber was du da zu lernen hast, ist nur halb so schlimm, wenn du dem Ganzen auch ein System gibst. Wann ist denn die Prüfung?«

Er antwortete mit einer vagen Geste, die vermuten ließ, dass er das unerbittliche Heranrücken des Tages geflissentlich zu verdrängen suchte.

»Ich verstehe«, erwiderte Ida mit dem wissenden Nicken einer erfahrenen Lehrerin.

Dann machten sie sich an die Arbeit.

Es ist schwer zu beschreiben, was in der folgenden Stunde in Wilhelms Kopf vorging. Er fühlte sich wundersam in eine Halbwelt versetzt, in der er zugleich Schüler und Mann war; voll wonniger Furcht und Schauder vor der Frau, die ihm mit ein paar Sätzen Dinge klarmachte, von denen sie eigentlich selbst keine Ahnung haben konnte, und in demselben Herzschlag von einem heimlichen Verlangen erfüllt, das ihm schier den Atem raubte.

»Und wenn du das alles einmal begriffen hast, ist das Lernen nur noch halb so viel Arbeit«, holte Ida ihn schließlich wieder in die Wirklichkeit zurück.

Wilhelm nickte nur erschöpft.

»Ich wollte dich noch etwas anderes fragen«, wechselte Ida darauf das Thema.

Irritiert sah er sie an.

»Mir ist da heute etwas aufgefallen, was mir nicht aus dem Kopf geht. Und es hat auch nichts mit deinem Chargen-Kursus zu tun«, fügte sie hinzu.

Mit ein wenig Phantasie hätte man nun ein Aufatmen von Wilhelms Seite hören können.

»Ich weiß, dass du nicht im Dienst bist und hier auch nicht

dein Rayon ist, aber du hast ja regelmäßig Kontakt mit dem Herrn Leitner und … seinen Leichen.«

Wilhelm zuckte zusammen und schaute sie an, als wäre er sich gerade nicht ganz sicher, ob sie dies tatsächlich gesagt hatte. »Mit den Toten unterhalte ich mich eher weniger«, erwiderte er endlich, »aber mit Leopold treffe ich mich, wann immer es geht.«

»Gut.« Sie atmete durch. »Wenn du ihn wieder siehst, dann erkundige dich doch nach seinem Toten, dem Erschlagenen von der Poudrettefabrik.« Falls Ida Wilhelms verwirrten Blick bemerkte, so ging sie darauf nicht im Geringsten ein, sondern fuhr fort: »Wahrscheinlich weiß er ohnehin schon, dass heute eine Frau an der Mur erschlagen aufgefunden wurde. Ich mag mich ja irren, aber vielleicht gibt es da einen Zusammenhang.«

»Woher willst du das wissen?« Mit einem Mal wirkte er angespannt. Seine dichten Brauen hatten sich streng zusammengezogen, seine Haltung hatte etwas Militärisches angenommen. Im Grunde saß er plötzlich wie ein Gendarm vor ihr.

»Du hast erzählt, dass der Mann erschlagen worden sei, die Frau an der Mur wurde das auch.«

»Viele Leute werden erschlagen. Das muss noch nichts heißen, außerdem ist immer die Frage wie und wovon … oder von wem man erschlagen wird.«

»Ich weiß«, winkte Ida ab. »Aber du hast auch erzählt, dass der Mann vielleicht am Abend vor seinem Tod beim Brauhaus-Ball gewesen war, wegen seines Kragens und seiner Kleidung. Ich bin mir ziemlich sicher, dass die Tote auch beim Ball gewesen sein könnte. Jedenfalls bei einem Fest, für das sie nicht ihr Alltagsgewand getragen hat.«

Als ein Mann, der fast sein halbes Leben in Uniform verbracht hatte, fühlte sich Wilhelm von ziviler Kleidung und ihrer Fülle an Formen und Farben (die er ohnehin nicht sehen konnte), ihren Bedeutungen und Konventionen, der Etikette und den Fehlern, die man allein mit einer falsch gewählten Krawatte begehen konnte, ein wenig überfordert. Und da waren die Details und Geheimnisse der weiblichen Mode noch gar nicht mit eingerechnet. »Wie kommst du darauf?«, fragte er daher etwas planlos.

»Die Tote hat einen blau gemusterten Rock aus einem Seidenstoff oder etwas Ähnlichem getragen. Er war ausgeblichen und vom Straßenstaub grau, am Saum war ein Riss, der nur notdürftig geflickt war. Eine Dame der Gesellschaft würde sich mit so einem Kleidungsstück niemals in die Öffentlichkeit wagen. Die Frau eines Handwerkers oder eine arbeitende Frau würde so einen Rock kaum anziehen. Außer …«

»Außer?«, wiederholte Wilhelm, der ganz offensichtlich noch nicht recht wusste, worauf Ida hinauswollte.

»Außer sie geht zu einem Fest, zu einer öffentlichen Veranstaltung, bei der man sich herausputzt. Zum Brauhaus-Ball zum Beispiel! Die Tote muss sich also für einen Anlass zurechtgemacht haben und konnte sich nichts Neues leisten. Viele Frauen, die nicht über allzu viel Geld verfügen, tragen die abgelegten Kleider der feinen Leute auf. Ich habe beim Ball auch das Kleid von Frau Lahothny getragen«, versuchte Ida, ihre Aussage zu untermauern. »Ich habe es mir bloß umgeändert.«

»Das war ihres?« Wilhelms Entsetzen ließ vermuten, dass ihm von dem Kleid bisher bestenfalls Idas Dekolleté hinter der zarten Spitze in Erinnerung geblieben war. Dass es das Kleid einer Mörderin gewesen war, mit dem er sie zum Tanz geführt hatte, überschattete das Bild wohl ein wenig.

»Genau.« Ida reckte das Kinn, was jeglichen weiteren Einwurf im Keim erstickte. »Es gibt eigene Geschäfte, in denen man abgelegte Kleider kaufen kann«, setzte sie fort. »Wenn man nun noch hinzunimmt, dass der Rock wirklich nicht mehr im besten Zustand war und die Frau in einem Altkleidergeschäft vielleicht etwas Besseres oder zumindest etwas in einer praktischeren Farbe hätte bekommen können, dann bleibt nur noch eine Vermutung übrig: Sie trug ein Kleid, das ihre eigene Hausherrin ihr weitergegeben hatte. Da kann man schlecht Nein sagen – vor allem, wenn man sich nichts anderes leisten kann. Die Tote muss also eine Bedienstete gewesen sein, die sich für eine Feierlichkeit zurechtgemacht hatte.« Ida hielt kurz inne, um ihren folgenden Worten mehr Gewicht zu verleihen. »Und ich weiß, wo ein Dienstmädchen genau in der Nacht des Brauhaus-Balls verschwunden ist.«

Wilhelm starrte sie mit offenem Mund an. »Du weißt – wie … wieso?«

Also berichtete ihm Ida, was sie von den beiden Schwestern Mandelsüß bei ihren letzten Klavierstunden erfahren hatte und welche Vermutungen sich daraus für sie ergeben hatten. Nun, da sie ihre Gefühle und Ängste nicht mehr nur hinter freundlicher Anteilnahme verbergen musste, fiel es ihr viel leichter, ihre Überlegungen mit Wilhelm zu teilen.

Nachdem sie geendet hatte, fuhr er sich mit der Hand übers Gesicht. »So ein Schmarren«, murmelte er.

»Das ist kein –«, wollte Ida schon widersprechen, doch Wilhelm unterbrach sie.

»Ich werde dem Leopold sagen, was du beobachtet hast. Aber nur wegen einem Riss am Saum gleich anzunehmen, dass du weißt, wer die Tote sein soll, obwohl du das Hausmädel kaum ein paarmal gesehen hast, ist schon ein bisschen gewagt.«

Ein vifes Funkeln lag in Idas Augen, als sie erwiderte: »Mir ist lediglich etwas aufgefallen, und ich habe meine Schlüsse daraus gezogen. Wenn ich mich geirrt habe, wird es niemandes Schaden sein, aber sollte ich richtigliegen …« Sie musste den Satz nicht beenden. Wilhelm wusste auch so, dass Idas scharfer Verstand jedem Manne gewachsen war.

Kapitel 4

... in welchem gleich zwei Tote erkannt werden, was jedoch lediglich noch mehr Fragen aufwirft ...

Der folgende Tag führte, wenig überraschend, Wilhelm einmal mehr vor Augen, dass der Termin der Examination gnadenlos heranrückte, während in derselben Geschwindigkeit das zu bewältigende Pensum anwuchs. Es war nicht das erste Mal, dass er sich fragte, wen es denn wirklich kümmern würde, wenn er alles hinschmisse und sich noch vor dem Mittagsläuten in Gratwein bei seinem Wachtmeister Stransky zum gewöhnlichen Dienst meldete. Dann aber tauchte jedes Mal wieder dieses Stimmchen in seinem Hinterkopf auf, das ihn so verlockend mit »Wachtmeister Koweindl« anredete und ihn daran erinnerte, was es bedeuten könnte, wenn er den Rang eines gemeinen Gendarmen hinter sich ließe.

Ida hingegen brauchte keine mahnende Gewissensstimme, um sie an ihre Pflichten zu erinnern.

Allerdings erwartete sie eine nicht geringe Überraschung, als schon am frühen Morgen plötzlich die Hausbesorgerin mit einer Heftigkeit an ihre Tür klopfte, als wäre mindestens irgendwo ein Feuer ausgebrochen. »Fräulein Fichte!«, dröhnte es im Treppenhaus, dass auch alle übrigen Mieter es mitbekommen mussten.

»Guten Morgen«, öffnete Ida mit ausgesuchter Freundlichkeit und lächelte die vierschrötige Gestalt vor sich an. Falls nun eine Beschwerde wegen Wilhelms Besuch folgte, wollte sie ihr keineswegs die Freude einer schuldbewussten Miene machen.

»Ja, gut ist was anderes«, fauchte die Frau. »Da unten steht ein Gendarm, der will Sie sprechen. Ganz dringend, sagt er. Was haben S' denn angestellt?«

Ida konnte nicht verhindern, dass sie im ersten Moment erblasste – zu sehr erinnerte sie die Situation an die Ereignisse des letzten Herbstes.

»Ah, ich seh schon«, bemerkte die Hausbesorgerin, die ihre Reaktion offensichtlich falsch gedeutet hatte, »wenn Sie *so eine* sind, dann können Sie gleich Ihre Sachen packen.«

Doch schon hatte Ida sich wieder gefangen. »Ich habe keine Ahnung, wovon Sie reden«, antwortete sie nur und marschierte mit betont selbstbewusster Haltung an der Frau vorbei die Treppen hinunter.

Nur kurz hatte sie erwartet, Wilhelm vor dem Hauseingang zu sehen, doch die blonden Locken verrieten schon von Weitem, dass es sich bei dem jungen Ruhe- und Ordnungshüter nur um Leopold Leitner handeln konnte.

Seit sie ihn als Probegendarmen an Wilhelms Seite kennengelernt hatte, schien er irgendwie gewachsen zu sein. Hatte er vor einem halben Jahr noch wie ein Knabe ausgesehen, der sich lediglich zum Spaß die Uniform eines großen Bruders übergestreift hatte, so stand nun ein schneidiger Mann vor ihr, dessen wohlgeformte Statur gewiss bei manchen Damen nicht unbemerkt blieb. Die Aussicht, bald ans Polizeiagenteninstitut nach Wien zu wechseln, tat wohl ihr Übriges. Allein der sanfte, geradezu unschuldige Blick verriet, dass es sich immer noch um denselben Leopold Leitner wie eh und je handelte.

»Fräulein Fichte!«, grüßte er zuerst mit militärischem Anstand, ehe er ihre Hand nahm und herzlich schüttelte.

Die Hausbesorgerin beobachtete dies mit einem Schnauben. Es war nicht zu übersehen, dass sie sich eher eine dramatische Verhaftung erwartet hätte, nachdem sie sich zuvor schon die Mühe gemacht hatte, bis ins Dachgeschoss hinaufzusteigen.

»Der Wilhelm hat mir heute vor Dienstbeginn von Ihrer *Beobachtung* erzählt. Er war wohl etwas skeptisch, aber wenn das zutrifft, was Sie bemerkt haben, wäre das der erste brauchbare Hinweis in dieser Sache«, begann Leopold sogleich, nachdem sie ein paar freundliche Floskeln getauscht hatten. »Bisher haben ja alle, die befragt wurden, nur von Fahrenden und Landstreichern geredet, und entweder hat niemand was gesehen, oder wenn jemandem was aufgefallen ist, dann war es ungefähr so phantastisch wie ein Märchen der Brüder Grimm.« Leopold seufzte und fügte ironisch hinzu: »Der Teufel hat offenbar Tradition in Graz.«

»Es freut mich, wenn ich von Nutzen sein kann.«

Ein unwirscher Laut der Hausbesorgerin verriet, dass sie da völlig anderer Ansicht war. Auch wenn sie keine Ahnung hatte, worum es denn eigentlich ging.

»Sie könnten noch mehr von Nutzen sein, Fräulein Fichte«, entgegnete Leopold. »Wenn Sie mich zur Familie Mandelsüß begleiten könnten? Es muss sich jemand finden, der bestätigen kann, dass es sich im Falle des Falles tatsächlich um das Hausmädchen der Familie handelt.«

»Aber könnten das nicht ihre eigenen Angehörigen tun?«

»Wenn das so einfach wäre.« Er machte ein unglückliches Gesicht. »Wissen Sie, wie aufwendig das ist, allein anhand eines Namens und des Eintrags im Dienstbotenregister jemandes Verwandte ausfindig zu machen? Immerhin wissen wir nun, dass ihre Eltern nicht mehr leben, und soweit sich auf die Schnelle herausfinden ließ, sind ihre Schwestern – stellen Sie sich vor, die heißen alle Maria ...«

Ida nickte nur wissend, was Leopold für einen Moment aus dem Konzept brachte.

»Nun ... Jedenfalls sind die alle irgendwo in Diensten. Von der ältesten Schwester ist gar kein Aufenthaltsort bekannt. Für die Ermittlungen wäre es aber besser, wenn man bald zu brauchbaren Antworten kommt. Allerdings soll nicht der Eindruck entstehen, dass die Familie Mandelsüß womöglich aufgrund ihrer ... kulturellen Einstellung in den Fokus der Ermittlungen geraten ist.« Geschickt umschiffte er die Tatsache, dass besagte Familie nicht nur außerordentlich reich, sondern auch jüdisch war. »Es ist bekannt, dass der gnädige Herr Mandelsüß auf diesem Gebiet durchaus streitbar reagiert. Und ein Skandal ist das Letzte, was der Angelegenheit hilft.«

»Sie wollen mich also vorschicken?«

»Nun ja – eigentlich bin ich ja schon derjenige, der vorgeschickt wurde.« Leopold schenkte ihr einen Blick voll knabenhaftem Charme. »Darf ich auf Ihre Hilfe zählen?«

Ida konnte ein Schmunzeln nicht verbergen. »Mir scheint, jeder Gendarm, den ich kenne, braucht in letzter Zeit meine Unterstützung.«

Die Hausbesorgerin kommentierte diese Bemerkung mit einem skeptischen Brummen und verschwand schließlich wieder in ihrer Wohnung – nicht ohne zuvor Ida einen abschätzigen und Leopold einen interessierten Blick zum Abschied zuzuwerfen.

Es war nicht zu übersehen, dass Idas Erscheinen den Tagesablauf der Familie Mandelsüß gehörig durcheinanderbrachte. Der Hausherr hatte bereits das Frühstück in einem Herrenklub eingenommen und wurde vor dem späten Abend nicht mehr zurückerwartet. Die gnädige Frau jedoch war noch in Morgengarderobe und weigerte sich zunächst, die unangekündigten Gäste zu empfangen. Der Diener, der seine schlechte Laune nur schwer verbergen konnte, führte Ida und Leopold also zunächst in das Musikzimmer, wo sie fürs Erste warten sollten.

Der junge Gendarm schien von diesem Arrangement nicht gerade erfreut, allerdings hatte er nicht wirklich eine Wahl, als sich in Geduld zu üben.

Während Ida sich fragte, wie lange es wohl dauern mochte, bis die Hausherrin gesellschaftsfähig wäre, lenkte ein verhaltenes Kichern ihre Aufmerksamkeit auf die nur halb geschlossenen Doppeltüren, die zum großen Salon führten. Kurz wechselte sie einen Blick mit Leopold, ehe sie mit betont lauter Stimme sprach: »Oh, wie freundlich, dass die jungen Damen uns Gesellschaft leisten wollen. Darf ich Ihnen meine Schülerinnen Victoria und Valentine Mandelsüß vorstellen, Herr Leitner?«

Auf diese überdeutliche Aufforderung hin blieb den beiden Mädchen nichts anders übrig, als mit rot übergossenen Wangen aus ihrem Versteck hervorzukommen und vor ihr und dem Gendarmen zu knicksen.

»Gendarm Leitner, erstes Landesgendarmeriekommando Graz«, wies Ida auf Leopold, welcher mit angestrengt ernster Miene den jungen Damen zunickte.

Sicherlich hätte sie in ihrer Funktion als Lehrerin die beiden nun fragen können, weshalb sie nicht im Lyzeum waren, doch Ida hatte bereits bei anderen Gelegenheiten erfahren, dass die Schwestern bisweilen von völlig unerwarteten morgendlichen Unpässlichkeiten heimgesucht wurden, die sie am Schulbesuch hinderten. Meist jedoch kehrte ihre Gesundheit schon gegen Mittag oder in den frühen Nachmittagsstunden zurück, und niemals stand es so schlimm um sie, dass sie das Bett hüten mussten. Da der Vater meist nicht zu Hause und die Mutter mit anderen, wichtigeren Dingen beschäftigt war, blieben diese ominösen Schwächeanfälle weitestgehend unkommentiert. So auch jetzt.

Ein paar Augenblicke standen die Mädchen stumm vor ihnen, die Hände unter den Spitzen ihrer hellen Kleider verborgen, ehe Valentine sich ein Herz fasste. »Es geht um die Marie?«, fragte sie endlich.

Ida nickte ernst.

»Also hat er sie doch nicht geheiratet …«

»Siehst du! Und so einen hast du angeschmachtet!«, giftete Victoria ihre Schwester an – ungeachtet, dass der Gendarm einen reichlich verwirrten Blick zu Ida warf, die ihrerseits nur lächelnd vorgab, nichts von dem Gezänk mitzubekommen.

»Wo ist sie denn nun?«, fragte Valentine, nachdem sie ihre Schwester einige Sekunden lang bitterböse angestarrt hatte. »Ich glaube nicht, dass die Mutter sie wieder in Dienst nimmt, nachdem sie einfach so weggegangen ist.«

Kurz zögerte Leopold, dann erwiderte er: »Sie wird wohl auch nicht wiederkommen.«

Die beiden Mädchen sahen erst einander, dann Ida und den Gendarmen konfus an.

»Es wurde jemand am Murufer gefunden. Es könnte gut sein, dass sie es ist«, erklärte Ida vorsichtig.

Sie war sich nicht sicher, ob Frau Mandelsüß es gutheißen würde, wenn sie deren Töchtern einfach von ihrem Verdacht erzählte. Es ihnen zu verschweigen, schien ihr aber auch nicht richtig – vor allem, nachdem sie unangekündigt mit einem Gendarmen hier aufgetaucht war.

Leopold nickte. »Das muss natürlich erst bestätigt werden, aber dafür braucht es jemanden, der das Fräulein Kern kennt und sagen kann, ob die Lei…« Er unterbrach sich und schaute hilfesuchend zu Ida hin.

Doch die beiden Mädchen hatten längst begriffen. »Das heißt, die Marie ist tot? Und ihre Leiche liegt irgendwo herum? Und jetzt müssen wir sie uns anschauen und …« Victoria klang weniger erschrocken als vielmehr begeistert über die Aussicht, ein derartiges Abenteuer zu erleben. Möglicherweise war es auch der Anblick des feschen Gendarmen, der sie zu solchem Enthusiasmus beflügelte.

»Nun, ich dachte, dass Ihr Herr Vater oder die werte Frau Mama uns behilflich sein könnten«, erwiderte Leopold.

»Um welche Hilfe geht es?«, betrat da die Hausherrin das Musikzimmer. Ihre Miene machte deutlich, dass sie von den Herrschaften in ihrem Haus wenig angetan war; nervös spielten ihre langen Finger mit dem Samtbesatz an ihrem Vormittagskleid, das mit seiner langen Schleppe ebenso unpraktisch wie ehrfurchtgebietend aussah.

Der junge Gendarm sprang auf, um sich mit militärischer Präzision vor ihr zu verbeugen.

Frau Mandelsüß antwortete nur mit einem huldvollen Nicken, ehe sie sich an Ida wandte. »Soweit ich mich erinnern kann, war für diese Stunde kein Klavierunterricht vereinbart. Vor allem nicht in Gesellschaft eines Herrn Gendarmen. Kann ich davon ausgehen, dass Sie mit einer ausreichenden Erklärung aufwarten können?«

»Die Marie hat doch nicht geheiratet – und jetzt ist sie tot und wir müssen sie anschauen gehen, ob sie es wohl wirklich ist!«, platzte da Victoria heraus, ehe Ida auch nur ein Wort sagen konnte.

Die Hausherrin hob die schön geschwungenen Brauen. »Ach, deshalb dieser hochoffizielle Aufmarsch? Wie unangenehm.« Dann sah sie Leopold mit unverhohlenem Interesse an. »Ich befürchte allerdings, dass Sie auf meinen Gatten warten müssen. Ich sehe mich leider nicht in der Lage, irgendeine Aussage zu machen. Und schon gar nicht kann ich eine Tote ansehen!« Sie unterstrich ihre Rede mit einem Tremolo, das eine nahende Ohnmacht androhte.

»Wann ist denn mit der Rückkehr des Herrn Gemahl zu rechnen?«, fragte Leopold höflich, indem er sich bemühte, sich von ihrem Gebaren nicht durcheinanderbringen zu lassen.

»Er ist in seinem Klub, er verfügt über ein Übermaß an Zeit, Geld sowie Freunden, die es mit der Sabbatruhe nicht allzu genau nehmen. Ich denke, vor Mitternacht ist mit ihm nicht mehr zu rechnen. Und dann wird es wohl noch ein paar Stunden dauern, bis er Ihnen vernünftig Rede und Antwort stehen kann.«

»Ich verstehe«, erwiderte Leopold ernüchtert. »Allerdings wäre es wirklich dringend, in dieser Angelegenheit ... Also, wenn Sie dennoch die Güte hätten, ich bin sicher, dass alles sehr diskret gehandhabt wird.«

Frau Mandelsüß verzog angewidert die Lippen. »Kann das nicht jemand aus der Dienerschaft übernehmen? Marek wird wohl für ein paar Stunden abkömmlich sein.«

»Wenn du es nicht willst, können wir es tun!«, drängte Victoria. »Wir kennen die Marie doch auch genau! Und wenn es sein muss, kann das Fräulein Fichte ja auf uns aufpassen.«

Ida war sich nicht ganz sicher, ob ihr die Vorstellung gefiel, auf die beiden jungen Damen achtgeben zu müssen, während diese sich den Leichnam ihres verblichenen Hausmädchens ansahen. Dennoch lächelte sie verbindlich.

»Auf gar keinen Fall!«, zischte Frau Mandelsüß.

»Aber es wäre doch viel einfacher, wenn wir nicht erst auf den Herrn Papa warten müssten. Und womöglich ist er dann bös, dass er sich auch damit noch befassen muss, wo er doch an so viele andere Dinge zu denken hat ...«, warf Valentine ein, womit sie offenbar einen gewissen Punkt traf, denn mit einem theatralischen Seufzen wandte sich die Hausherrin schließlich an Leopold.

»Wenn es denn sein muss, so werde ich meine Bürgerpflicht tun.«

»Vielen Dank.«

»Und wir kommen mit!«, verkündeten die Mädchen darauf einstimmig.

»Ihr?«, entfuhr es Leopold, ehe er sich besinnen konnte.

Frau Mandelsüß bedachte ihre Töchter mit einem mahnenden Stirnrunzeln. »Ich bin mir sicher, es wäre euch zuträglicher, wenn ihr den Vormittag für ein paar Etüden … oder Deklinationen nutztet. Sie stimmen mir doch zu, Fräulein Fichte?«

Im Grunde hätte Ida nun nur zu lächeln und zu nicken gebraucht, um sich aus der Affäre zu ziehen, doch einer unerklärlichen Eingebung folgend entgegnete sie stattdessen: »Ich habe Ihrer Einschätzung nichts hinzuzufügen, aber wie Ihnen der Gendarm Leitner sicher bestätigen wird, wäre es ungemein hilfreich, wenn mehr als eine Person bezeugen könnte, um wen es sich … möglicherweise handelt.«

»Aber das sind doch Kinder!«, widersprach Frau Mandelsüß.

»Sie haben recht«, lenkte Ida sogleich ein, nicht ohne einen auffordernden Blick in Leopolds Richtung zu werfen. »Natürlich wäre es klüger, auf den gnädigen Herrn zu warten.«

Die Hausherrin sah fragend zu dem jungen Gendarmen hin, der sich hinter seiner vorbildlich militärischen Haltung verschanzte. Allerdings hatte er (ganz im Gegensatz zu Wilhelm, für den die Kommunikation via Augenkontakt noch für längere Zeit ein Buch mit sieben Siegeln bleiben würde) durchaus verstanden, was Ida ihm hatte mitteilen wollen. »Ich stimme Ihnen natürlich in allem zu, gnädige Frau«, sagte er. »Aber es wäre sicherlich einfacher, wenn Ihre Töchter es über sich brächten, uns behilflich zu sein. Außerdem müsste dann auch nicht der Name Ihres Gatten in den Akten aufscheinen.«

»Nun gut … Ich muss mich zuvor allerdings noch umkleiden.« Sprach's und rauschte davon.

Leopold unterdrückte ein Stöhnen.

Voll von geradezu ungehöriger Begeisterung eilten daraufhin auch die Mädchen davon, um sich für die Besichtigung der Toten zurechtzumachen.

Mit säuerlich verkniffenen Mundwinkeln erkundigte sich

der Diener, ob er ihnen derweil noch etwas bringen könne, was Ida und Leopold jedoch verneinten. Offenbar sehr zur Erleichterung des Mannes, der nach einer knappen Verbeugung ebenfalls verschwand.

Überraschend schnell erschien Frau Mandelsüß wieder. Diesmal in einem schmal geschnitten dunklen Kleid, auf dem Kopf ein Hut, dessen dichter Schleier ihr Gesicht fast vollständig verbarg. Ganz offensichtlich wünschte sie, bei der Erfüllung ihrer Bürgerpflicht nicht erkannt zu werden.

Valentine und Victoria waren längst bereit und konnten ihr Entzücken über diese unerwartete Exkursion nur unzureichend zügeln.

Als sie in den wartenden Wagen stiegen, warf Frau Mandelsüß Ida durch den Schleier einen warnenden Blick zu. Es war klar, dass sie diese unmögliche Situation nur in Kauf nahm, um noch viel unangenehmere Dinge zu vermeiden. Unmissverständlich gab sie ihr zu verstehen, dass ein einziges unpassendes Wort genügte, um sie nicht nur ihrer Stellung ein für alle Mal zu entheben, sondern es auch noch weitreichendere Folgen nach sich ziehen würde. Welche das sein mochten, überließ sie ganz der Phantasie der jungen Frau.

Die Fahrt zum Gerichtsmedizinischen Institut, wo die Toten darauf warteten, ihrer ewigen Ruhestätte übergeben zu werden, verlief größtenteils schweigend – auch wenn die beiden Schwestern Mandelsüß ihre Zungen nur mühsam in Zaum halten konnten. Der strenge Blick der Mutter jedoch genügte, um allzu viele Worte ungesagt verklingen zu lassen.

Erst als sie das von außen so unscheinbare Gebäude betraten und ihnen kühl-dumpfe Luft entgegenschlug, verstummten die Mädchen gänzlich.

Ein hagerer Mann mit einer ehemals weißen Schürze, wohl der Institutsdiener, der gerade auf einer Rollbahre einen verhüllten Leib vorbeischob, staunte nicht schlecht, als der junge Gendarm mit gleich vier Frauenpersonen anrückte. »Wir sind hier ja keine Unterhaltungseinrichtung«, bemerkte er.

Leopold trat auf ihn zu, wobei er an seiner amtlichen Mission keinen Zweifel ließ. »Es geht um die Tote, die gestern am Murufer gefunden wurde.«

»Ach, die.« Der Mann nickte. »Weiß schon.« Er ließ die Bahre kurzerhand an der Wand stehen und bedeutete ihnen, ihm zu folgen.

Ida bemühte sich um ruhige Gefasstheit, während Victoria und Valentine zwischen Neugier und Scheu schwankten und offenbar den morbiden Charme ihres Abenteuers genossen, von dem sie gewiss bei nächster Gelegenheit ihren Kameradinnen im Lyzeum ausführlichst berichten würden. Frau Mandelsüß hingegen verkroch sich förmlich in ihrem Schleier, der sie wie eine düstere Ahnfrau erscheinen ließ.

Der Mann wischte sich die Hände an der Schürze, ehe er eine Tür öffnete, hinter der auf mehreren Tischen von Leintüchern bedeckte Silhouetten zu erahnen waren. Er trat zum ersten und sah erst Leopold, dann Frau Mandelsüß an. »Sollen die jungen Fräulein nicht eher draußen warten?«

Valentine und Victoria schüttelten die Köpfe. Zu wortreichem Widerspruch waren sie offenbar nicht mehr fähig. Ihre Mutter hingegen schwieg und starrte auf die Gestalt auf dem Tisch.

»Wie Sie meinen«, murmelte er und zog das Tuch beiseite.

Das Gesicht der Frau sah noch grauer aus, als Ida es in Erinnerung hatte. Die nackten Schultern ließen sie noch hilfloser und verletzlicher wirken, das Haar war lieblos unter dem Nacken zusammengeschoben worden, der Kopf gnädig zur Seite gedreht, sodass die grausame Verletzung nicht gleich ins Auge stach.

»Und?«, fragte der Institutsdiener.

Frau Mandelsüß nickte nur, ihre Miene war unter dem Schleier kaum zu erkennen.

»Das ist die Marie«, flüsterte Valentine.

»Sie ist also wirklich tot«, sagte Victoria.

Leopold bedeutete dem Mann, dass er die Tote wieder bedecken konnte. »Vielen Dank.«

Plötzlich durchzuckte Ida ein Gedanke. »Verzeihung.« Sie sah fragend zu Leopold hin, der ihr mit einem leichten Nicken zu verstehen gab, dass sie nur weitersprechen sollte. »Der andere Tote, der bei der Poudrettefabrik gefunden wurde ... Sollte nicht zur ... Gegenprobe ...?«

»Was für eine Gegenprobe?« Der Institutsdiener zupfte ungeduldig an seiner Schürze herum. Wahrscheinlich wollte er die Bahre mit dem Leichnam nicht allzu lange unbeaufsichtigt am Gang warten lassen.

Ida sah Leopold eindringlich an. Bei Wilhelm führte dies bisweilen dazu, dass er entweder vollends durcheinanderkam oder ihr vorsichtshalber einfach zustimmte, um nicht womöglich als unwissend dazustehen.

Irritiert wandte sich Frau Mandelsüß an den Gendarmen. Ganz offensichtlich hatte sie nicht vor, auch nur eine Minute länger als notwendig hier zu verbleiben.

»Ach, jetzt verstehe ich.« Leopold setzte ein chauvinistisches Lächeln auf, das Ida unter anderen Umständen wohl in Rage versetzt hätte. Nun aber meinte er in demonstrativ gönnerhaftem Ton: »Das Fräulein Fichte kennt wohl den juristischen Fachbegriff nicht. Aber ja, das muss sein. Fürs Protokoll.«

Mit einer Geste, die eindeutig durch den Zauber seiner gut sitzenden Uniform noch verstärkt wurde, wies er den Mann an, der nun reichlich verwirrt dreinsah, besagten Toten ebenfalls den Frauen zu zeigen.

Der Diener trat schließlich ergeben an einen Tisch weiter hinten und griff nach einem Zipfel des Leintuchs. »Der liegt aber schon ein paar Tage länger da«, meinte er nur.

Frau Mandelsüß fuhr bei dem Anblick des eingefallenen Gesichts zurück und wandte sich ab. Die beiden Mädchen hingegen reckten nach einem kurzen Moment des Schauderns neugierig die Hälse.

Wie bei der Toten, die nun als Maria-Benedikta Kern identifiziert war, ließ sich auch bei jenem männlichen Leichnam erst auf den zweiten Blick erahnen, dass er durch einen grausamen Hieb gegen den Schädel umgekommen war. Auch er schien weder jung noch alt, zu Lebzeiten war er vielleicht recht fesch gewesen, seine Züge mochten als schneidig und forsch gegolten haben. Auch er war unter dem Laken unbekleidet, was zwar von dem Stoff züchtig verhüllt wurde, doch immerhin konnte man auf der rechten Schulter einen bräunlichen Fleck erkennen, der sich länglich bis zum Hals und hinter das Ohr erstreckte.

»Naevus pigmentosus«, murmelte der Institutsdiener und nestelte nervös an seiner Schürze herum. »Ein Leberfleck.«

Aufgeregt begannen Valentine und Victoria, miteinander zu tuscheln.

»Wir kennen ihn nicht«, sagte Frau Mandelsüß und drehte sich um. »Ich glaube nicht, dass eine weitere Aussage vonnöten ist.«

Der Institutsdiener schaute abwartend zu Leopold hin, der ihm mit einer Geste bedeutete, dass sie genug gesehen hatten.

»Vielen Dank. Ich möchte die Damen nicht überstrapazieren.«

Sichtlich erleichtert schlug der Mann das Tuch wieder über den Körper.

Frau Mandelsüß rauschte an ihm vorbei, als könnte sie es kaum erwarten, diesen Ort der Toten hinter sich zu lassen. Ihre Töchter jedoch zögerten, warfen einander eindringliche Blicke zu, bis Ida – nachdem die Mutter außer Hörweite war – ihnen endlich den Gefallen tat, sie zu fragen, was ihnen aufgefallen war.

»Das ist er!«, erklärte Victoria mit gedämpfter Stimme, jedoch immer noch laut genug, dass auch Leopold auf sie aufmerksam wurde. »Der Mann, den die Vali immer angeschmachtet hat. Der Liebhaber von der Marie, der sie dann doch nicht geheiratet hat!«

»Ich habe ihn nicht angeschmachtet!«, ereiferte sich Valentine.

»Aber du hast ihn gleich erkannt! Das Mal, das er da hat, und sein griechisches Profil.«

»Nicht griechisch – römisch.«

»Was auch immer …«, unterbrach sie Leopold. »Ihr kennt den Mann?«

Die Mädchen zuckten die Schultern, ehe sie erklärten, wie sie sich einen Spaß daraus gemacht hatten, die nächtlichen Ausflüge ihres Hausmädchens zu beobachten, und dabei jenen einst schneidigen und nun toten Mann zu ihrem Ideal erkoren hatten. Das Mal an seinem Hals, an dem sie ihn eindeutig wiedererkannt hatten, war ihnen dabei natürlich nicht entgangen.

Für weitere Erklärungen war jedoch keine Zeit, denn Frau Mandelsüß wartete bereits ungeduldig im Wagen auf ihre Töchter. Immerhin bewiesen Victoria und Valentine in dieser Situation eine unerwartete Geistesgegenwart, denn als sie kurz darauf zu ihrer Mutter eilten, verkündeten sie einstimmig, dass sie mit Ida noch vereinbart hatten, dass sie unbedingt am folgenden Tag den Vortrag ihrer Schumann-Lieder verfeinern wollten. Außerdem sei Musik nun eindeutig das Beste für ihre angegriffenen Nerven nach diesem unsäglichen Abenteuer.

Die gnädige Frau musste dem wohl zustimmen. Ihre verkniffene Miene, die man hinter dem dichten Schleier nur schemenhaft erkennen konnte, ließ allerdings vermuten, dass sie die Notwendigkeit, sich nun endgültig nach einem neuen Hausmädchen umsehen zu müssen, ebenso erschreckend fand wie die Aussicht, sich in den nächsten Tagen einer geballten Ladung Schumann aussetzen zu müssen.

Harsch wies sie den Fahrer an, zuzufahren, ehe Ida oder Leopold womöglich noch auf die Idee kamen, sich ihnen anzuschließen. Im Grunde war den beiden dies nur recht.

»Kann es stimmen, was die Mädchen da behauptet haben?«, wandte sich Leopold an Ida, nachdem der Wagen mit den Damen Mandelsüß aus ihrem Blickfeld verschwunden war.

»Sie mögen ihre Schwächen haben. Lügnerinnen sind sie aber keine«, erwiderte Ida.

»Das wirft nun ein völlig anderes Licht auf die Sache …«

»Erzählen Sie«, forderte Ida ihn auf, während sie den Weg zu ihrer Wohnung einschlug.

Zwar schätzte es Wilhelm Koweindl, wenn er bei seinen Überlegungen nicht allein mit sich war, sondern ihm jemand beim Denken zuhörte, Leopold Leitner hingegen war durchaus in der Lage, auch mit sich selbst im inneren Dialog zu brauchbaren Schlüssen zu gelangen. Allerdings hatte er im letzten halben Jahr festgestellt, wie wertvoll Gedanken sein konnten, die nicht allein seinem eigenen Kopf entsprungen waren. Außerdem hegte er nicht den geringsten Zweifel an der Schärfe von Idas Verstand.

Weit mehr als die Frage, ob und wie viel des aktuellen Ermittlungsstandes er Ida verraten durfte, beschäftigte Leopold zunächst jedoch das Problem der Dienstvorschriften. So war es einem Gendarmen ja nicht erlaubt, im Einsatz und auf offener Straße mit einem Frauenzimmer freundschaftlich zu plaudern oder ihr gar den Arm zu reichen (was er zwar beides nicht vorhatte, dennoch verunsicherte es ihn.) Schließlich jedoch fasste er sich ein Herz und marschierte in militärisch formvollendeter Haltung los, wobei er die Hände fest hinter dem Rücken verschränkt hielt, den Blick geradeaus gerichtet, während er Ida mit gedämpfter Stimme mitteilte, was man mittlerweile über den Toten von der Poudrettefabrik herausgefunden hatte.

Allein den Namen des Erschlagenen herauszufinden, hatte einiges an Ermittlungsarbeit und umständlichem Herumfragen gebraucht. Denn wie so oft hatte ab dem Moment, in dem man zugeben musste, dass ein Gewaltverbrechen vorlag, niemand mehr etwas von besagtem Mann wissen oder hören wollen. Plötzlich war sein Gesicht jedem unbekannt und was er in der Gegend so getrieben hatte, jedem schleierhaft.

Erst zwei Gassenbuben, die bislang – wenn sie nicht gerade in der Schule saßen und sich von ihrem Lehrer verprügeln oder zu Hause von ihrem Vater verdreschen ließen – ihre Zeit mit dem Diebstahl von Kleinigkeiten des täglichen Lebens (Taschenuhren, Äpfel und frische Semmeln, Silberknöpfe, Spitzentaschentücher und bei Gelegenheit auch ein wenig Geld) verbracht hatten, konnten den entscheidenden Hinweis liefern. Wegen der Aussicht auf ein besonders hübsches Taschenmesser, das der Tote besessen haben sollte (und das im Laufe der Nachforschungen niemals gefunden wurde) und ein wenig Bezahlung hatten die beiden hier und da Botengänge für ihn erledigt und so auch seinen Namen mitbekommen. Die ermittelnden Instanzen hatten schließlich die beiden Buben mit freundlichen Worten und Drohungen dazu gebracht, ihr Wissen mit ihnen zu teilen, was dazu führte, dass der eine der beiden, fasziniert von der Macht der Exekutive, beschloss, eines Tages selbst zur Gendarmerie zu gehen, und der andere aus Zorn über den Verrat seines Freundes die gegenteilige Karriere einschlug.

Jeremias Brandt, wie der Name, den man endlich herausbekam, lautete, war das, was man wohl am ehesten als einen dem Gesetz nur recht lose verpflichteten Lebenskünstler bezeichnen konnte – so man nicht den weit weniger schmeichelhaften Begriff des »Kleinganoven« verwenden wollte.

Nun, da man ihn kannte, konnte die Gendarmerie auch in Erfahrung bringen, womit Brandt in den letzten Jahren seinen Lebensunterhalt verdient hatte. Von den zahlreichen Professionen, die er im Laufe seiner fast vierzig Lebensjahre ausgeübt hatte, waren nur die wenigsten innerhalb des Rahmens bürgerlicher Vorstellungen angesiedelt: So war er Straßenfeger, Schuhputzer und Stallknecht gewesen, hatte sich angeblich bereits in der halben Donaumonarchie schon einmal als Landarbeiter verdingt (wo genau, ließ sich nur lückenhaft feststellen und tut hier auch nichts zur Sache). Er hatte für die unterschiedlichsten Herrschaften kleinere und größere Besorgungen erledigt, war mehrfach der unehelichen Vaterschaft angeklagt worden, wobei er jedoch dem Ehesegen der Mutter Kirche immer im letzten Moment entkommen konnte. Vor allem aber lag die Vermutung nahe, dass er für einen gewissen Herrn, der sein Vermögen nicht mit den eigenen Händen, sondern eher mit den Kurven seiner ihm ergebenen *Nichten* verdiente, bestimmte unangenehme Dinge klärte.

»Sie verstehen, was ich meine?«, fragte Leopold an dieser Stelle seines Berichts. Seine Ohren leuchteten rötlich unter seinen blonden Locken hervor, während er konzentriert einer Taube nachblickte.

»Herr Brandt war also am ältesten Gewerbe der Welt beteiligt«, erwiderte Ida so nüchtern wie möglich.

Der junge Gendarm hielt weiter seine Augen in eine nicht näher definierte Ferne gerichtet, während er fortfuhr: »Die Sache ist die: Jetzt, wo wir wissen, wer er war, steht zu befürchten, dass diese Angelegenheit noch viel größer ist.«

»Jedenfalls war es möglicherweise nicht lediglich ein Raubmord.«

»Schlimmer ... oder besser, je nachdem wie man es betrachtet. Das heißt, Mord ist natürlich immer schlimm, aber in diesem Falle könnte man meinen, dass jemand sozusagen nur das Beste wollte und daher mordete.«

Ida sah Leopold mit hochgezogenen Brauen an. »Jetzt reden Sie wie der Wilhelm.«

»Oh. Verzeihung.«

Konversation über derlei Themen fiel offenbar keinem der Männer leicht – vor allem nicht, wenn eine Frau wie Ida Fichte zuhörte und sich ihre Gedanken dazu machte.

»Schon eine Woche vor dem Brauhaus-Ball, also fünf oder sechs Tage bevor wir den Brandt in der Nähe der Poudrettefabrik aus dem Straßengraben gezogen haben, da hat es einen Mord nicht weit von der Synagoge gegeben. Zuerst hat es geheißen, dass das womöglich irgendeine antisemitische Geschichte ist, aber dann ist recht bald herausgekommen, dass das auch einer ... na, ein Maquereau war.«

»Eine Makrele?«

»Nein. Ein Zuhälter.« Leopold wagte immer noch nicht, in Idas Richtung zu sehen. »Es muss noch abgeklärt werden, ob das derselbe Mann ist, mit dem dieser Brandt quasi zusammengearbeitet hat. Und wenn auch er seine Finger in dem Gewerbe hatte, dann liegt doch die Vermutung nicht fern, dass das Fräulein Kern ebenfalls irgendwie beteiligt war.«

Ida nickte sinnend. »Sie meinen also, dass da womöglich jemand unterwegs ist, der unter den Damen und Herren der *gewissen* Profession sein Unwesen treibt? Sie womöglich beseitigen möchte?« Sie musste an die Worte der Gemüsefrau denken, als man das tote Hausmädchen beim Murufer geborgen hatte. *Kein Wunder, dass man die erschlagen muss ...*

»Es gab schon in anderen Städten solche Wahnsinnigen, die Gesetz und Sitte in die eigene Hand nehmen wollten. Wieso sollte Graz da anders sein?«

Dem ließ sich nichts hinzufügen, weshalb die beiden schweigend weitergingen.

Bevor sie in die Gasse, die zu Idas Wohnung führte, einbogen, blieb Leopold stehen. Sein Taktgefühl sagte ihm, dass es wohl weniger Gerede geben würde, wenn Ida nicht abermals in der Gesellschaft eines Gendarmen gesehen würde.

Ida war über seine Diskretion recht froh.

»Vielen Dank für Ihre Hilfe«, sagte er, indem er eine Verbeugung andeutete.

»Ich habe doch gar nichts –«

»Sie bewirken immer sehr viel, Fräulein Fichte. Und wenn Sie ehrlich sind, wissen Sie das auch selbst.« Ein knabenhaftes Lächeln zuckte bei diesen Worten um Leopolds Lippen. »Ihre Beobachtungen haben mir – uns – sehr weitergeholfen.« Nur ganz kurz schien es, als wollte er noch mehr sagen, doch stattdessen deutete er abermals eine Verbeugung an. »Danke«, verabschiedete er sich und marschierte davon. Jemandem auf offener Straße zuzuwinken, war ja laut Dienstvorschrift verboten.

Ein wenig unschlüssig blieb Ida noch eine Weile an der Straßenecke stehen. Ihre Gedanken wollten in alle Richtungen zugleich losstürmen und blieben doch am Fleck. Im Grunde hatte sie nur hilfreich sein wollen, als sie ihre Beobachtungen über die Tote vom Murufer Wilhelm mitgeteilt hatte. Und nun hatten sie es womöglich mit jemandem zu tun, der durch grausame Morde das Laster von den Straßen beseitigen wollte.

Natürlich hatten eigentlich nur die Gendarmerie und die übrigen ermittelnden Instanzen mit diesem Problem zu schaffen, aber in diesem Moment fühlte es sich für Ida so an, als hätte auch sie etwas damit zu tun. Immerhin hatte ihre Intuition sie nicht betrogen, und der erste Tote war tatsächlich der Liebhaber des Hausmädchens gewesen, mit dem sie wohl zusammen beim Brauhaus-Ball getanzt hatte, ehe sie ihr Schicksal ereilt hatte. Und wenn nun auch dieser Maquereau … Nein.

Ida entschloss sich, an dieser Stelle ihre Überlegungen zu unterbrechen. Sie war weder bei der Gendarmerie, noch war sie eine Polizeiagentin. Sie war lediglich eine Lehrerin – und sie konnte froh sein, dass man sie nach diesem Vormittag noch weiterhin zum Klavierunterricht im Hause Mandelsüß empfing.

Mit langen Schritten eilte sie zu ihrer Wohnung zurück. Sie hoffte nur, dass die Hausbesorgerin nicht ihre Rückkehr erwartete und sie ihr im Treppenhaus Rede und Antwort stehen müsste.

Als Ida kurz entschlossen durch die Toreinfahrt in den Innenhof des Hauses gehen wollte, um über die Hintertreppe zu ihrer Wohnung zu gelangen, stockte sie plötzlich. Für einen Moment hatte sie gemeint, dass da ein Schatten im Winkel hinter den Torflügeln lauerte, und schon befürchtet, dass die Hausbesorgerin ihre Finte durchschaut hatte und sich ihr hier in den Weg stellte, um sich nach der Unbescholtenheit ihrer Mieterin zu erkundigen.

Ida schüttelte den Kopf. Natürlich war da niemand.

Rascher als sonst eilte sie zu ihrem Zimmer hinauf, wo sie versuchte, ihre Gedanken wieder zur Ordnung zu rufen, ehe sie sich auf den Weg zu Familie Fischer machte, deren fünf oder sechs Kindern (je nachdem, ob man das quengelnde Bündel in der Wiege dazuzählen wollte) sie die Schönheit musischer Beschäftigung näherbringen sollte. Den restlichen Tag verbrachte sie schließlich am Schreibtisch und über ihrer Weißnäherei, was jedoch trotz allem nicht für Ruhe hinter ihrer Stirn sorgte.

Kapitel 5

… in welchem sowohl Ida als auch Wilhelm interessante und überraschende Dinge erfahren …

Es ist gewiss anzunehmen, dass alle an dieser Angelegenheit direkt oder indirekt Beteiligten sich in den folgenden Stunden unterschiedlich intensiv den Kopf über den Tod von Maria-Benedikta Kern und dessen Gründe, Verursacher und Folgen zerbrachen.

Lediglich Wilhelm Koweindl dürften gerade weniger die aktuellen Todesfälle als vielmehr die trockenen theoretischen, juristischen und sonstigen Vorschriften zur Aufklärung solcher bewegt haben.

Für ihn fühlte es sich immer noch merkwürdig an, morgens die gewohnte Uniform anzuziehen und anschließend nicht in der Wachstube zum Dienst, sondern im Klassenzimmer zum Chargen-Kursus anzutreten. Ja, fast hatte er den Eindruck, als würde er damit einen Teil seiner eigentlichen Pflicht nicht ordentlich erfüllen. Doch sich darüber Gedanken zu machen, war nun eindeutig zu spät. Immerhin rückte die Examination unerbittlich näher, und zu allem Überfluss hatte ihn auch noch sein Wachtmeister Stransky zum Rapport bestellt. Diese anbefohlenen Unterredungen mit seinem Vorgesetzten waren ihm nicht unbedingt in bester Erinnerung geblieben …

Als Wilhelm sich an diesem Tag bei Stransky melden ließ, nachdem im Kursus alle möglichen und unmöglichen Gründe zum Arrestieren verdächtiger Individuen rekapituliert worden waren, spürte er wieder einmal diese dräuende Enge unter dem knapp sitzenden Uniformkragen. Allerdings blieb ihm nicht allzu viel Zeit, um darüber nachzudenken, denn schon wurde die Tür geöffnet, und vor ihm saß der Wachtmeister in all seiner Fülle an seinem Schreibtisch hinter einem malerisch drapierten Berg Akten, auf dessen Gipfel ein Tellerchen mit den Überresten eines Gugelhupfs thronte.

Reflexartig salutierte Wilhelm, während er markig hervorstieß: »Gendarm Koweindl meldet sich zum Rapport.«

Stransky winkte ab. »Passt schon, passt schon. Na, wenigstens wird in der Stadt noch anständig gegrüßt, ich hab schon befürchtet, dass Sie da murabwärts bei den Wilden gelandet sind.« Er lachte auf, wobei sich die Uniform um seine massige Gestalt bis zum Äußersten spannte. »Setzen Sie sich.« Er wies auf einen Sessel, auf den sich Wilhelm gehorsam niederließ.

»Ein bisserl gehen Sie uns schon ab, Koweindl. Der junge Leitner auch, aber was soll man machen? Für Gott, Kaiser und Vaterland muss man eben auch mageres Personal in Kauf nehmen.«

Abwartend lächelte Wilhelm. Es war anzunehmen, dass der Wachtmeister ihn nicht bloß eines Lamentos der leeren Staatskassen wegen zu sich beordert hatte.

»Aber bald haben Sie den Chargen-Kursus ja hinter sich.«

»Ja, ich hoffe wohl –«

»Zu hoffen gibt es da gar nichts«, unterbrach ihn Stransky. »Sie werden die Prüfung bestehen. Vorzugsweise mit Auszeichnung – das ist ein Befehl.«

Wilhelm starrte ihn entsetzt an.

»Na, wenigstens bestehen müssen Sie.« Stransky zupfte an den Sternen an seinem Kragenspiegel herum, ehe er von Neuem ansetzte: »Sehen Sie, Koweindl, ich versteh ja auch nicht, weshalb man ausgerechnet Sie zu dem Chargen-Kursus geschickt hat – mit Empfehlung noch dazu! Von mir kam diese Idee gewiss nicht. Wahrscheinlich waren das dieselben Herrschaften, die den jungen Leitner unbedingt in Wien bei den Polizeiagenten sehen wollten.«

Wilhelm schwieg. Ihm war durchaus bewusst, wie es zu dieser Bevorzugung gekommen war. Dass er und sein Probegendarm im vergangenen Herbst dafür einen Mordfall im Infanterieregiment – auf allerhöchsten Befehl! – einfach als Selbstmord abgestempelt hatten, musste er seinem Wachtmeister ja nicht unbedingt auf die rötlich geäderte Nase binden.

»Wie auch immer«, ergriff Stransky wieder das Wort. »Wenn

Sie die Prüfung hinter sich haben, werden Sie zum Wachtmeister befördert, und Postenkommandant können Sie sich dann auch bald nennen.«

»Wie – wieso?« Wilhelm hatte eine vage Erinnerung, dass ihm sein Vorgesetzter einmal einen eigenen Gendarmerieposten auf Franz-Josephs-Land angedroht hatte, und hoffte inständig, dass er nun seine Drohung nicht doch noch wahrmachte.

»Hören Sie, Koweindl, ich mach's nimmer lang.« Für einen Augenblick zog ein Schatten über das feiste Gesicht des Wachtmeisters. »Ich hab es am Herzen, das weiß ich schon länger, aber was hätt ich denn machen sollen? Ich wollt halt bisher nicht … Herrgott! Schauen Sie nicht so belämmert. Machen Sie einfach, was man Ihnen sagt: Bestehen Sie diese Prüfung, und dann übernehmen Sie hier.«

Wilhelm konnte förmlich spüren, wie die Worte erst nach und nach in seinen Verstand sickerten. »Aber, bitte, warum ich?«, fragte er. Eher hatte er sich eine Zurechtweisung erwartet, weil er sich womöglich auf dem Brauhaus-Ball der Standesehre unangemessen verhalten hatte, oder eine Standpauke, weil er irgendeine andere Dienstvorschrift nicht vollständig beachtet hatte. Mit dieser Eröffnung hatte er nicht im Mindesten gerechnet.

»Besser Sie, als die schicken uns irgendeinen aus der Stadt oder einen Hartberger oder am Ende so einen Halbmenschen aus der Untersteiermark.«

»Aha«, brachte Wilhelm lediglich als Erwiderung zustande.

»Nun, nachdem das geklärt wäre«, Stransky richtete sich hinter seinem Schreibtisch auf, »haben Sie noch irgendwelche Fragen?«

Tat sich Wilhelm sonst schon schwer, aus dem Stegreif eine passable Antwort zu geben – auf Kommando eine Frage zu formulieren, überstieg in diesem Moment seine Fähigkeiten. Auch wenn – oder eher: weil – sich gerade mehr Gedanken hinter seiner Stirn tummelten, als er in Worte fassen konnte.

»Schauen Sie, als Postenkommandant werden Sie zwar alle zwei Monate vom Bezirkskommandanten visitiert, aber im Grunde setzt man sich da nett zusammen und plaudert ein bisschen über die Halunken in der Gegend, ob wieder einmal Zigeuner durchgezogen sind und ob die jungen Gendarmen auch recht brav sind«, fuhr Stransky fort, als hätte sich Wilhelm genau danach erkundigt. »Und als Wachtmeister müssen Sie dem Bezirkshauptmann regelmäßig einen Rapport erstatten und ihn über die wichtigsten Vorkommnisse informieren. Meistens hat ihn das ohnehin nicht interessiert. Und ansonsten bleibt Ihre Arbeit fast gleich wie zuvor. Ein bisserl mehr Akten müssen Sie lesen, aber dafür gibt es auch mehr Geld, nicht viel, aber immerhin. Und eine Dienstwohnung, wenn Sie es wollen, direkt über dem Posten.« Er deutete an die Zimmerdecke. »Jetzt schauen S' doch nicht so erschreckt drein, Koweindl!«

»Jawohl«, brachte Wilhelm nur heraus. Die Vorstellung, per Dienstbefehl eine Examination bestehen und dann auch noch einen ganzen Posten übernehmen zu müssen, trug nicht unbedingt zu seiner Eloquenz bei.

»Als Postenkommandant kann man sich übers Jahr übrigens eine anständige Ehekaution leisten. Ich hab damals meine Walburga auch gleich geheiratet. Hat halt nicht lange gehalten. Na ja, wen der Herr zu sich ruft ...« Kurz hielt er inne, als sähe er in der Ferne jenes längst verschwundene Antlitz wieder. »Jedenfalls ... Das wollte ich Ihnen sagen. Dass Sie nicht meinen, der Kursus ist für Sie irgendeine nette Erholung vom Dienst. Ich erwarte Sie hier in Kürze wieder. Mit ein paar neuen Sternderln an der Uniform.«

Wilhelm brauchte einen Herzschlag, bis er nicken konnte. »Jawohl«, besserte er sich eilig aus.

»Schon gut«, winkte Stransky abermals ab. »Wegtreten, Koweindl. Und lernen Sie brav.«

Nachdem er etwas fahrig salutiert hatte, verließ Wilhelm wie im Traum die Amtsstube.

Wachtmeister Koweindl, hallte es in seinen Gedanken – und ganz leise, fast zaghaft, wie ein Echo, das man sich mehr vorstellte, als dass man es tatsächlich hören konnte, war da etwas, das wie *Ida Koweindl* klang ...

Die Kinder der Familie Fischer hatten am Vortag einmal mehr bewiesen, dass selbst die beste Lehrerin nichts ausrichten konnte, wenn die Schüler sich entschieden hatten, ungehorsam, stur, bockig und überhaupt widerspenstig gegen alles und jeden zu sein.

Die drei älteren Brüder hatten sich damit befasst, eine Zeitung fein säuberlich in klitzekleine Futzerl zu zerreißen, anstatt mit Ida die Geschichte zu lesen, die sie extra für sie mitgebracht hatte und die durchaus spannend die Belagerung Wiens durch die Türken schilderte. Die beiden Mädchen hatten immerhin das Musikstück geübt, das ihnen Ida in der Woche zuvor aufgetragen hatte, allerdings hatten sie es mit einem selbst gedichteten Text unterlegt, der ihnen gewiss ein ernstes Wort mit ihrem Beichtvater eingebracht hätte, wäre dem auch nur eine einzige Verszeile daraus zugetragen worden. Allein das jüngste Geschwisterchen konnte als leidlich gesittet bezeichnet werden. Es beschäftigte sich still und zufrieden damit, sich das Spitzenbändchen seiner Mütze in die Nase zu schieben.

Dementsprechend freudig, wenn man diesen Zustand resignierter Erleichterung so nennen konnte, war Ida nun auf dem Weg zu Victoria und Valentine Mandelsüß. Mit etwas Glück hatten sich sowohl die Mädchen von ihrem Besuch bei der toten Maria-Benedikta Kern als auch das Klavier von seinem Wasserschaden erholt.

Der Hausdiener Marek ließ Ida ein und führte sie sogleich ins Musikzimmer, wo die beiden Töchter des Hauses mit einem geradezu verdächtigen Lächeln vor dem Klavier auf ihre Lehrerin warteten. Wenigstens hatte der Anblick des toten Hausmädchens ihr Gemüt nicht nachhaltig durcheinandergebracht.

»Kaffee?«, fragte der Diener, ehe er sich zurückzog.

Ida nickte dankend, dann wandte sie sich zu den Mädchen. »Kann es sein, dass eure gute Laune nicht allein auf der Schönheit von Schumanns Kompositionen beruht? Ich nehme an, das Klavier ist wieder bei Stimmung?«

»Ja … und nein«, antwortete Valentine kryptisch. »Es ist besser!«

Natürlich hatte Ida sich zuvor überlegt, wie sie die jungen Fräulein nach den aufwühlenden Ereignissen des letzten Tages wieder aufmuntern könnte, zumal sie selbst das Bedürfnis verspürte, sich von den furchtbaren Dingen abzulenken, die sich einmal mehr in ihrer Nähe abspielten. Sie hatte vorgehabt, mit ihnen ein paar beschwingte Etüden zu spielen, vielleicht sogar ein Kinderlied mit vierhändiger Begleitung zu singen und sich lustige Strophen dazu auszudenken (eine Idee, die sie übrigens der Kreativität der beiden Fräulein Fischer zu verdanken hatte). Allerdings schien nun nichts davon passend oder gar vonnöten zu sein.

Ganz im Gegenteil. Die Mädchen sahen sie mit blitzenden Augen an, die Hände hinter dem Rücken verborgen, als hätten sie eine Überraschung für sie.

»Was könnte denn besser sein, als romantische Lieder auf einem gut gestimmten Instrument zu spielen?«, fragte Ida nicht ganz ohne einen gewissen ironischen Unterton in der Stimme.

»Wir haben ermittelt!«, verkündete Victoria.

Ida starrte sie an. »Wie bitte?« In ihrer Zeit als Lehrerin war sie bereits mit einigen unerwarteten Dingen konfrontiert worden, bislang aber nicht mit den kriminalistischen Ambitionen ihrer Zöglinge.

»Wir waren im Zimmer von der Marie«, erklärte Valentine stolz. »Die Mutter wollte schon, dass der Marek alles ausräumt, aber wir haben gesagt, dass womöglich die Polizei die Kammer noch einmal genauer inspizieren muss.«

»Die waren nämlich nur ganz kurz einmal da.«

»Eher so der Form halber«, ergänzte Valentine.

»Wahrscheinlich haben die sich gedacht, dass man da eh nichts Wichtiges mehr finden kann, jetzt, wo sie ohnehin tot ist. Und dann sind wir selber hinaufgegangen und haben alles durchsucht!«

»Sogar unter ihrem Bett haben wir nachgesehen! Da haben wir zwei Seidenstrümpfe gefunden, die sie sicher einmal der Mama gestohlen hat, weil ein Hausmädchen braucht doch so etwas nicht.«

Victoria nickte eifrig. »Wir haben auch alle Bretter und die Wand hinter dem Kasten abgeklopft, weil Mutters Zofe in einem von diesen Schauerromanen gelesen hat, dass es dort immer geheime Verstecke gibt.«

»Das Kreuz haben wir auch heruntergeholt und untersucht.«

»Aha«, sagte Ida, als die Mädchen für einen Moment innehielten. »Zugegeben, diesen Eifer hätte ich mir eher in Bezug auf eure musikalische Weiterbildung erhofft.«

Die beiden grinsten, als wäre dies ein Kompliment gewesen.

»Und wir haben etwas Wichtiges gefunden.« Valentine warf ihrer Schwester einen bedeutungsvollen Blick zu. »Das da.«

Die beiden streckten Ida ein abgewetztes braunes Büchlein und ein zerknülltes Taschentuch hin.

»Was bitte soll das sein?« Zögernd griff Ida nach den beiden Dingen.

»Ihr Dienstbuch natürlich! Und ein Ring, den sie gestohlen hat!«

Vorsichtig zog Ida das Taschentuch auseinander. In einem Eck waren die Überreste eines Monogramms zu erkennen, das mit einem rötlichen Garn ein wenig ungeschickt aufgestickt worden war; wahrscheinlich ein M oder W neben einem geschwungenen Buchstaben, vielleicht ein S oder F. Darin eingeschlagen fand sie einen Ring aus Silber, mit einem zerkratzten grünen Glassteinchen. Von der Größe her mochte es sich um einen Herrenring handeln. An einer Stelle konnte man erahnen, dass er vielleicht einmal erweitert worden war.

»Wie kommt ihr darauf, dass der Ring gestohlen ist?«

»Sie hat ja auch die Strümpfe gestohlen«, erwiderte Victoria.

»Und sie heißt nicht Anna Windisch, sondern Maria-Benedikta Kern!«, ergänzte Valentine. »Das kann gar nicht ihr Ring sein!«

Ida hob den Ring vor ihre Augen und drehte ihn, bis sie in dessen Innenseite »Immer Dir. Anna« lesen konnte. Mehr stand da nicht. »Wie kommt ihr auf Anna ›Windisch‹?«

»Wir haben einfach kombiniert«, erläuterten die Mädchen, wobei sie nicht verhehlen konnten, wie sehr sie von ihrem eigenen Intellekt eingenommen waren. »Lesen Sie in ihrem Dienstbotenbuch! Da«, Valentine blätterte die abgegriffenen Seiten um, »sie war bei einer Familie von Waldstein als zweites Kammermädchen in Dienst und ist dann auf eigenen Wunsch gegangen. Davor war sie – schauen Sie! – bei einer Witwe Anna Windisch als Hausmädchen in Dienst, und später ist sie zu uns gekommen. Von wem soll sie denn sonst den Ring genommen haben, wenn nicht von ihr?«

Ehrlicherweise muss man anmerken, dass Ida nicht gänzlich gleichgültig den Beobachtungen ihrer Schülerinnen gegenüberstand. Sosehr sie sich versuchte einzureden, dass all diese Ereignisse sie nicht das Geringste angingen, sosehr verspürte sie zugleich den Drang, den Dingen auf den Grund zu gehen. Dennoch zwang sie sich zu angemessener Skepsis. Sie nahm das Dienstbotenbuch und blätterte die Seiten durch. Zu Anfang stand wie vorgeschrieben die Dienstbotenordnung, dann Name, Geburtsdatum (das Hausmädchen war tatsächlich fast gleich alt gewesen wie Ida) und Herkunft des Dienstboten sowie Konfession und sonstige Merkmale. Ida schüttelte das Büchlein. Außer einem getrockneten Gänseblümchen, das unter ihrer Berührung zu Staub zerfiel, war nichts weiter darin eingelegt.

Wohl wunderte sich Ida, dass die ermittelnden Herrschaften das Hab und Gut des Dienstmädchens nicht genauer untersucht hatten, doch vermutete sie (zu Recht!), dass man sich bei einer einfachen Haushaltsangestellten, deren Leiche man ohnehin bereits hatte, keine übergroße Mühe gegeben hatte. Sie schlug die Seite des Dienstbuchs auf, in der Maria-Benediktas Eintritt im Hause von Waldstein angeführt war. Neben dem Datum, Maria-Lichtmess 1875, stand noch vermerkt, dass sie neben ihrem Jahreslohn Anspruch auf Arbeitskleidung, zwei Paar Schuhe (einmal grob, einmal fein genäht), Kost und Zimmer hatte. »Ferdinand Steiner, Ritter von Waldstein«, wiederholte Ida sinnend den Namen, als plötzlich die Tür zum Musikzimmer aufging.

»Oh, ich höre gar keine Töne!«, marschierte da Frau Mandelsüß im bänderverzierten Nachmittagskleid herein. »Leidet das Klavier immer noch unter deinem Guss, Victoria, Liebes?« Die Spitze in ihren scheinbar freundlichen Worten entging auch Ida nicht.

»Wir haben geredet, Mama«, erklärten die Mädchen mit gekonnt betretener Miene. »Wegen der Marie … und weil es uns eben doch sehr ans Herz geht, was passiert ist …«

Bei diesem Übermaß an schauspielerischem Talent konnte Ida nur schweigend die Augen senken und so tun, als hörte und sähe sie nichts.

»Ja, ausgesprochen unangenehm«, bestätigte die Hausherrin. »Ich habe zuvor den Namen Waldstein gehört.« Ihr Blick fiel auf das Dienstbotenbüchlein, das Ida bei ihrem Eintreten beiseitegelegt hatte. »Das Mädel war dort in Dienst, bis diese unsägliche Geschichte damals passiert ist. Kein Wunder, dass sie dann lieber gegangen ist.«

Ida horchte auf, allerdings nahmen ihr die beiden Mädchen die Mühe ab, dezent nach den Details dieser ominösen Geschichte zu fragen. Vollkommen ungeniert forderten sie ihre Mutter auf, zu berichten, was denn im Hause Waldstein so Furchtbares geschehen sein mochte.

»Das ist keine Sache für junge Damen.«

»Wir müssen es aber erfahren«, bestanden Victoria und Valentine einmütig, »denn sonst können wir mit dem Tod von der Marie nicht abschließen und werden hysterisch, wie der Vater gesagt hat.«

»Ihr seid noch zu jung, um hysterisch zu werden.«

»Aber wir werden älter.«

»Sie war doch nur ein Dienstmädel.«

»Und sie stand uns sehr nahe«, behaupteten die Mädchen mit einem tränendräuenden Timbre in den Stimmen, dem sogar Ida insgeheim Bewunderung zollen musste.

Frau Mandelsüß seufzte und ließ sich auf einem der Fauteuils nieder, die um das Klavier gruppiert waren, um im Falle einer musikalischen Soiree Platz fürs Publikum zu bieten. »Es hat auch die Eleonore damals sehr getroffen«, erinnerte sie sich und winkte Marek herbei, der bereits die längste Zeit mit einem

Kaffeetablett in der Tür stand, ehe sie sich an Ida wandte. »Sie kennen die Baronin von Adlersfeld-Bethusy?«

»Leider nicht.«

»Aber sie verkehrte doch auch im Kreis um Frau von Hochau, mit dem auch diese Lahothny angeblich ...« Frau Mandelsüß sah Ida in Erwartung einer pikanten Erläuterung an.

»Ach ja, davon habe ich gehört.« Ida unterließ es, die Hausherrin davon in Kenntnis zu setzen, dass sie zwar weniger mit Frau von Hochau, dafür umso mehr mit der verurteilten und mittlerweile in Sicherheitsverwahrung befindlichen Frau Lahothny zu tun gehabt hatte.

»Nun, Eleonore erzählte mir damals von dem schrecklichen Unglück, das Olga von Waldstein getroffen hatte. Natürlich versuchte die Familie, die eigentlichen Umstände so diskret wie möglich zu behandeln«, begann Frau Mandelsüß, die offenbar vollkommen vergessen hatte, dass derlei Geschichten eigentlich nicht für die Ohren ihrer Töchter gedacht waren. »Ihre Tochter Flora, ein überaus charmantes Fräulein damals, ausgesprochen hübsch, man erwartete sich, dass sie die Blume der Ballsaison würde, erkrankte plötzlich. Zunächst nahm man eine vorübergehende Unpässlichkeit an, doch dann starb sie – und niemand wusste, was vorgefallen war. Das Begräbnis fand in aller Stille statt. Man kann sich denken, dass dies die Gerüchte nur noch mehr befeuerte.«

Frau Mandelsüß unterbrach sich, um umständlich ihren Kaffee zu süßen und einen Schluck zu nehmen. Ida bemühte sich, nicht durch allzu großes Interesse aufzufallen, während die beiden Mädchen nur unter Aufbietung all ihrer Willenskraft stillsitzen konnten.

Endlich fuhr die Hausherrin fort: »Frau von Waldstein war natürlich untröstlich, der Gatte verschwand für Wochen in seinem Jagdrevier und verbreitete überall, dass er sich für den schrecklichen Verlust bis aufs Blut rächen werde. Schließlich weinte sie sich an der Schulter meiner teuren Freundin Eleonore aus. Das Fräulein Flora starb an den furchtbaren Folgen einer stümperhaft durchgeführten *Entfruchtung*!«

Victoria und Valentine sahen einander fragend an.

Für Ida hingegen war sofort klar, was dies bedeuten musste.

»Nun stellen Sie sich das vor, niemand im Haus hatte etwas davon mitbekommen. Jedenfalls niemand der Familie. Die Dienerschaft allerdings konnte nicht zur Gänze leugnen, hier und da bemerkt zu haben, wie das junge Fräulein das Haus verließ oder nach einem überaus langen Spaziergang erhitzt wieder heimkehrte. Vor allem der Kutscher und ihr Kammermädchen – selbstverständlich nicht unsere Marie! – konnten nur schwerlich alle Schuld von sich weisen. Aber wie das so ist, den Hausleuten kann man eben doch nie recht was nachweisen.« Sie seufzte abermals. »Die Stimmung zwischen der Familie und der Dienerschaft war unwiederbringlich zerstört! Herr von Waldstein forderte vehement Aufklärung darüber, wer das seiner Tochter angetan hatte. Allerdings ohne Erfolg. Obwohl es auch da allerhand Gerüchte gab und sogar von Satisfaktion die Rede war. Flora war ja das einzige Kind, der Sohn war irgendwann bei einem Reitunfall gestorben … Es schien fast, als wäre das ganze Haus vom Unglück verfolgt. Nun ja, da war es doch nur verständlich, dass nach und nach fast alle Hausangestellten den Dienst quittierten. Ich hätte es an Maries Stelle wohl kaum anders gemacht.«

»Wirklich tragisch«, bestätigte Ida, nachdem Frau Mandelsüß geendet hatte.

Die beiden Mädchen hingegen machten eher den Eindruck, dass sie selten einen Vortrag ihrer Mutter so sehr genossen hatten wie ebenjenen – auch wenn sie vielleicht nicht jedes Detail vollumfänglich verstanden hatten.

»Nun …« Die Hausherrin warf einen Blick auf ihre Uhr, die sie wie ein Schmuckstück an einer goldenen Kette trug. »Ich befürchte, ich habe Ihre Zeit schon viel zu lange in Anspruch genommen.« Sie erhob sich. »Aber ein paar Etüden werden sich wohl noch ausgehen.«

Mit diesen Worten, welche die unmissverständliche Anweisung enthielten, den bezahlten Unterricht auch durchzuführen, rauschte die gnädige Frau aus dem Musikzimmer.

»Also bitte«, sagte Ida schließlich mit einer auffordernden Geste zum Klavier.

Gehorsam arbeiteten sich Victoria und Valentine daraufhin durch einige Übungen, um zum krönenden Abschluss ein vierhändiges Lied zu spielen, das entfernt an Schumann erinnerte. Man konnte nur hoffen, dass der große Komponist von den windschiefen Akkorden nicht aus seinem ewigen Schlaf geweckt wurde.

Erwartungsvoll sahen die beiden Ida an, nachdem sie geendet hatten.

»Gut«, kommentierte sie diplomatisch. »Ich würde sagen, ihr übt das Lied bis zum nächsten Mal noch etwas … eingehender.«

»Jaja«, winkte Victoria ab. »Aber eigentlich wollten wir Ihnen noch etwas ganz anderes mitteilen. Die Vali und ich – wir werden weiter ermitteln.«

»Ihr werdet *was*?« Ida unterdrückte den Impuls, sich umzusehen, ob die Hausherrin diese Ankündigung wohl nicht mitbekommen hatte.

»Na ja, die Mama wird sicher nicht wollen, dass Polizisten und Gendarmen und irgendwelche anderen Männer hier herumlaufen, nur weil irgendwer die Marie ermordet hat. Und im Haus gibt es ja noch mehr Räume, in denen man etwas finden könnte, außer ihr Zimmer. Deshalb werden wir alles eingehend inspizieren, ob wir noch mehr über sie zutage fördern können.«

»Genau. Und dann zeigen wir es Ihnen, und Sie können es dann Ihrem Gendarmen verraten«, ergänzte Valentine begeistert.

»Solltet ihr euch nicht eher um die Schule und um euer … Klavierspiel kümmern?«

Mit einer lässigen Geste wischten die beiden ihren Einwand beiseite. »Wir wissen, was wir tun.«

Ganz mochte Ida dem freilich nicht zustimmen, aber da ihre erzieherischen Kompetenzen zusammen mit der Klavierstunde endeten, konnte sie nur hoffen, dass die beiden sich von allzu großem Unfug und allfälligen Skandalen fernhielten.

Kapitel 6

... in welchem Ida etwas über sich preisgibt und man am Ende noch eine Tote findet ...

Ida war sich bewusst, dass ihr Vater über das Leben, das sie nun führte, höchstens die Nase rümpfen würde. Sie war weit entfernt von der Lehrerin in einem angesehenen Fräuleinpensionat, die sie einmal gewesen war, sie war nicht mehr die private Hauslehrerin eines renommierten Professors. Sie hatte sich für einen anderen Weg entschieden. Einen Weg, der ihr ungeahnte Möglichkeiten und Herausforderungen bot.

Niemand konnte ihr vorschreiben, ob sie weiterhin die Kinderschar von Herrn Fischer unterrichtete; wenn sie wollte, konnte sie auch ihre Stunden bei den Fräulein Papst und Wagner und den Schwestern Mandelsüß aufgeben. Was allerdings aus finanziellen Gründen keine gute Idee war. Sie konnte ins Theater gehen oder ins Kaffeehaus, wenn sie es wünschte, und hatte nichts außer den tadelnden Blicken der Hausbesorgerin zu befürchten, die sie jedoch kaum so bald vor die Tür setzen würde, war sie doch eine der wenigen Mieterinnen, die bislang immer pünktlich und ordnungsgemäß gezahlt hatte und auch sonst keinen unsittlichen Nebenbeschäftigungen nachging.

Sie konnte also – fast – tun und lassen, was sie wollte.

Und an diesem Abend wollte sie zum Heurigen gehen.

Am Vortag hatte Leopold Leitner ihr in allerhöflichster Manier eine Einladung geschickt, zum Dank, dass sie ihm mit den Damen Mandelsüß geholfen hatte, was zu einem allseits wohlwollend bemerkten Fortschritt in den Ermittlungen geführt hatte. In einem P.S. hatte er zudem angemerkt, dass er sich auch erlaubt hatte, Wilhelm Koweindl in die Einladung einzuschließen.

Ida schmunzelte bei dem Gedanken, dass der überaus vorbildliche Gendarm Leitner womöglich Sorge gehabt haben könnte, dass sie seine Einladung aus Gründen des Anstands ausschlüge oder weil sie sich seiner lauteren Absichten nicht sicher wäre.

In einem schlichten Kleid, mit Hut und Schirm verließ sie zur vereinbarten Zeit ihre Wohnung. Kurz vermeinte sie, in der Toreinfahrt ihres Mietshauses wieder jenen Schatten wahrzunehmen, der sie schon einmal irritiert hatte. Bei einem zweiten Blick war jedoch nichts und niemand zu sehen. Mit einem Schulterzucken, das vor allem ihr selbst galt, machte sie sich auf den Weg zu jener kleinen Gastwirtschaft, die idyllisch am Murufer nahe dem Augarten lag und zu jeder Zeit ein beliebtes Ausflugsziel für Spazier- und Müßiggänger war. Beim Eingang zum Gastgarten erwartete sie Leopold, diesmal in Zivil, der sie mit einer charmanten Verbeugung an einen der Tische führte, wo bereits Wilhelm saß und ihr entgegenwinkte.

Mit einem Hauch von Genugtuung bemerkte Ida die Blicke zweier Studenten am Nachbartisch, die sich offenbar wunderten, dass sie mit gleich zwei Männern an einem Tisch Platz nahm. Mochten sie sich denken, was sie wollten – sie hatte vor, diesen Abend zu genießen.

»Fräulein Fichte, ich möchte mich noch einmal bedanken, dass Sie mir geholfen haben. Ich bin mir sicher, dass Frau Mandelsüß niemals eingewilligt hätte, die Tote zu identifizieren, wenn Sie kein gutes Wort eingelegt hätten«, begann Leopold, nachdem ein Kellner sowohl roten als auch weißen Wein in Karaffen vor sie hingestellt und ihnen dringend ein belegtes Hausbrot empfohlen hatte. »Und ohne Ihre Idee, dass sie auch den anderen Toten anschauen sollten … Nun ja, wir hätten wohl noch immer keinen brauchbaren Anhaltspunkt.«

Ida winkte ab, wobei sich allerdings nicht leugnen ließ, dass sie das Lob freute. »Es war nur ein spontaner Gedanke.«

»Aber eben genau der richtige zur richtigen Zeit!«

Wilhelm hatte der Rede seines Kameraden mit einem schiefen Lächeln gelauscht. »Ich glaube, damit müssen wir uns wohl abfinden. Ohne Fräulein Fichte kommen wir nicht weit.« Er blinzelte ihr zu und hob sein Glas.

Lachend tat sie es ihm gleich.

Die Studenten am Nebentisch grölten einen ausgelassenen Trinkspruch.

»In jedem Falle, vielen Dank für die Einladung, Herr Leitner«, erwiderte Ida und nippte an ihrem Wein, der leicht und süffig schmeckte.

»In welche Richtungen gehen denn nun die weiteren Ermittlungen?«, fragte Wilhelm, wieder ganz Gendarm.

»Wie ich dem Fräulein Fichte bereits mitgeteilt hatte«, erwiderte Leopold mit gesenkter Stimme, »deutet nun manches darauf hin, dass jemand – das heißt, der Mörder – unter den Beteiligten des *gewissen Gewerbes* aufräumen will. Jeremias Brandt, der Tote von der Poudrettefabrik, dürfte für einen … na, Sie wissen schon … gearbeitet haben.«

»Einen Maquereau«, warf Ida ein.

Wilhelm sah sie fragend an. »Einen Franzosen?«

»Einen Zuhälter.«

Dass Ida das Wort so vollkommen ungerührt über die Lippen ging, brachte Wilhelm für einen Moment aus dem Konzept, was er allerdings mit einem weiteren Schluck Wein zu verbergen suchte.

»Dank Fräulein Fichte hat sich herausgestellt, dass das Fräulein Kern, das bei Mandelsüß gearbeitet hat und bei der Mur tot aufgefunden wurde, tatsächlich seine Freundin gewesen sein dürfte – und wer weiß, was sie sonst noch für ihn getan hat.«

»Sie könnte zumindest eine diebische Ader gehabt haben«, bemerkte Ida.

»Ist das nicht bloß ein Vorurteil gegen Dienstboten?«, widersprach Leopold.

Ehe sie antworten konnte, brachte der Kellner drei belegte Hausbrote von wahrhaft gigantischen Ausmaßen. Unter den dicken Scheiben Selchfleisch mit Kren war die dunkle Kruste kaum mehr zu erahnen, und wie man diese kulinarischen Ungetüme halbwegs gesittet essen sollte, blieb ein Geheimnis.

»Mahlzeit!«, rief ein Student vom Nachbartisch übermütig zu ihnen herüber.

Wilhelm begann, sein Brot mit dem Messer zu traktieren. »Also das Hausmädel hat gestohlen?«

Ida, die schon einmal bewiesen hatte, dass sie sich nicht scheute, nötigenfalls auch mit den Fingern zu essen, nickte nur. »Die Schwestern Mandelsüß haben ihr Zimmer durchsucht«, antwortete sie dann, nachdem sie den ersten Bissen genüsslich verspeist hatte. »Und dabei haben sie neben Seidenstrümpfen, die offenbar der Hausherrin gehörten, auch einen Ring gefunden, den Marie anscheinend ihrer vorherigen Dienstgeberin abgenommen hatte. Vielleicht war es der Ring von deren Gatten, denn von der Größe her könnte er durchaus einem Mann gepasst haben. ›Anna‹ stand darin eingraviert – und bei einer Anna Windisch war das Fräulein Kern in Dienst, bevor sie in den Haushalt Mandelsüß kam.«

»Anna Windisch?«, wiederholte Leopold.

»Das müssen ausgefuchste Mädel sein«, bemerkte Wilhelm. Ihm war nicht anzusehen, ob eher Missbilligung oder Bewunderung in seiner Miene lag. Mit der Vorstellung, dass es offenbar mehr gescheite Frauenzimmer auf der Welt geben musste, als er bisher annehmen konnte, hatte er sich wohl abgefunden.

»Sie haben einfach in ihrem Dienstbotenbuch nachgelesen.«

»Anna Windisch …«, murmelte Leopold abermals, indem er die Stirn sinnend in Falten legte. Plötzlich, als hätte ihn im Geiste ein Blitz gestreift, sah er auf. »War es gewiss dieser Name?«

Ida zögerte kurz. »Ja«, erwiderte sie dann. »Das Fräulein Kern war bei einem Herrn von Steiner, Steingrund … nein, einem Ritter von Waldstein in Dienst, davor bei der Witwe Windisch, ehe sie zu Mandelsüß kam. Wieso?«

»Weil wir, also die Ermittler in Graz«, korrigierte sich Leopold, »mittlerweile einen recht sicheren Verdacht haben, wer eigentlich die Eltern von diesem Jeremias Brandt waren. Der Mann war nämlich bereits einmal wegen einer gröberen Schlägerei, die seinen Gegner eine Handvoll Zähne gekostet hat, für einige Wochen im Kriminal. Das ist schon ein paar Jahre her, aber weil es über Weihnachten war, hat er einen Brief schreiben dürfen. Nach Stübing.«

»Wo seine Eltern wohnen«, setzte Wilhelm fort.

»Ganz so einfach ist es auch wieder nicht«, widersprach Leopold, ehe er fortfuhr. »Der Brief ging damals an die alte Stübingbach-Säge.«

»Die gibt es ja schon lang nimmer. Die ist doch Anfang der siebziger Jahre oder noch früher vom Blitz getroffen worden. Das Feuer hat man von Gratwein bis Peggau sehen können«, warf Wilhelm ein.

»Damals ist auch der Sägemeister gestorben.«

»Und was hat das jetzt mit der Frau Windisch zu tun?«, fragte Ida ungeduldig.

»Die Sägemeister-Witwe, an die der Brandt damals seinen Weihnachtsbrief geschrieben hat, das ist die Anna Windisch.«

»Nachdem er Brandt heißt, ist er also ihr unehelicher Sohn«, stellte Wilhelm fest.

Leopold nickte. »Das hat ohnehin niemanden gewundert. Im Taufregister in Stübing, wo die dortigen Gendarmen dann nachgesehen haben, ist nur gestanden, dass er als Gemeindekind von einer katholischen Mutter geboren wurde, mehr nicht. Offenbar hatte der Sägemeister kein Interesse daran, ein Kuckuckskind aufzuziehen, und hat dafür gesorgt, dass er weggegeben wurde. Erst wie dann irgendwer die Volksschulaufzeichnungen durchgesehen hat, ist aufgefallen, dass eine Anna Windisch später für ein paar Jahre das Kostgeld für ihn gezahlt hat.«

»Wahrscheinlich nachdem die Säge abgebrannt war und sie eigenmächtig über ihr Witwenvermögen verfügen konnte«, ergänzte Wilhelm.

»Weiß man nicht, wer der eigentliche Vater von Brandt gewesen sein könnte?«, wandte Ida ein.

»Ich habe davon noch keine Kenntnis«, antwortete Leopold.

»Gab es denn keine anderen Kinder?«

Leopold hob die Schultern. »Ich habe erst heute davon erfahren, und ich kenne die Akten nicht auswendig. Es war bloß der Name Anna Windisch, der mich jetzt darauf gebracht hat.«

Wilhelm hatte mit gerunzelten Brauen den Ausführungen gelauscht. »Und bei dieser Witwe Windisch war das Fräulein

Kern in Dienst?« Er sah Ida an. »Hast du nicht gesagt, sie war zuerst bei einem Rittmeister –«

»Ritter von Waldstein«, besserte Ida aus. »Außerdem umgekehrt, sie war zuerst bei der Witwe, dann bei Waldstein.«

»Und irgendwann konnte diese sich kein Mädel mehr im Haushalt leisten, und das Fräulein Kern suchte sich wohl oder übel eine neue Stellung. Verständlich, dass man auf sein eigenes Auskommen schaut«, nickte Wilhelm.

»Im Hause von Waldstein soll es dann einen Skandal gegeben haben, so hat man mir erzählt«, warf Ida ein. »Viele Dienstboten haben damals das Haus verlassen, und man kann annehmen, dass sie danach zu Mandelsüß gekommen ist.«

»Also ist es gewiss, dass diese Anna Windisch in Stübing die Mutter von Brandt ist und bei ihr auch das Fräulein Kern in Stellung war?«

»Ich denke, dass wir davon ausgehen müssen«, antwortete Leopold.

Ida seufzte. »Weiß sie denn schon, was mit ihrem Sohn geschehen ist?«

»Wahrscheinlich nicht«, erwiderte er. »Aber das wird wohl der nächste Schritt sein, dass ihr jemand die Nachricht überbringen muss.« Er nahm einen Schluck vom Wein. »Und ich kann mir gut vorstellen, dass sie mich mit dem Auftrag losschicken. Damit ich nur ja nicht auf die Idee komme, dass ich was Besseres sein könnte als die Kameraden – nur weil man mich im Herbst bei den Polizeiagenten haben will.«

»Ah geh«, tat Wilhelm seine Bemerkung ab. »Sie wissen nur, dass du der Einzige bist, der so eine Nachricht mit genügend Anstand überbringen kann.«

»Sie wissen vor allem, dass ich bei den *richtigen* Ermittlungen entbehrlich bin. Deshalb können sie mich getrost auf diese blöden Botengänge schicken.«

»Du wirst schon nichts falsch machen.«

Leopold verzog die Lippen. »Ich weiß nicht, ob ich das als Kompliment sehen kann.«

»Blöde Botengänge …« Idas Miene hatte einen herben Zug

angenommen. »Jemandem den Tod eines Familienangehörigen mitzuteilen, ist wohl das Schwierigste, das man tun kann«, sagte sie leise. »Man kann es nur falsch machen.«

»So war das doch nicht gemeint. Manchmal muss es eben sein, dass –«

»Ja! Manchmal muss es eben sein«, wiederholte Ida bitter. »Da kann man eben keine Rücksichten nehmen. Da muss eben jemand diese *blöden Botengänge* machen. Irgendwer wird schon nichts Besseres zu tun haben.«

Irritiert sahen die beiden Männer sie an.

»Und manchmal muss es sein, dass man dann einem dreizehnjährigen Mädel, das einem nichtsahnend die Tür aufmacht, bei so einem *blöden Botengang* einfach ins Gesicht sagt, dass sich die Mutter vor ein Fuhrwerk geworfen hat. Ja, manchmal muss das wohl sein …« Ida hatte heftiger gesprochen als beabsichtigt.

Wilhelm starrte sie einen Moment sprachlos an. »Das wusste ich nicht, dass du …« Er fasste ungelenk nach ihrer Hand.

»Nein.« Ida schüttelte seine Berührung ab und nahm noch einen Schluck von dem Wein. »Entschuldige, das war jetzt unpassend von mir«, sagte sie dann. »Das hat nichts mit Frau Windisch oder dem Hausmädchen zu tun.«

»Das ist in Ordnung. Erzähl, was damals passiert ist … Wenn du das möchtest.«

Ida ließ zu, dass er die Hand auf ihre Finger legte. »Es heißt, dass sie es in der Brust gehabt hat, ein Geschwür, das sie auffraß, schon seit Jahren. Niemand von uns hat etwas gewusst. Und als es nicht mehr ging, als sie nicht mehr wollte, da hat sie dem eben ein Ende bereitet. Es war nur ein dummer Zufall, dass ich zuerst an der Tür war. Wenn der Vater oder eine der Schwestern …«

»Du warst noch ein Kind!«

Ida zuckte nur die Schultern. »So ist es eben. Egal wie, man kann so eine Nachricht nur auf die falsche Weise überbringen.«

Einige Zeit schwiegen sie. Die Männer aßen die letzten Stücke ihrer Brote auf, ein Kellner brachte ungefragt noch eine Karaffe Wein.

»Das … tut mir von Herzen leid«, sagte Wilhelm nach einer Weile. »Du hast nie darüber geredet, ich hatte keine Ahnung.«

»Natürlich nicht. Das erzähle ich ja auch nicht jedem.« Sie warf einen kurzen Blick zu Leopold, der ihr zum Zeichen, dass er sich des Privilegs bewusst war, dass sie ihn an diesem Teil ihrer Geschichte teilhaben ließ, ernst zunickte. »Der Vater war auf eine furchtbare Art geradezu erleichtert, als er davon erfuhr. Meine Schwestern waren zu der Zeit schon so gut wie verlobt, nur ich musste in diesem Haus bleiben bis … na, bis ich eben Lehrerin wurde.« Ein halbherziges Lächeln huschte kurz über ihre Lippen.

»Und ich bin unendlich froh, dass du das geworden bist«, versuchte Wilhelm, jenes Lächeln noch einmal hervorzulocken. »Wer weiß, wie ich sonst diesen vermaledeiten Chargen-Kursus überstehen könnte.«

»Ja, manchmal denke ich auch, dass ich die Prüfung gleich an deiner statt machen sollte«, erwiderte Ida ironisch.

»Na ja, ein paar Frauen im Polizeidienst wären vielleicht eh keine so schlechte Idee«, griff Leopold ihren Ton auf und lockerte damit die Stimmung.

Ida hob die Brauen.

»Ich meine ja nur …«

»Aber wie ich mir die hochdekorierten Herren der Schöpfung vorstelle, würden sie uns Frauen bei der Polizei oder der Gendarmerie herzlich wenig Kompetenzen zugestehen und unsereins stattdessen dafür umso mehr von den unangenehmen Aufgaben aufhalsen«, spann Ida den Gedanken weiter. »Uniformknöpfe polieren und die Nachrichten überbringen, die sonst keiner aussprechen mag.«

»Mir wär es auch lieber, wenn ich das nicht machen müsste …«, gab Leopold zu.

»Die Knöpfe polieren?«

»Nein. Der Frau Windisch mitteilen, dass ihr Sohn wahrscheinlich tot ist. Und sie obendrein noch fragen, ob sie denn eine Ahnung hatte, was er so beruflich getrieben hat.« Der junge Gendarm seufzte und ließ den letzten Rest Wein in seinem Glas kreisen.

Ida beobachtete ihn, wie er offenbar einige unliebsame Gedanken beiseitedrängte, ehe er einen Schluck nahm. Wilhelm schenkte ihm nach und nutzte dabei gleich die Gelegenheit, auch ihr Glas noch einmal zu füllen. Es kam weiß Gott nicht oft vor, dass sie so viel Wein trank.

»Ich mache das«, sagte Ida auf einmal, als lägen ihre Überlegungen sonnenklar zutage. Die beiden Männer sahen sie daraufhin fragend an, weshalb sie noch hinzufügte: »Ich komme mit.«

»Wohin denn?«

»Ich werde morgen mit Herrn Leitner zu Frau Windisch gehen. Wenn dieser Brandt wirklich ihr Sohn war, dann hat sie verdient, dass man es ihr anständig sagt – und wenn nicht, dann schadet es auch nicht, wenn jemand da ist, der ihr über den Schreck hinweghilft.«

Wilhelm schaute sie an, als hätte sie gerade verkündet, sie wollte die nächste Grazer Bürgermeisterin werden. »Aber du kannst doch nicht mit einem Gendarmen –«, setzte er an.

»Ich nehme Herrn Leitner ja nicht seine Arbeit ab, sondern ich biete lediglich an, zur Stelle zu sein, wenn … ja, wenn es eben notwendig sein sollte. Und außerdem«, setzte sie hinzu und funkelte dabei Wilhelm an, dass er im ersten Moment nicht recht wusste, wo er hinsehen sollte, »kann ich mich erinnern, dass ich in der Vergangenheit bereits das eine oder andere Mal für die Ermittlungen der Gendarmerie durchaus förderlich gewesen bin. Wie war das damals, als ich mit dir sämtliche Kurzwarenläden der Stadt abgeklappert habe auf der Suche nach rosafarbenen Bändern aus Crêpe de Chine?«

Leopold hatte ihrer Erwiderung amüsiert gelauscht und konnte sich nun daran erfreuen, dass sein Kamerad und einstiger Vorgesetzter deutlich um eine brauchbare Antwort verlegen war.

»Ganz abgesehen davon, dass du ohne mich weder wüsstest, was Crêpe de Chine überhaupt ist, noch, dass Modisten keine amerikanische Sekte sind, sondern Hüte garnieren«, setzte Ida noch eins drauf.

»Hör ja auf, so zu grinsen!«, rief Wilhelm den Jüngeren wieder zur Ordnung und fügte mit einem humorvollen Seufzen hinzu: »Ich weiß auch so, dass ich mit meiner … mit Ida … mit Fräulein Fichte mehr Glück hab, als ich womöglich verdiene.« Kurz wandte er den Blick in ihre Richtung, und fast lag da so etwas wie eine Herausforderung in seiner Miene. »Wenn sie mitkommen will …«

»Ich wäre sehr dankbar dafür«, erwiderte Leopold.

Ida quittierte seine Antwort mit einem Lächeln.

Sie wusste selbst nicht recht, weshalb sich dieser Entschluss so plötzlich in ihrem Kopf festgesetzt hatte. Es konnte ja nicht bloß am Wein liegen. Vielleicht war es die Erinnerung an jenen Tag, der ihre Kindheit beendet hatte, vielleicht aber hatte sie auch bloß diesem unbestimmten Gefühl nachgegeben, dass sie wie bei Frau Mandelsüß auch in dieser Angelegenheit von Nutzen sein könnte.

Nachdem sie die letzten Gläser geleert und noch über allerlei Kleinigkeiten geplaudert hatten, beschlossen sie den Abend mit der Vereinbarung, dass Leopold Ida am folgenden Tag abholen würde, um mit ihr – so er wie zu erwarten dazu abkommandiert wurde – die Witwe Windisch zu besuchen.

Ein kühler Wind, der ein wenig nach Regen roch, war aufgekommen, als Wilhelm Ida zu ihrer Wohnung zurückbegleitete. Sie redeten nicht viel, doch Ida spürte in der Art, wie er ihren Arm an sich zog, dass ihm etwas auf dem Herzen lag. Insgeheim vermutete sie, dass er nicht ganz glücklich damit war, dass sie sich abermals in die Ermittlungen rund um die Morde an Jeremias Brandt und Maria-Benedikta Kern eingemischt hatte. Allerdings war sie der Ansicht, dass Wilhelm schon selbst die Worte dazu finden musste, wenn ihm etwas nicht passte. Sie hatte nicht vor, ihm diesbezüglich so ohne Weiteres entgegenzukommen.

Vor dem Haus, unter dessen Dach Ida wohnte, blieben sie stehen.

»Es war ein schöner Abend«, begann Wilhelm.

Abwartend beobachtete Ida sein Mienenspiel.

»Und wenn du meinst, dass du dem Leopold … Also, wenn du dir sicher bist, dass …« Er ließ den Satz unvollendet in der Luft hängen. Es war abzusehen, dass er wohl noch länger brauchen würde, um sein Anliegen in klare Worte zu fügen.

»Es wäre dir lieber, wenn ich ihn nicht begleiten würde«, stellte Ida daher sachlich fest.

»Ja.« Wilhelm wand sich, als wüsste er auf einmal nicht mehr, wohin mit seinen langen Gliedmaßen. »Ich will nicht, dass du dorthin gehst. Du bist eine …«, bevor er noch »Frau« sagen konnte, bremste er sich rechtzeitig ein und stotterte stattdessen: »Lehrerin. Es ist bloß … Ich will nicht, dass wieder etwas passiert.«

Ida spürte, wie sie eine Woge von Zärtlichkeit für diesen großen, ungelenken Mann überkam, und schüttelte nur den Kopf.

»Und was du erzählt hast, das –«

»Es ist lange her«, unterbrach sie ihn.

»Und eigentlich wollte ich nur … Das heißt …« Wilhelm vollführte irgendeine unverständliche Geste, dann beugte er sich zu Ida herab und gab ihr einen raschen Kuss auf die Wange.

Bevor Ida reagieren, geschweige denn etwas erwidern konnte, hatte er sich schon herumgedreht und war mit langen Schritten verschwunden.

Mit einem merkwürdig flatternden Lächeln auf den Lippen stieg sie zu ihrer Wohnung hinauf, um dort in unruhigen Träumen den nächsten Tag zu erwarten.

Ida hatte am Morgen gerade ein paar Zeilen in ihr Journal geschrieben, als die Hausbesorgerin sie – und alle anderen Mieter – mit ihrem unüberhörbaren Organ wissen ließ, dass schon wieder ein Gendarm auf sie warte. Da Ida darüber keineswegs besorgt schien und auch beim letzten Mal nicht in Handschellen abgeführt worden war, unterließ es die gute Frau diesmal, ihr Treffen mit Leopold aufs Genaueste zu beobachten, und verschwand stattdessen, leise vor sich hin schimpfend, bald wieder in ihre eigenen vier Wände.

»Man schickt Sie also tatsächlich zur Witwe Windisch«, stellte Ida nach der Begrüßung fest.

»Ja«, erwiderte Leopold schlicht. »Ich habe mir allerdings erlaubt, Ihren Hinweis, dass das tote Hausmädel auch bei ihr in Dienst gewesen sein dürfte, vorerst nicht publik zu machen. Ich dachte, man könnte ja zunächst abwarten, was Frau Windisch zu sagen hat.« Kurz sah er sie an, als erwartete er ihren Einspruch, doch Ida nickte nur.

»Fahren wir nun nach Stübing?«, fragte sie stattdessen.

»Nein.« Leopold bot ihr seinen Arm.

»Wohin dann?«

»Sie lebt in Graz. Offenbar haben die Gendarmen in Stübing ihre Arbeit ordentlicher gemacht, als manche erwartet hätten. Sie hat sich dort zuletzt als Wäscherin verdingt und schon vor einigen Jahren den Ort verlassen. Wahrscheinlich, als das Geld, das sie von ihrem Mann geerbt hatte, aufgebraucht war.«

»Ihr Sohn hat sich also nicht die Mühe gemacht, seine Mutter zu unterstützen, und natürlich konnte sie sich dann auch kein Hausmädchen mehr leisten«, ergänzte Ida.

Leopold nickte. »Immerhin gibt es eine Nachsendeadresse, aber angeblich ist nie irgendetwas dorthin geschickt worden. Allerdings ist dies das Einzige, was wir über den derzeitigen Aufenthaltsort der Witwe wissen, also werden wir dorthin gehen. Wenn Sie mich immer noch begleiten wollen, Fräulein Fichte?«

»Natürlich.«

Der Weg, den sie nahmen, war nicht allzu weit, doch er führte die beiden in eine Gegend von Graz, in der Mitglieder der etwas besser gestellten Gesellschaft gewiss kaum je verkehrten. War schon Idas Unterkunft nicht unbedingt ein Ort bürgerlicher Idylle, so zeigte sich hier das Elend der steirischen Hauptstadt in allen Facetten.

Eine alte Frau, deren Kropf zu solchen Ausmaßen angewachsen war, dass sie den Kopf schief halten musste, schälte in einer Toreinfahrt schrumpelige Erdäpfel, während um sie herum mehrere kleine Kinder Zapfen und Steinchen auf eine magere

Katze warfen, die sie mit dem Schwanz an einem klapprigen Wagen angebunden hatten. Ein Säugling jammerte in einem Korb vor sich hin, dem die Alte immer wieder einen Tritt gab, der wohl beruhigend wirken sollte.

Leopold trat vor die Frau hin, die zunächst vorgab, sich um nichts anderes als ihre Erdäpfel zu kümmern. »Guten Tag«, sprach er sie schließlich an.

Sie hob den Kopf. Nur kurz wirkte sie von seinem Anblick überrascht, dann verzog sich ihre Miene zu etwas, das man mit etwas gutem Willen als Lächeln bezeichnen konnte, und entblößte dabei ein Gebiss, welches höchstens noch drei Zähne zierten. »Na, was wollen S'? Wenn Sie den Franz suchen, der wird in einem Straßengraben liegen und Gott verfluchen.« Sie grinste herausfordernd. »Seit letztem Jahr war der keinen Tag mehr nüchtern – und bald ist es aus mit ihm. Hoffentlich …«, setzte sie hinzu und griff nach dem nächsten Erdapfel, dessen eine Hälfte bereits ein ungustiös fauliges Braun zeigte.

Ida war etwas näher gekommen und beobachtete die Kinder, die mit großen Augen auf Leopold starrten. Zwei Buben deuteten unter ehrfurchtsvollem Flüstern auf seinen Säbel. Offenbar war ihnen sein Erscheinen wenig geheuer.

»Wir suchen die Sägemeisterswitwe Windisch«, erklärte Leopold.

»Sägemeisterswitwe?« Die Frau gab einen Laut von sich, wegen dessen man ihr andernorts dringend einen Arzt empfohlen hätte. »Davon hab ich noch nie was gehört.«

»Die Witwe Anna Windisch«, präzisierte er daraufhin.

»Aha. Hat sich also bis zu Ihnen herumgesprochen, was sie macht?«

»Was? Nein. Wir … ich … Es geht um etwas anderes.«

»Ach so …« Erst nun schien die Alte auch Ida zu bemerken. Ihr Kropf zuckte, als sie so etwas wie ein rasselndes Lachen ausstieß. »Ah, ich versteh schon.«

»Wie meinen?«

Ihr Feixen wurde breiter und bekam etwas Gehässiges. »Ja, auch eine Uniform schützt vor solchen Patzern nicht … Obwohl ich nicht glaub, dass sie eine Freude haben wird, wenn Sie so aufgemascherlt zu ihr kommen.«

Leopold hob verwirrt die Brauen. »Wovon reden Sie?«

»Aber Herr Gendarm, es wird ja wohl nicht der Heilige Geist gewesen sein.« Dann wandte die Frau sich an Ida. »Weshalb wollen Sie denn sonst zur Windisch, zur *Sägemeisterin*?«

Langsam dämmerte Ida, wovon gerade die Rede war.

Mit einem Finger, auf dem noch die Schale eines Erdapfels klebte, deutete die Alte auf die Kinder. »Fallen auf die Erde wie die Ratzen und fressen einem das letzte bisschen Fleisch von den Rippen. Fratzen, elendige. Aber wenn sie einmal da sind, ist es zu spät.«

»Weshalb ich … wir Frau Windisch sprechen wollen, ist ganz allein unsere Sache«, ergriff nun Ida das Wort und bedeutete Leopold, der anscheinend noch immer nicht ganz begriffen hatte, worum es ging, zu schweigen.

Die Alte winkte ab. »Ja, ja, ich hab nichts gesehen und nichts gehört. Ist ja immer das Gleiche.«

»Und wo finden wir sie?«

»Wo sie immer ist.«

»Und wo soll das sein?«

Die Frau versetzte dem Korb, in dem der Säugling wieder seine Stimme erhoben hatte, einen Tritt. »Da, gehen Sie einfach durch, im Hinterhof, im Unterstock, da hat sie ihre *Werkstatt*.« Grinsend entblößte sie abermals ihre drei Zähne. »Da sitzt sie und wartet auf Kundschaft.«

Das rasselnde Lachen, das nahtlos in einen bösartig klingenden Husten mündete, verfolgte Ida und Leopold, als sie durch den trostlosen Innenhof der Mietskaserne in den Hinterhof gingen. Neben einem Haufen faulenden Abfalls, von dessen genauer Zusammensetzung sich keiner der beiden ein näheres Bild machen wollte, entdeckten sie den Abgang, der offenbar ins Souterrain führte, wo die Witwe Windisch leben und arbeiten sollte.

»Warten Sie«, hielt Leopold Ida zurück. »Habe ich das vorhin richtig verstanden? Frau Windisch ist keine … Wäscherin?«

»Und ganz offensichtlich ist sie hier ebenso wenig als Sägemeisterswitwe bekannt«, erwiderte Ida. »Vielleicht verdient sie ihr Geld bisweilen auch damit, aber nein, die Witwe Windisch ist hier in der Gegend offenbar nicht vorrangig als Wäscherin bekannt.«

»Sie ist eine *Engelmacherin*?«, sprach Leopold das Wort verhalten aus, als hätte er Sorge, sich damit mindestens eines Vergehens der Sittlichkeit schuldig zu machen.

Ida nickte. »Und die gnädige Frau dort vorne hält mich offenbar für eine Kundin.«

Leopold machte ein erschrockenes Gesicht, und eine verdächtige Röte drohte unter seinem Uniformkragen hervorzukriechen. »Himmel, das wollte ich nicht!«

»Machen Sie sich keine Gedanken. Hier kennt mich niemand – und außerdem redet man darüber ohnehin nicht. Diese Sachen werden doch immer verschwiegen …«

Der junge Mann war einmal mehr überrascht über die Gelassenheit, mit der Ida manche Dinge aussprach, die andere Frauenzimmer in eine sofortige Ohnmacht befördert hätten. Dann straffte er sich und schritt die wenigen Stufen zum Souterrain hinunter.

Schlagartig umfing sie stickiges Halbdunkel. Ein Geruch, als hätte auch hier jemand seinen Unrat weggeworfen, hing in der Luft. Rechter Hand führte eine Treppe noch weiter in den Keller hinab. Vor ihnen tat sich ein Gang auf, der mit allerhand Gerümpel verstellt war – und links von ihnen befand sich ein schmaler Durchlass, der vermuten ließ, dass dahinter noch jemand wohnte. Die Tür, deren Farbe an mehreren Stellen abblätterte und den Blick auf darunterliegende Farbschichten freigab, war nur angelehnt.

Nachdem Leopold sich vergewissert hatte, dass es keine Glocke oder Ähnliches gab, klopfte er an. Angespannt warteten die beiden. Nichts rührte sich.

Leopold klopfte abermals.

Aus dem Hinterhof vernahm Ida schlurfende Schritte. Sie wandte sich um und erkannte die Alte mit dem riesigen Kropf, die einen Eimer Erdäpfelschalen über dem verrottenden Müll ausschüttete.

»Da rührt sich nichts«, stellte Leopold fest und klopfte noch einmal. »Frau Windisch?«

»Macht sie nicht auf?« Auf einmal stand die Alte hinter ihnen und feixte zahnlos. »Pressiert es denn schon?« Sie warf einen unverhohlenen Blick auf Idas Taille.

»Vielleicht ist sie auf den Markt gegangen?«, schlug Leopold vor.

Die Frau stieß ein rasselndes Lachen aus, das ihren Kropf grotesk zittern ließ. »Was soll sie denn am Markt? Die ernährt sich doch schon seit Jahren nur mehr flüssig. Sie nimmt das sehr ernst. Die Herren Doktoren reinigen ja auch alles mit Alkohol.« Sie verzog das Gesicht, als wollte sie Ida anzüglich zublinzeln. »Gehen Sie nur hinein.«

Leopold hob zum Zeichen, dass ihm auch nichts Besseres einfiel, die Schultern. Dann öffnete er die Tür, die ein jammervolles Quietschen von sich gab – und prallte zurück.

Nicht, weil plötzlich der ekelerregende Gestank übermächtig zunahm; nicht, weil er von der Unordnung in dem kleinen Raum, der Küche, Schlafzimmer, Wohn- und Arbeitszimmer und wer weiß was noch alles zugleich war, überwältigt war; nicht, weil ihm ein Sessel mit ledernen Riemen an den Armlehnen das Handwerk der Witwe Windisch erst so richtig ins Bewusstsein rief.

Weshalb Leopold – und mit ihm auch Ida – im ersten Moment einen Schritt retour machte, war schlicht und einfach der Körper der Witwe, der merkwürdig verdreht schräg über dem kleinen Tisch in der Mitte des Raumes lag, sodass sie die beiden rücklings kopfübergebeugt zu betrachten schien. Ihr Mund war zu einem tonlosen Schrei geöffnet, der faltige Hals schien in dieser Position überlang, und neben der einen Hand, die fast bis zum Boden hing, hatte sich eine schwärzliche Lache aus Blut gebildet.

»Das schaut aber nicht gut aus«, stellte die Alte mit dem Kropf fest, die neugierig hinter ihnen hereingekommen war.

Leopold schluckte. »Da haben Sie wohl recht. Aber wenn Sie einfach wieder gehen könnten«, brachte er dann angestrengt ruhig hervor, »wäre ich Ihnen sehr verbunden.«

»Ja, aber die Windisch –«

»Verschwinden S' und rufen S' jemanden von der Stadtwache!«, befahl Leopold, ohne den Bick von der Toten zu wenden.

»Ja, aber Sie sind doch von denen.«

»Ich bin von der Gendarmerie.«

Erst langsam schien der Frau aufzugehen, dass diese Angelegenheit tatsächlich ernster war als bloß die üblichen unglücklichen Frauenzimmer in *gewissen* Nöten, die in jenem Hinterhof ein und aus gingen. Schimpfend und vor sich hin lamentierend eilte sie davon.

Leopold und Ida blickten ihr kurz hinterher, dann richtete sich ihre Aufmerksamkeit wieder auf die Tote vor ihnen. Es kostete sie einige Überwindung, die Souterrain-Wohnung zu betreten.

Ida spürte, wie ihr der Hals eng wurde und sich ihr Herzschlag beschleunigte. Zugleich begannen die Gedanken hinter ihrer Stirn zu galoppieren.

»Sie ist wohl erschlagen worden«, sagte Leopold nach einer Weile, in der er schweigend die Tote umrundet hatte, und deutete auf die Wunde an ihrer Schläfe, aus der das Blut auf den Boden geflossen war. »Genau wie das Fräulein Kern und der Herr Brandt.«

Auf den ersten Blick konnte man lediglich so viel sagen, dass – wie bei den anderen Opfern – wohl ein stumpfer, allerdings handlicher Gegenstand als Tatwaffe gedient haben musste. Es mochte ein Stein oder Stock oder irgendetwas anderes gewesen sein, in jedem Falle hatte die Waffe, soweit man das mit freiem Auge feststellen konnte, keine Überreste in der Wunde hinterlassen und war nach vollbrachtem Mord einfach wieder mitgenommen worden.

Ida war zu einer kleinen Anrichte getreten, wo neben ein paar wenigen Kochutensilien einige verbogene Stricknadeln und ein merkwürdig geschliffener Löffel lagen. Ihr schauderte.

»Sie muss schon mehrere Tage hier liegen.«

»Offenbar hat sich niemand um sie gekümmert.«

Leopold beugte sich über einen Haufen Stoff, der neben dem winzigen Ofen lag und von dem nicht ersichtlich war, ob es sich um Lumpen, die vielleicht als billiges Brennmaterial aushelfen sollten, oder noch um brauchbare Kleidungsstücke handelte.

Ida hatte derweil eine Lade geöffnet, in der sie neben ein paar vergilbten Briefen zu ihrer Überraschung, wie sie sich eingestehen musste, auch ein Büchlein über Hebammenkunst entdeckte.

»Aber mit ein bisschen Glück ist diese Vettel eine bessere Torwächterin als Kinderhüterin«, meinte Leopold schließlich. »Vielleicht kann sie uns sagen, wer in letzter Zeit hier war.« Während er sprach, hatte er aus dem Lumpenhaufen ein auffällig kariertes Etwas gezogen, das er nun verwundert beäugte.

»Haben Sie etwas gefunden?«, fragte Ida, während sie die Lade wieder zuschob.

»Ich bin mir nicht sicher.«

»Das war einmal ein Hemdsärmel«, stellte sie mit Kennermiene fest. »Da, am Ellbogen und bei der Manschette ist der Stoff ganz aufgewetzt. Ich nehme an, Frau Windisch hat die Ärmel abgetrennt, um aus dem Rest des Hemdes noch etwas Brauchbares zu machen.«

»Natürlich ...« Leopold betrachtete das modisch fragwürdige Karomuster, als könnte er darin eine geheime Botschaft lesen. »Sie hat es umgeschneidert ...«

»Ja, das wäre sehr plausibel. Wieso?«

Mit einem Ruck drehte sich Leopold zu ihr. »Ich muss etwas überprüfen.« Mit zwei langen Schritten war er schon zur Tür draußen. »Sie bleiben bitte hier, bis die Stadtwache da ist und die Tote ins Gerichtsmedizinische Institut gebracht wird. Oder bis jemand von der Polizei –«

»Ich kann doch nicht hier allein warten!«

»Ja. Nein – aber Sie müssen.«

Ida wollte bereits zu einer etwas deutlicheren Replik ansetzen, als zwei uniformierte Beamte der Stadtwache ihnen über den Hinterhof entgegenkamen. Offenbar hatte die Alte es weit schneller als erwartet zuwege gebracht, jemanden auf die grausige Tragödie in ihrem Hinterhof aufmerksam zu machen.

»Was ist hier geschehen?« Ein wenig außer Atem blieben die Männer vor ihnen stehen.

Leopold salutierte zackig, wobei er den karierten Hemdsärmel unauffällig hinter seinem Rücken verschwinden ließ. Mit knappen Worten setzte er sie über die Lage in Kenntnis, wobei er Idas Anwesenheit ebenso gekonnt wie beiläufig erwähnte, sodass die beiden nicht einmal auf die Idee kamen, näher nachzufragen.

»Sie kümmern sich um den Abtransport der Leiche und sorgen dafür, dass die Wohnung der Toten entsprechend versiegelt wird. Ich werde Verstärkung für weitere Zeugenbefragungen anfordern.« Leopold garnierte seine Worte mit einer weiteren militärischen Geste, welche die beiden Wachebeamten offenbar davon ablenkte, dass sie es lediglich mit einem einfachen Gendarmen zu tun hatten (der noch dazu in Begleitung einer jungen Frau unterwegs gewesen war), und marschierte eilig von dannen.

Nach einem kurzen Zögern folgte ihm Ida. Nun gab es ja keinen Grund mehr, noch länger bei der Toten auszuharren.

»Selten, dass einer von denen einmal zur rechten Zeit vor Ort ist«, bemerkte Leopold, als sie wieder durch die Toreinfahrt auf die Straße traten. »Als hätten die schon in der Nähe gewartet …«

Die Kinder waren mittlerweile verschwunden, nur die magere Katze hockte noch kläglich miauend mit angebundenem Schwanz neben dem Wagen.

Leopold wandte sich zu Ida. »Fräulein Fichte, ich bin Ihnen zu größtem Dank verpflichtet, dass Sie mich hierher begleitet haben. Auch wenn es nicht zu dem erwarteten Gespräch gekommen ist.« Er stopfte den Hemdsärmel in seine Rocktasche. »Ich nehme an, dass ich Sie nun zu Ihrer Wohnung zurückbringen darf?«

»Das wird nicht nötig sein.«

»Sind Sie sich sicher?«

Ida meinte zu bemerken, dass es Leopold nicht ganz unlieb war, dass er sich nach der jüngsten Entdeckung sogleich bei seinem Vorgesetzten melden konnte. Sie beugte sich zu der Katze, um sie aus ihrer misslichen Lage zu befreien. »Ich werde mich nicht verlaufen. Allerdings wäre ich Ihnen sehr verbunden«, sie senkte ein wenig die Stimme, »wenn Sie mich weiterhin über die Ermittlungen auf dem Laufenden hielten.«

»Selbstverständlich.« Leopold setzte zu einem militärischen Gruß an, entschied sich dann aber anders und schüttelte ihr die Hand, ehe er davoneilte.

Kapitel 7

… in welchem Ida eine unmissverständliche Forderung erhält, die sie schlussendlich doch nicht ganz erfüllen kann …

Für Ida fühlte es sich an, als wäre viel zu viel in den letzten Stunden geschehen, als wäre sie für einen Moment in ein Leben gestolpert, das nicht für sie bestimmt war. Darüber nachzudenken, blieb ihr aber keine Gelegenheit.

Nach einem mageren Mittagessen, von dem sie kaum ein paar Bissen hinunterbrachte, musste sie sich schon auf den Weg zu den Fräulein Papst und Wagner machen, um ihnen vorzulesen und sie am Klavier zu unterhalten. Dass ihr selbst gerade keineswegs der Sinn nach leichtem Zeitvertreib stand, war bestenfalls ihr eigenes Problem.

Sie unterdrückte ein Seufzen, während sie sich ihren Hut aufsetzte.

Ida überquerte die Mur und machte sich auf den Weg zu dem Häuschen der beiden ältlichen Damen. Das laute Treiben der Stadt schien ihr nach den Ereignissen des Vormittags fast unwirklich. Um dem Straßenverkehr mit all den fluchenden Kutschern und den hektischen Menschen ein wenig zu entgehen, wählte sie die schmalen Gassen, die durch Hinterhöfe führten und bisweilen nahezu verlassen wirkten. Wer hier wohnte, kam meist erst nach vollbrachtem Tagwerk wieder in diese Gegend – und auch dann hielt sich kaum jemand auf der Straße auf, sondern verschwand so schnell er konnte in seinen eigenen vier Wänden.

Ida war dies nur recht, denn so konnte sie ihre Gedanken ein wenig ordnen, bevor sie den beiden alten Fräulein eine angenehme Gesellschafterin zu sein hatte. Sie bog in eine Gasse ein, die so schmal war, dass man kaum einen größeren Handkarren hindurchbugsieren konnte. Wer in den oberen Stockwerken eines der wenigen Fester öffnete, konnte, wenn er denn wollte, bequem seinem Nachbarn von gegenüber die Hand reichen. Sinnend hatte sie den Kopf gesenkt und beobachtete ihre eigenen Füße, die über die mit Murnockerln – rundlichen, vom Fluss geglätteten Steinen – gepflasterte Straße gingen.

Plötzlich vernahm Ida Schritte hinter sich. Intuitiv wollte sie sich zur Seite wenden, damit wer auch immer so eilig die Gasse entlangkam leichter an ihr vorbeigelangen konnte.

»Halt!«, fuhr sie da eine Stimme an.

Mehr überrascht als erschrocken blieb sie stehen.

»Nicht umdrehen, Fräulein, Sie hören mich ja auch so.«

Es war ein Mann, der da sprach, und für einen kurzen Moment meinte Ida, seinen Tonfall schon einmal gehört zu haben. Markig und rau klang seine Stimme, ein Befehlston.

»Was wollen Sie?«, fragte sie.

Erst als er schlicht antwortete »Zuhören sollen Sie mir. Still sein und zuhören« und ihr dabei so nahe kam, dass sie meinte, seinen Atem in ihrem Nacken zu spüren, griff die Furcht nach Ida.

Sie nickte beklommen, versuchte, aus dem Augenwinkel einen Blick auf ihn zu erhaschen, als sie auf einmal etwas metallisch Kaltes rechts unter ihrem Ohr verspürte. Sie zuckte zusammen, fragte sich, ob es eine Klinge war, die der Fremde ihr an den Hals drückte.

»Sie sind doch ein gescheites Frauenzimmer, nicht? Lehrerin, wie mir scheint.«

Ida wusste nicht, ob er eine Antwort erwartete. Schließlich sagte sie nur leise: »Ja.«

»Dann werden Sie ja hoffentlich verstehen, weshalb es von Vorteil wäre, wenn Sie sich nicht weiter in Angelegenheiten einmischen, die Sie absolut nichts angehen.«

»Ich … verstehe nicht.« Ihr Herzschlag beschleunigte sich, und Ida hoffte verzweifelt, dass irgendjemand in die Gasse einbiegen möge, um sie aus dieser absurden Lage zu befreien.

»Machen wir es einfach: Sie kümmern sich um Ihre eigenen Sachen – und wenn Sie noch einmal zur falschen Zeit am falschen Ort aufkreuzen, dann braucht sich Ihr Wilhelm keine Sorgen mehr um seinen Chargen-Kursus zu machen.«

Ida erstarrte. »Was … Wie … Was meinen Sie?«

Sie spürte, wie das kalte Metall sich noch bedrohlicher an sie drängte.

»Ich meine gar nichts. Ich sage Ihnen nur, wie es ist. Jeder hat seinen Platz auf der Welt, und Frauenzimmer sollten nicht an Orten herumsteigen, an denen einer ermordet worden ist. Und der Wilhelm sollte das nach Möglichkeit auch nicht tun – vor allem nicht hier, wo der arme Landgendarm doch nicht das Geringste verloren hat. Von diesem kleinen Blondel in Uniform rede ich gar nicht.«

»Aber Wilhelm hat doch nichts gemacht. Er ist … Er ermittelt doch gar nicht.«

»Und so soll es auch bleiben. Besser, er weiß gar nichts von den Dingen, von denen Sie auch nichts wissen sollten.«

Ida musste die Zähne zusammenbeißen, um keinen Laut entwischen zu lassen, der ihre Angst verriet.

»Gehen Sie jetzt zu den beiden alten Schabracken und klimpern Sie ihnen ein bisschen auf dem Klavier vor. Und wenn Sie dann bei den Fräulein Mandelsüß sind oder in dem Tollhaus, das dieser Herr Fischer seine Familie nennt, dann denken Sie daran, dass ich Sie beobachte und weiß, was Sie tun. Und«, er kam noch einen Schritt näher, beugte sich ganz nah zu ihr, »wenn Sie einmal Ihre Tugend vergessen, wenn Sie sich Wilhelm hingeben und ihm womöglich von unserem charmanten Treffen erzählen, dann erinnern Sie sich daran, dass es mehr als eine Art gibt, einen Mann zu zerstören. Sie wollen doch nicht, dass er womöglich Ihretwegen in eine Situation gerät, die keineswegs empfehlenswert ist …«

Ida fühlte, wie sich ein verzweifelter Schrei in ihrer Kehle zusammenballte.

»Sch … sch …«, flüsterte er.

»Bitte, ich –«

»Nein, meine Liebe, Sie werden doch wohl nicht betteln! Ich kenne Sie anders, Fräulein Fichte. Sie werden hier nun einfach stehen bleiben und warten, bis ich Ihnen vom Ende der Gasse einen netten Gruß zurufe. Und dann – dann werden Sie hoffentlich so klug sein und Ihren Weg einfach fortsetzen und den beiden Vetteln ein paar Liedchen vorspielen gehen.«

Ida schluckte. »Und wenn nicht?«

Ein amüsiertes Schnauben war die Antwort. »Wissen Sie … ob nun der Stein den Krug oder der Krug den Stein trifft – in jedem Fall ist es schlecht für den Krug. Ich möchte Sie weder erschlagen noch erschießen müssen. Oder Ihren Wilhelm.«

»Nein, Sie dürfen –«

»Belasten Sie sich nicht damit, was ich darf oder nicht darf, Fräulein.« Er seufzte, als wäre es nur allzu mühselig, mit ihr zu reden. »Wir machen es ganz einfach, Ida, dass es auch Ihr weiblicher Verstand begreift: Kommen Sie noch einmal in die Nähe eines Mordes, stirbt Wilhelm. Kommen er oder der Blondel noch einmal in die Nähe eines Mordes, stirbt Wilhelm. Kommen –«

Idas Gedanken überschlugen sich. »Aber er ist doch Gendarm, er muss ja, wenn etwas geschieht …«

»Nicht zu viel sinnieren, Sie wissen genau, was ich meine. Kommen Sie noch einmal in die Nähe von Wilhelm, stirbt er. Vertrauen Sie sich ihm oder dem Blondel an – na, Sie wissen hoffentlich, wie es weitergeht.«

Ihr Herz stolperte, und sie musste sich zwingen, wenigstens den Anschein von Fassung zu bewahren, so wenig ihr das auch gelang.

»Also dann …« Es hörte sich so an, als verzöge er die Lippen zu einem Grinsen. »Leben Sie wohl, Fräulein Fichte.«

Noch einmal spürte sie den Druck von kaltem Metall an ihrem Hals, dann wandte sich der Fremde um und marschierte mit scheinbar beschwingten Schritten in die andere Richtung davon.

Ida spürte ihre Knie zittern, ihre Lippen beben, doch sie wagte nicht, sich zu rühren.

»Und einen lieben Gruß an den Stabswachtmeister!«, tönte es dann noch einmal von der Straßenecke zu ihr.

Sie musste einige Male tief durchatmen, ehe sie sich umzudrehen wagte. Die Gasse lag still und leer da, als wäre nichts geschehen. Ein ersticktes Wimmern drängte sich durch ihre

Lippen, und sie sank an die Hausmauer, das Gesicht in den Händen vergraben.

Ida wusste nicht, wie lange sie so dagekauert hatte, als jemand sie ansprach: »No, Fräulein, was ist denn geschehen?« Ein alter Mann im abgewetzten Rock stand vor ihr und betrachtete sie mitleidig. Graue Bartstoppeln bedeckten seine Wangen, die Hosenbeine waren ausgebeult und an seiner Weste passten keine zwei Knöpfe zueinander.

Sie schüttelte nur den Kopf, ehe sie endlich antworten konnte: »Geht schon.«

»So schauen Sie mir aber nicht aus.«

»Wirklich, es war nur … Es geht schon wieder.« Sie zwang sich zu einem Lächeln. »Vielen Dank.«

»Na dann.« Der Mann tippte sich an die Kappe und stapfte weiter.

Mühsam richtete sich Ida von der Wand auf, wischte sich über die Wangen. Wenn der Alte nur ein paar Minuten eher gekommen wäre … Aber derlei Gedanken waren müßig. Mit schierer Gewalt zwang sie sich zur Vernunft. Wer auch immer sie in dieser Gasse bedroht hatte, es war kein Zufall gewesen. Viel zu viel hatte der Fremde über sie und Wilhelm gewusst, viel zu eindeutig waren seine Worte gewesen.

Lediglich jene Anspielung auf den Stabswachtmeister irritierte sie. Von wem hatte der Mann geredet, wem sollte sie einen lieben Gruß ausrichten?

Noch einmal blickte sie in die Richtung, in die der Unbekannte verschwunden war. Selbst wenn sie den Mut gehabt hätte, ihn zu verfolgen – was hätte sie damit erreichen wollen? Er hatte ihr nur allzu deutlich gemacht, wozu er fähig war.

Nein, sie konnte nun nichts anderes tun, als sich zusammenzureißen und bei den Fräulein Papst und Wagner zu tun, wozu man sie eingestellt hatte. Zudem hatte es wenig Sinn, auch noch die gutmütigen Damen zu beunruhigen; außerdem benötigte sie das Geld, das sie bei ihnen verdienen konnte. Alles, was ihr im Moment blieb, war vorzugeben, es wäre nichts geschehen.

Als Ida das Häuschen der beiden Damen erreichte, wurde sie längst erwartet.

»Fräulein Fichte, Sie kommen spät!«, rief ihr Hermelinde Wagner bereits vom Fenster aus entgegen. »Wir hatten schon Sorge um Sie.«

»Bitte verzeihen Sie.« Ida versuchte, eine freundlich betretene Miene aufzusetzen, die ihre wahren Gefühle verbarg. »Es wird nicht wieder vorkommen.«

»Schon gut, schon gut. Kommen Sie nur!«

Es kostete sie unendliche Mühe, den Schein zu wahren, als Fräulein Papst sich ihre Drahtbrille zurechtrückte und sie mit der üblichen Geschäftigkeit in das Wohnzimmer führte, wo Klavier und Kuchen auf sie warteten. Die heimelige Atmosphäre hätte Ida guttun können, wenn ihre Gedanken nicht so vollkommen in Aufruhr gewesen wären. Ihre Gefährtin plauderte derweil vor sich hin, dass sie einen entzückenden neuen Roman in die Finger bekommen habe, der sie an eine Schauergeschichte von Ann Radcliffe erinnerte – allerdings viel moralischer, wie sie mehrfach betonte.

Ida nickte nur dazu, griff fahrig nach der angebotenen Teetasse, die sie kurz darauf neben das Tellerchen stellte, ehe sie die Lektüre mit ans Klavier nahm und auf den Notenständer legte. Verwirrt starrte sie erst die Buchstaben, dann die schwarzen und weißen Tasten an. »Oh. Entschuldigen Sie«, murmelte sie, indem sie aufstehen wollte, doch Fräulein Wagner war schon zu ihr getreten.

»Nicht, meine Liebe«, sagte sie und legte ihr die Hand auf die Schulter. »Sie scheinen mir heute ein wenig … na ja …«

»Von wegen *ein wenig*, Hermi, das Fräulein ist ja völlig aufgewühlt.« Mit diesen Worten trat auch Fräulein Papst näher an Ida heran und beäugte sie kritisch durch ihre Brille. »Am Wetterumschwung wird es wohl nicht liegen.«

»Bei so jungen Dingern liegt es nie am Wetter, Erna«, widersprach Fräulein Wagner. »An den Männern liegt es, immer an den Männern.«

Ida wusste weder, was sie darauf erwidern, noch, wie sie reagieren sollte, während die beiden Freundinnen sie umstanden und über sie redeten, als wäre sie ein kränkelnder Rosenstrauch. Ihre Beherrschung reichte gerade dazu, die Lippen zusammenzupressen und auf ihre Hände zu starren.

»Dabei müsste jemand wie Sie doch wissen, dass es noch mehr auf der Welt gibt als immer nur diese Mannsbilder!«

»Nein, es ist …« Ida schluckte und versuchte, ihrer Stimme etwas mehr Klang zu geben. »Bitte glauben Sie mir, es war nicht meine Absicht«, bemühte sie sich, abzuwiegeln. Wäre sie nicht gerade vor dem Klavier gesessen, hätte man wohl das Zittern sehen können, das sie mit aller Kraft zu verbergen suchte.

»Natürlich, es ist niemals jemandes *Absicht* – aber am Ende sind es doch wir Frauen, die zu leiden haben«, bemerkte Fräulein Wagner etwas indigniert. »Und deshalb«, sie nickte ihrer Gefährtin zu, »finde ich ohnehin, dass Mannsbilder in Gottes Schöpfung reichlich überflüssig sind. Jedenfalls so, wie sie sich zumeist benehmen. Stimmen Sie mir zu, Fräulein Fichte?«

Ida konnte nicht vermeiden, dass bei diesen Worten kurz etwas in ihren Mundwinkeln zuckte. Dennoch erwiderte sie: »So einfach ist es auch wieder nicht.«

»Natürlich, mit Männern ist es nie einfach.«

»Ist es der Ihrige?«, fragte Fräulein Papst mitfühlend.

Ida schüttelte den Kopf.

»Wäre er gern der Ihrige?«

Ida schaute sie entgeistert an.

»So eine dumme Frage!«, schalt Fräulein Wagner ihre Freundin. »Siehst du denn nicht, dass es nicht nur um irgendwelche dummen Herzensdinge geht, Erna, sondern um etwas viel Ernsteres? So eine Lappalie würde Fräulein Fichte doch niemals so durcheinanderbringen.«

»Worum geht es denn?«, fragte Fräulein Papst sogleich.

Ida atmete durch, um das Beben aus ihrer Stimme zu vertreiben. »Darüber kann ich nicht sprechen.«

»Aber wieso denn nicht?«

»Weil ich … Weil man es mir verboten hat.«

»Da, siehst du? Es ist immer das Gleiche!« Fräulein Wagner warf in einer theatralischen Geste die Hände empor. »Ein Mannsbild hat es ihr verboten! Und jetzt fürchtet sie sich und traut sich nicht einmal, ein kleines Wörtchen mit uns zu teilen.«

Während die beiden Freundinnen weiter über das angeblich so starke Geschlecht lamentierten, spürte Ida, wie ihr Tränen in die Augen drängten, die sie unwillig wegzublinzeln versuchte.

»Wollen Sie uns nicht wenigstens ein bisschen verraten, wie wir Ihnen vielleicht helfen können?«

Unter Umständen hätte sie zu einer anderen Stunde an sich halten und schweigen können. Doch die Begegnung mit dem Fremden in der Gasse, seine Worte, die Klinge an ihrem Nacken hatten an ihren Nerven gezehrt. Dabei war Ida sonst eine sehr vernünftige und besonnene Person, die Grausamkeit und Wahnsinn schon mehr als einmal ins Auge geblickt hatte. Vielleicht aber lag das Problem auch genau darin – jenem Mann hatte sie eben *nicht* in die Augen geblickt.

Einige Atemzüge lang rang sie mit sich. »Es ist so«, begann sie dann, nachdem Fräulein Wagner ihr eine frische Tasse Tee in die Hand gedrückt hatte, »jemand, den ich nicht näher kenne, aber von dem ich annehmen muss, dass er mit mir bekannt ist, hat sehr … nachdrücklich von mir verlangt, dass ich mich von gewissen Dingen, die ich hier nicht näher ausführen kann, fernhalte. Andernfalls könnte das jemanden, den ich nicht näher benennen möchte, der mir aber zugegebenermaßen nicht vollständig gleichgültig ist, in eine unangenehme Situation bringen.« Zögerlich sah Ida die beiden Frauen an, ob sie mit ihrer kryptischen Rede denn irgendetwas anfangen konnten.

Fräulein Papst nickte nur resolut. »Natürlich, es geht wie immer um einen Mann.«

»Nicht um irgendeinen«, präzisierte Fräulein Wagner mit erhobenem Finger.

»Nun, ich kann mich nur wiederholen. Eine gescheite junge Frau wie Sie braucht keinen Mann, man kann ohne einen Hausherrn vollkommen glücklich sein. Schauen Sie«, Fräulein Papst fasste mütterlich nach Idas Händen, die sich noch immer um die Tasse klammerten, »ist er – wer auch immer er sein mag – es denn wirklich wert, dass Sie um seinetwillen so sehr leiden?«

Ida wollte schon antworten, als ihr auf einmal bewusst wurde, dass ihre Worte nicht ganz der Wahrheit entsprechen würden. Fast erschrocken schaute sie Fräulein Papst an, denn bei deren Frage hatte sich in ihrem Hinterkopf für einen Moment derselbe Gedanke geregt.

Weshalb war sie denn mit Leopold zur Witwe Windisch gegangen, wieso hatte sie die Damen Mandelsüß dazu gebracht, die Gerichtsmedizin aufzusuchen? Im Letzten doch immer nur wegen Wilhelm. Weil sie etwas entdeckt hatte, was den Männern entgangen war. Weil sie ihm etwas beweisen wollte, weil er ein Gendarm war und sie kein ängstliches Frauenzimmer sein wollte. Weil sie wollte, dass er ihren Wert erkannte. Weil sie ihm gefallen wollte! Dabei hatte er mit diesen Dingen doch nicht das Geringste zu tun, sondern brütete über seinem Chargen-Kursus.

»Ich habe es mir gedacht«, nickte Fräulein Papst. »Das ist der Fluch von uns Frauen. Wir meinen, dass wir für alles und vor allem für die Männer um uns herum verantwortlich sind. Für sie verleugnen wir uns und leiden und schweigen. Und was bekommen wir dafür? Im besten Fall ein Kind, und auch das bedeutet nur weitere Sorgen. Fräulein Fichte, ist es wirklich das, was Sie wollen?«

Sprachlos konnte Ida nur den beiden gegenübersitzen.

»Wir Frauen sind leider viel zu gut darin, Opfer zu bringen.«

»Wenn Sie meinen Rat wollen, dann lassen Sie sich nicht bange und schon gar nicht das Herz schwermachen.« Die beiden Fräulein sahen sie wie zwei strenge gute Feen an. »Auch wenn Ihnen dieser *Jemand*, von dem Sie gesprochen haben, nicht ganz gleichgültig ist, sollten Sie sich überlegen, ob er es wert ist, dass Sie sich so … grämen.«

»Er –«, setzte Ida an.

»Sie brauchen nicht zu antworten. Denken Sie einfach darüber nach.«

Und das tat Ida. Auf dem Heimweg, den sie schon recht bald antrat, dachte sie an nichts anderes, als was sie bisher für Wilhelm (und ein wenig auch für Leopold) auf sich genommen hatte. Was sie diesem groß gewachsenen Mann zuliebe bereits alles getan hatte, in welche Gefahr sie dabei geraten war – und nicht zuletzt, in welcher Gefahr sie sich nun gerade befand, sollte dieser Unbekannte seine Drohung wahr machen.

Mit Gewalt zwang Ida ihre Gedanken weiter.

Welchen Nutzen hatte es denn, wenn sie hier nun weiter die Heldin spielte? Wem war geholfen, wenn sie weiter nach dem Mörder von Fräulein Kern oder der Witwe Windisch forschte? Wenn sie um ihrer eigenen Sicherheit willen schwieg, dann bewahrte sie damit auch Wilhelm, wenn sie sich von ihm fernhielt, dann war er geschützt. Wie einfach das war.

Was kümmerte sie denn dann noch dieser Fremde, wenn sie einfach … wegginge? Alles, was sie ängstigte, was ihre Vernunft störte, ihren Sinn und Verstand in Aufruhr versetzte, wäre damit erledigt, wenn sie Wilhelm nur auf Abstand hielt, ihn sich schlichtweg aus dem Kopf schlug. Die Vorstellung brachte fast so etwas wie Erleichterung mit sich.

Ja, Wilhelm mochte das Herz am rechten Fleck haben, ehrlich, fleißig und tapfer sein – aber er war auch ein recht schlichter Mensch. Neben ihm müsste sie immer ihren eigenen Verstand verbergen und im Zaum halten, nur um ihn nicht dumm dastehen zu lassen. Und welche Aussichten hatte er denn, selbst wenn er die Prüfung bestand und einen Rang aufrückte?

Es war nicht das erste Mal, dass Ida diese Gedanken wälzte, doch diesmal fühlte es sich anders an. Die Fräulein Papst und Wagner hatten sie darin bestärkt, dass es mehr im Leben gab, als einen Mann zu finden, dass es obendrein ihr gutes Recht war, mehr zu wollen. Sosehr sie Wilhelm mochte, schon in den Tagen nach dem Brauhaus-Ball hatte diese unbestimmte Angst ihr keine Ruhe gelassen, dass ihre Arbeit und Wilhelm alles sein könnten, was die Zukunft ihr zu bieten hatte.

Sie wollte mehr, sie verdiente mehr. Und nun würde sie mit dieser Entscheidung nicht nur ihrem eigenen Gefühl nachgeben, sondern sich auch noch sagen können, dass sie damit für Wilhelm ein Opfer gebracht hatte.

Nur ganz weit weg, verborgen, lauerte die Frage, *warum* jener Fremde sie so dringend von den Morden und von Wilhelm fernhalten wollte. Es ist wohl anzunehmen, dass Ida ahnte, dass da noch etwas war. Aber nicht anders, als sie nun jeden weiteren Gedanken an Wilhelm von sich schob, verbot sie sich auch, an jener Sache zu rühren.

An den folgenden Tagen verrichtete Ida ihre Arbeit wie im Traum. Sie schrieb ein paar Zeilen in ihr Journal, versuchte sich an einer weiteren kleinen Geschichte, die sie jedoch nach wenigen Seiten frustriert beiseitewarf. Ihre Stunden im Hause Fischer waren ebenso anstrengend wie unbefriedigend. Der Klavierunterricht bei den Schwestern Mandelsüß bereitete ihr vor allem Kopfschmerzen.

Ida konnte eine gewisse Erleichterung nicht verhehlen, als die beiden nach einstündiger Tortur durch Etüden und Schumann endlich das Klavier zuklappten und sie erwartungsvoll ansahen.

»Und?«, fragte Valentine mit einem gewissen Blitzen in den Augen.

»Ja. Gut«, erwiderte Ida und strich sich über die Schläfen.

Die Schwestern warfen einander einen vielsagenden Blick zu. »Wir waren miserabel«, erklärte Valentine dann. »Aber wenn Sie das nicht bemerkt haben, Fräulein Fichte, dann ist es wirklich notwendig, dass wir Ihnen unsere neuesten Erkenntnisse mitteilen.«

Irritiert sah sie die Mädchen an. »Welche Erkenntnisse?«

»Na, wegen des Mordes natürlich! Wegen der Marie!«

»Wir haben noch etwas gefunden!«, platzte Victoria heraus.

»Einen Brief!«, ergänzte Valentine.

Ida spürte, wie bei diesen Worten das Blut aus ihrem Gesicht wich, und sie meinte, wieder das kalte Metall an ihrem Hals zu spüren, hörte die Stimme des Fremden in ihrem Ohr. »Lasst das«, sagte sie mit mühsam beherrschter Stimme. »Das ist Sache der Polizei.«

Victoria machte eine wegwerfende Geste. »Ja, aber die haben das Schreiben ja nicht entdeckt!«

»Sie haben das Zimmer von der Marie untersucht und sich nach ihr erkundigt, aber sie haben nicht in der Waschküche nachgesehen …«

»… und auch nicht am Dachboden …«

»… und im Keller schon gar nicht.«

»Wir aber schon!«, verkündete Victoria stolz.

»Bitte, lasst das, mischt euch nicht ein.« Ida hörte, wie brüchig ihre eigenen Worte klangen.

Wahrscheinlich hätte sie auch deutlich resoluter auftreten können, so wie sie es früher im Pensionat am Annaberg getan hatte, wenn die jungen Damen, die dort ihre Erziehung vervollkommnen sollten, sich allzu ungebührlich benahmen, doch seit jener Unbekannte ihr seine Worte zugeflüstert hatte, war ihr ein Stück ihrer Kraft abhandengekommen.

Die Mädchen allerdings schienen davon nicht das Geringste zu bemerken. Begeistert von ihrem eigenen Erfolg sprudelte Valentine los: »Natürlich haben wir uns noch einmal den Dachboden vorgenommen. Dort oben lagen Bilder, die unsere Großtante in Paris gemalt hat, kitschig und staubig, und unser alter Kinderwagen und ein Überseekoffer, in dem sogar noch ein alter Frack hing, aber nichts, was uns noch einen Hinweis gegeben hätte. Im Keller war es vor allem dunkel und klamm, und es hat so merkwürdig gerochen. Ich glaube, dort müssen Ratten sein.« Sie schüttelte sich und gab damit ihrer Schwester Gelegenheit fortzufahren.

»In der Küche durften wir nicht suchen«, ergriff Victoria sogleich das Wort, »aber wenn dort noch ein Hinweis von der Marie gewesen wäre, dann hätte die Köchin den ohnehin gewiss gefunden. Also blieb nur noch die Waschküche, denn dort musste sie ja mindestens einmal die Woche hin – und außer ihr ist dort niemand, nur hin und wieder eine Zugeherin, wenn die Mama die großen Vorhänge waschen lässt. Also haben wir uns dort umgesehen, ganz genau und akrobatisch.«

»Akribisch«, besserte Valentine ihre Schwester aus.

Ida konnte den Mädchen nur sprachlos lauschen, denn ihre mehrmaligen Versuche, den kriminalistischen Redeschwall zu unterbinden, überhörten sie geflissentlich.

»In der Waschküche ist der Boden dort, wo meistens der Kessel steht, aufgeschwemmt, das Holz ist dort ganz fleckig und verzogen, sodass man die Bretter ganz leicht anheben kann. Natürlich hätte die Marie darunter etwas versteckt – hat sie aber nicht.« Victoria genoss es sichtlich, die Spannung zu steigern. »Und dann haben wir uns gedacht: Wo würde außer ihr nie jemand hinschauen? Da ist uns das hässliche Bild eingefallen, das dort jemand über den Schimmelfleck an der Wand gehängt hat – dort war aber auch nichts.«

»Aber in dem Kasten, hinter der Kernseife und diesem Putzessig, haben wir das hier gefunden.« Mit einer theatralischen Geste zog Valentine endlich einen zerknitterten Umschlag aus ihrer Schürze. »Was sagen Sie nun, Fräulein Fichte?«

Ida sagte zunächst einmal gar nichts.

Sie kümmern sich um Ihre eigenen Sachen – und wenn Sie noch einmal zur falschen Zeit am falschen Ort … Die Worte des Fremden krallten sich in ihre Gedanken.

»Was sagen Sie denn nun?«, wiederholte Valentine und wedelte mit dem Brief hin und her.

»Ich … will davon nichts wissen«, brachte Ida endlich hervor. »Das ist weder meine noch eure Sache, sich da einzumischen.«

»Aber Ihr Gendarm hat doch –«

»Er ist nicht *mein* Gendarm«, erwiderte Ida heftiger als beabsichtigt, ehe sie noch begriff, dass die beiden Mädchen natürlich nur Leopold meinen konnten, der sie zum Gerichtsmedizinischen Institut begleitet hatte.

Nur kurz schienen die Schwestern irritiert, dann jedoch bemerkte Victoria mit einer Miene, die jeder intriganten Salondame Ehre bereitet hätte: »Natürlich werden wir darüber kein Sterbenswort verlieren.«

»Das ist unser Geheimnis«, sekundierte Valentine, indem sie Ida das Schreiben in die Hand drückte. »Die geheime Quelle, die zur Auflösung eines Mordfalls führt.«

Unschlüssig drehte Ida das Kuvert in ihren Fingern, als fürchtete sie, sich daran zu verbrennen. »Habt … Habt ihr denn diesen Brief gelesen?«

»Natürlich nicht!«, erwiderten die Mädchen in einem Tonfall, der das genaue Gegenteil beinhaltete. »Sie sehen doch, dass er noch verschlossen ist.« Sie wiesen auf den kunstgerecht bearbeiteten Wachstropfen hin, der das Kuvert verschloss. Ganz offensichtlich übte man sich auch in den besseren Kreisen darin, mit zarter Wärmeeinwirkung sich Zugang zu gewisser Lektüre zu verschaffen. »Wir –«

»Gut«, schnitt Ida den Mädchen das Wort ab, ehe diese sie noch weiter in ihre semilegalen Machenschaften einweihen konnten. »Dann werden wir uns jetzt auch nicht weiter darum kümmern.« Mit einiger Überwindung ließ sie den Brief in ihre Tasche gleiten und strich mit den Händen über die Falten ihres Rocks, als hätte sie Sorge, dass man das Kuvert durch den Stoff hindurch erkennen könnte.

»Und jetzt?«, fragte Victoria.

Ida stand auf. »Ich würde sagen, dass die Klavierstunde jetzt beendet ist.«

Kapitel 8

… in welchem Ida eine bittere Entscheidung trifft und Leopold allerhand über die Ermittlungen erzählt …

Ida musste all ihre Kraft aufbieten, um wie eine ganz gewöhnliche Frau nach ihrem Tagwerk in ihre Wohnung zurückzukehren. Krampfhaft versuchte sie, sich nicht an jeder Straßenecke zu fragen, ob jener Fremde dahinter auf sie lauern könnte, nicht in jeden Schatten zu starren, nicht jeden Mann mit einer Klinge an ihrem Hals zu imaginieren, nicht an seine Drohung zu denken, nicht an den Mörder, der womöglich unter den Beteiligten des *gewissen Gewerbes* aufräumte und dem man nicht in die Quere kommen sollte …

Zudem bemühte sie sich, nicht an den Brief in ihrer Rocktasche zu denken.

Sie wollte lediglich so aussehen, als hätte sie nichts außer einer Klavierstunde von fraglicher Qualität hinter sich gebracht. Gewaltsam zwang sie ihre Gedanken zur Ordnung – und vor allem aber zwang sie sich, nicht an Wilhelm zu denken.

Sie versuchte sich die Worte der Fräulein Papst und Wagner in Erinnerung zu rufen und sich Herz und Kopf nicht mit Dingen zu beschweren, die sie schlicht und einfach nichts angingen. Solange sie sich von Wilhelm und Leopold fernhielt und diesen lächerlichen Brief, den die Schwestern Mandelsüß ausgegraben hatten, schnellstens wieder vergaß, hatte sie doch eigentlich nichts zu befürchten. Sie könnte ein ganz normales Leben führen und hätte nichts weiter zu tun, als sich nach einer Möglichkeit umzusehen, wie sie ihre finanzielle Situation verbessern könnte. Eigentlich.

Für eine Weile konnte Ida sich einreden, dass dieses Vorgehen funktionieren würde. Sie erledigte die notwendigen Arbeiten, brachte sogar eine Geschichte zu Papier, die ihr recht gut gefiel, und nähte ihr Unterkleid fertig.

Am dritten Tag allerdings stand des Abends wieder Wilhelm vor ihrer Wohnungstür. In seinen Straßenanzug gekleidet, die Schulmappe unter den Arm geklemmt, ungelenk wie immer.

Erst wollte Ida so tun, als hätte sie ihn nicht gehört, aber dann brachte sie es doch nicht übers Herz, ihn so einfach auf der Treppe zum Hinterhof stehen zu lassen. Nur einen Spalt weit öffnete sie die Tür, gerade so, dass sie Wilhelm sehen konnte, der sie verwirrt und besorgt anschaute.

»Ich kann heute nicht«, sagte sie nur.

»Wieso denn?«

»Ich … Mir geht es nicht so gut.«

»Bist du krank?«

Ida zögerte. »Nein. Ja, vielleicht ein wenig.«

Schon schien Wilhelm drauf und dran, vor Sorge die Tür aufzureißen, um ihr wie auch immer zur Hilfe zu eilen.

»Nicht!«, konnte Ida ihn gerade noch aufhalten. »Ich brauche nur ein wenig Ruhe. Bitte.«

Wilhelm sah drein, als überlegte er, ob es vielleicht nicht doch klüger wäre, sich auch gegen ihren Willen Einlass zu verschaffen, um nach ihrem Zustand zu sehen. »Solltest du nicht …? Sollte ich …? Kann ich etwas für dich tun?«, fragte er stattdessen.

Sie schüttelte nur den Kopf. »Bitte geh.«

Kurz wartete er noch, doch Ida hatte bereits die Tür geschlossen. Ein merkwürdig bitteres Drücken hatte sich in ihrer Kehle festgesetzt, ein salziges Brennen hinter den Lidern.

Wenn er wiederkäme – und das würde Wilhelm gewiss –, musste sie sich überlegen, was sie ihm sagen wollte.

Einige Sekunden lang starrte Wilhelm die Tür an, hinter der Ida verschwunden war. Kurz wollte so etwas wie Unwillen, gar Zorn in ihm aufsteigen, doch er zwang sich, diesem irritierenden Gefühl nicht nachzugeben. Sie hatte ihn noch nie abgewiesen. Genau genommen war er überhaupt noch nie von einer Frau abgewiesen worden – was möglicherweise daran lag, dass er außer mit seiner Mutter und ein paar rein körperlichen Bekanntschaften nicht unbedingt viel mit Wesen dieses Geschlechts zu tun gehabt hatte.

Er hob die Hand, um abermals anzuklopfen, ließ sie dann aber doch wieder sinken. Wenn Ida wirklich bloß Ruhe brauchte, dann war seine Anwesenheit wahrscheinlich das am wenigsten wirksame Mittel, um ihr Wohlbefinden wieder herzustellen. Jedenfalls sagte ihm das seine Vernunft. Ein anderer Teil von sich wollte ihm einreden, dass er es nicht einfach auf sich sitzen lassen durfte, dass diese Frau ihn hier glattweg stehen ließ. Noch dazu, wo sie ihm eigentlich versprochen hatte, ihm zu helfen.

Seufzend ließ er den Blick auf seine Schulmappe sinken. In spätestens einer Woche wäre sein Dasein als Schüler des Chargen-Kursus ohnehin beendet. So oder so …

Ein gewisses unangenehmes Ziehen irgendwo unter der Narbe, die sich seit dem letzten Spätherbst quer über seine Brust zog, ließ ihn jedoch auch am Schreibtisch in seinem Militärzinszimmer nicht recht zu seiner Mitte finden. Vielleicht waren es die komplizierten gesetzlichen Verordnungen zum Waffengebrauch bei der Festsetzung eines Tatverdächtigen (an die sich in der Hitze des Gefechts wohl ohnehin kaum jemand hielt), vielleicht war es auch schlicht die Sorge um Ida, die ihm die Konzentration raubte.

In jedem Falle stand Wilhelm, kaum dass er am folgenden Tag den Kursus hinter sich gebracht hatte, wieder vor Idas Tür. Selbst seine Uniform hatte er nicht wie sonst abgelegt.

Es dauerte nur einen Augenblick, bis Ida auf sein Klopfen hin die Tür öffnete – wieder lediglich so weit, dass ihn ihr Blick traf und er erkennen konnte, wie blass sie aussah.

»Ich wollte mich nur erkundigen …«, begann er zögerlich, »dich fragen, wie es … ob es dir … Kann ich …?«

»Nein.«

Die Antwort kam so rasch, dass er mitten im Satz mit offenem Mund innehielt.

»Mir geht es besser, du kannst nichts für mich tun, und wenn ich ehrlich bin, will ich nichts anderes als meine Ruhe haben.«

Ida sprach so schnell, dass Wilhelm sich unwillkürlich fragte, ob sie den Satz zuvor schon geübt hatte.

»Natürlich.« Er wollte sie gewiss nicht bedrängen, wenn Ruhe wirklich dasjenige war, was sie benötigte, doch etwas in ihm zwang ihn, noch einmal nachzufragen. »Bitte, sag mir nur, was los ist. Wenn du einen Arzt brauchst –«

»Ich brauche keinen Arzt. Bitte. Geh.«

Wilhelm war wohl nicht der Mann, der die feinen, unausgesprochenen Nuancen der menschlichen Kommunikation uneingeschränkt beherrschte, aber dass hier irgendetwas nicht ganz im Reinen war, erkannte allerdings auch er. »Was ist denn geschehen? Du bist doch sonst nichts so –«

»Wie bin ich denn?« Kurz hatte Ida sich hinreißen lassen und die Tür ein Stück weiter geöffnet.

Beherzt trat Wilhelm ein und stand nun vor ihr. »Seit wann bist du so abweisend? Habe ich denn etwas …? Das heißt, wenn ich …«

Ida schüttelte nur den Kopf, starrte einige Sekunden lang an ihm vorbei ins Leere. »Ich habe nachgedacht«, sagte sie endlich leise.

»Nachgedacht«, wiederholte er. »Worüber?«

»Über … alles.« Etwas wie ein Seufzen entrang sich ihrer Kehle. »So geht es einfach nicht weiter. Ich bin Lehrerin – und stattdessen gebe ich die Gesellschafterin für zwei alte Damen und die Gouvernante für die Kinder von Herrn Fischer. Und außerdem erwartest du von mir, dass ich ein Wunder bewirke und für dich auch noch diese blöde Prüfung bestehe!«, fügte sie bitter hinzu.

Wilhelm wusste nicht, wie ihm geschah. Freilich hätte er anmerken können, dass sie ihm zuerst ihre Hilfe beim Chargen-Kursus angeboten hatte, doch so weit kam er gar nicht.

»Ich will das alles nicht.«

Nur kurz streiften ihn ihre Augen, und es war wie ein Hieb mit kaltem Eisen. »Ida …«

»Bitte lass mich einfach.«

»Ida …«

»Geh einfach.« Sie wies zur Tür. »Du wirst diese Prüfung auch ohne mich zustande bringen. Ich … will einfach nicht mehr.«

Völlig überrumpelt blieb er stehen.

Er hätte nun natürlich einwenden können, dass er angesichts dessen, dass besagte Prüfung bereits bis auf eine Woche herangerückt war, sich über sein Bestehen nicht mehr allzu sicher war. Mit dem vagen Gefühl, dass die Zeit bis zur Examination länger währte, wenn er den Termin nur nicht aussprach, schwieg er jedoch.

Nach einigen Atemzügen in angespanntem Schweigen fragte er: »Du schickst mich also fort?«

Ida hob den Blick, ohne ihn anzusehen. »Muss ich das so aussprechen?«

»Ja, irgendetwas wirst du mir wohl sagen müssen.« Ohne es zu wollen, hatte er die Stimme erhoben.

»Kannst du es dir denn nicht denken?«

»Was bitte soll ich mir denken, wenn du vor ein paar Tagen noch … Ich meine …« Wilhelm unterbrach sich und setzte von Neuem an. »Ich habe nicht gedacht, dass du so eine bist. Dass du dich von wem küssen lässt und dann einfach … Oder hat es was mit dem Leopold zu tun?«

»›So eine‹? Hast du eine Ahnung, was du da für einen Schmarren redest?« Ida schien sich beherrschen zu müssen, um nicht laut aufzuschreien – ob aus Zorn oder vor Enttäuschung, blieb Wilhelm ein Rätsel.

»Ich weiß nur, dass ich kein Wort von dem verstehe, was du da daherredest.«

»Geh jetzt!«

Wilhelm setzte zu einer Antwort an, doch er wusste, dass die Worte, die er nun sagen würde, gewiss nicht die richtigen waren. Langsam ließ er die Arme sinken. »Ja, dann …« Irgendetwas begann ihn unter dem Uniformkragen zu würgen. »Ich gehe.« Mit steifen Schritten, als wäre er nicht er selbst, wandte er sich zum Treppenhaus.

Das Knarren der Tür hinter ihm blieb aus, und er wusste,

dass wenn er sich nun umwandte, Ida ihm nachsehen würde. Vielleicht hätte er dann doch noch die rechten Worte gefunden, aber – vielleicht war es Stolz, vielleicht war es Sturheit – er drehte sich nicht um.

Blind für alles und jeden marschierte er geradeaus los, bis er an irgendeiner Straßenkreuzung stehen blieb und vor sich hinstarrte. Erst nach einer Weile wagte eine Dame, die einen bedenklich hechelnden Mops in einem Korb mit sich herumtrug, ihn anzusprechen: »Herr Gendarm, geht es Ihnen denn nicht gut?«

Wilhelm gab nur einen unverständlichen Laut von sich und ging weiter; wohin, wusste er selbst nicht, und wahrscheinlich wollte er es auch gar nicht wissen.

Ob es doch Absicht oder blanker Zufall war, sei dahingestellt, jedoch nach gut einer Stunde, in der er plan- und ziellos durch die Stadt marschiert war, betrat Wilhelm das Gebäude des Gendarmeriekommandos (das Gezeter des Portiers, dass um diese Zeit niemand mehr zu sprechen sei, überhörte er einfach), wo in einem winzigen Kabuff Leopold noch immer über einem Berg Akten brütete.

Überrascht sah der junge Mann auf, als sein einstiger Vorgesetzter nach einem bestenfalls angedeuteten Klopfen eintrat. Schon wollte er sich zum Gruß erheben, wie es Vorschrift war, doch Wilhelm bedeutete ihm mit einem halbherzigen Lächeln, dass er diese Formalitäten getrost bleiben lassen konnte. Wortlos ließ er sich auf einen Schemel sinken.

»Herr Koweindl?«, setzte Leopold vorsichtig an. »Sie schauen aber nicht gut aus.«

Wilhelm winkte ab, besann sich aber, dass es doch recht merkwürdig wäre, wenn er zu dieser Stunde unangemeldet in das Zimmer des Gendarmen Leitner stolperte, nur um dort dann schweigend auf einem Schemel zu hocken. »Weiberleut«, fügte er deshalb erklärend hinzu.

Kurz runzelte der Jüngere die blonden Brauen, dann fragte er: »Fräulein Fichte?«

»Ja, wer denn sonst?«

»Ist etwas geschehen?«

Wilhelm hob nur die Schultern und machte abermals eine Geste, die alles und nichts bedeuten mochte. »Sie ist eine Lehrerin, hat sie gesagt, und keine Gouvernante und keine Gesellschafterin und dass ich mich um diese hundsdepperte Prüfung selber kümmern muss.«

Leopold schaute ihn nur verwirrt an.

»Ja, was weiß ich denn, was mit ihr los ist! Ich wollte nur … Ich habe keine Ahnung, was … Ich hab ja nur …« Finster starrte Wilhelm vor sich hin.

Der junge Gendarm konnte nur ungefähr erahnen, was es mit der Stimmung von Wilhelm auf sich haben mochte. Auch wenn er mit mehreren Schwestern aufgewachsen war, beschränkten sich seine Erfahrungen mit dem weiblichen Geschlecht auf recht oberflächliche Dinge, wie sie eben ein Leben in der Kaserne mit sich brachte. Heimlich hoffte er zwar, dass sich seine Kenntnisse in Wien, wenn er seinen Dienst am Polizeiagenteninstitut antrat, etwas vertiefen würden, aber er ahnte, dass dies nun nicht das passende Gesprächsthema für Wilhelm war. Außerdem hegte er diesbezüglich gewisse romantische Ansichten, die er auch nicht gerade mit ihm teilen wollte.

Stattdessen schlug er vor: »Wenn Sie wollen, das heißt, wenn Sie Zeit haben, können Sie mich begleiten. Ich habe noch nichts gegessen, und ich könnte Ihnen von den aktuellen Erkenntnissen über die Morde im *gewissen* Milieu erzählen. Der Tote bei der Poudrettefabrik – Sie wissen schon.«

Erst wollte Wilhelm ablehnen, doch dann entschloss er sich, dass es weit besser war, mit Leopold über skandalträchtige Morde nachzudenken, als sich zu fragen, was Ida dazu gebracht haben mochte, dass sie ihn so plötzlich fortgeschickt hatte. Etwas sagte ihm, dass er wohl eher eine Erklärung für die Verbrechen als für ihr Verhalten finden würde …

Ida hatte zunächst erwartet, dass es wie eine Sturzflut über sie hereinbrechen würde, als sie Wilhelm hinterhersah, wie er die

Treppe hinunterstieg und, ohne sich umzusehen, ihrem Blickfeld entschwand. Sie hatte erwartet, dass irgendetwas in ihr zerreißen und sie tränenerstickt auf der Türschwelle niedersinken würde. Sie hatte sich vorgestellt, wie ein würgender Schrei aus ihrem tiefsten Innersten ihre Kehle emporquellen würde. Aber nichts davon geschah.

Sie stand nur da und schaute dem Gendarmen nach.

Dann war Wilhelm weg.

Vielleicht tat er ihr ein wenig leid, denn er konnte ja eigentlich nichts dafür, dass die Dinge diesen Lauf genommen hatten. Vor allem aber spürte sie Erleichterung. Betäubende Erleichterung, die sie innerlich gleichsam mit Watte ausfüllte, ihre Sinne dämpfte und sie wie erschöpft in ihre Wohnung taumeln ließ.

Ida ließ sich an ihrem Schreibtisch nieder und atmete durch. Nur irgendwo, ganz tief unter ihrem Brustbein vergraben, erahnte sie einen kleinen Schmerz, aber das Gefühl, sich von einer drückenden Last befreit zu haben, machte ihn erträglich, ließ ihn fast verschwinden.

Sie schloss die Augen und stellte sich vor, dass sie nun einfach neu beginnen könnte. Die Drohung dieses Fremden würde keine Macht mehr über sie haben, wenn sie einfach wegginge. Was immer hier in der Stadt passierte, ging sie nichts mehr an, wenn sie nicht mehr da war.

Ohne Wilhelm hielt sie nichts in Graz. Ihre Stunden bei Mandelsüß und Fischer und den Fräulein Papst und Wagner könnte sie ganz einfach beenden, das ausständige Geld einfordern. Sie verfügte über eine kleine Ersparnis, könnte zudem einige unnötige Besitztümer zu Geld machen – vielleicht ließ sich sogar ihr Vater herab, ihr eine Kleinigkeit zu leihen. Mit diesem Vermögen könnte sie fortgehen. Nach Wien, Salzburg oder sogar noch weiter. Sie hatte gehört, dass man demnächst mit einem sogenannten Orient-Express von Paris bis ans Schwarze Meer komme, sie könnte überhaupt alles hinter sich lassen und nach Übersee gehen. Eine gut gebildete Frau wie sie könnte überall ihr Auskommen finden. Sie hatte in einem angesehenen Fräuleinpensionat unterrichtet und war Privatlehrerin im Hause eines Gelehrten gewesen – sie musste nicht wie eine Grisette in gleich mehreren Haushalten ihre Stunden abdienen.

Worauf wartete sie dann noch?

Sie stand auf, um sich ein Glas Wasser einzuschenken. Es schmeckte schal und abgestanden, aber sie wollte nun nicht mehr hinaus zur Bassena gehen, um sich frisches zu holen. Ruhelos streifte sie ein paar Schritte in ihrer Wohnung umher, ehe sie sich wieder an ihren Tisch sinken ließ. Sie würde sich ein paar Tage Zeit lassen, um ihre Dinge in Ordnung zu bringen – und dann würde sie ganz von vorn anfangen.

Sie griff nach ihrer Feder und öffnete ihr Journal. Gerade eben war ihr die Idee zu einer neuen Geschichte gekommen.

Das Wirtshaus, das sich in einer schmalen Seitengasse neben der Franziskanerkirche befand, bestand nur aus einer einzigen Gaststube, in der es angenehm nach Pfeifentabak und Braten roch. Sie hatten beide noch ihre Uniformen an, weshalb ihr Erscheinen zunächst für überraschtes Schweigen sorgte. Erst als Leopold einen Burschen herbeiwinkte und sie sich in einem Winkel an ein enges Tischchen setzten, nahmen auch die übrigen Gäste ihre Gespräche wieder auf.

Wilhelm hatte keinen rechten Hunger, aber er wollte seinem Kameraden auch nicht beim Essen zusehen müssen. Also bestellte er dasselbe wie Leopold und hatte bald darauf ein verführerisches Stück Schweinsbraten vor sich stehen. Das Dünnbier dazu schmeckte zwar etwas mager, aber Wilhelm war auch hier wohlweislich Leopolds Beispiel gefolgt.

Nachdem sie eine Weile schweigend gegessen hatten, ergriff der Jüngere das Wort. »Also, die Sache mit dem Toten von der Poudrettefabrik, die ist schon recht interessant. Inzwischen wissen wir ja, dass dieser Jeremias Brandt offenbar eine Liaison mit dem Hausmädchen der Familie Mandelsüß hatte, deren Töchter Ida«, Wilhelm stieß bei ihrem Namen einen undefinierbaren Laut aus, »unterrichtet.« Kurz wartete Leopold, ob sein Gegenüber dem noch etwas hinzufügen wollte, dann fuhr er fort: »Dass dieser Jeremias seine Hände in dem *gewissen* Gewerbe hatte, kann man als erwiesen betrachten, aber kürzlich hat sich noch ein weiterer Verdacht bestätigt. Deshalb haben die Herren Kriminalisten mich ja auch die letzten Tage in einem fort über den Akten sitzen lassen.«

Etwa eine Woche vor dem Brauhaus-Ball hatte es nämlich bereits einen Mord gegeben, dem man allerdings keine allzu große Bedeutung zugemessen hatte, war doch das Opfer ein Mann, den man guten Gewissens als Zuhälter bezeichnen konnte. Erst hatte man über seine Profession hinaus nicht viel über ihn herausfinden können, doch nach und nach sickerten doch einige Hinweise bis zu den ermittelnden Instanzen durch: Der Maquereau trug den unspektakulären Namen Franz Klein, wurde allerdings von einigen frankophilen Kunden und Kennern auch *Le Petit*, der Kleine, genannt. Ob sich dies lediglich auf seinen Nachnamen bezog, konnte Leopold leider auch nicht sagen, aber immerhin konnte er damit Wilhelm ein Schmunzeln entlocken.

Zwei Mädchen, von denen eines durch Schwindsucht, das andere von Syphilis gezeichnet war, gaben für den Preis einer Zugfahrkarte nach Prag schließlich an, dass Klein seine Geschäfte häufig mit der Unterstützung eines jungen Mannes namens Jerry erledigte und dabei nicht unbedingt zimperlich vorging.

»Jerry? Das hört sich nach Wildem Westen an.« Wilhelm hatte über der Schilderung für einen Moment ganz auf seinen übrigen Kummer vergessen.

»Ja, in den Akten findet sich tatsächlich die Erwähnung eines Amerikaners, mit dem Klein angeblich Kontakt gehabt haben soll«, erwiderte Leopold. »Aber ob der aus dem Wilden Westen kam, weiß ich nicht. Dieser Jerry allerdings dürfte niemand anderes als Jeremias Brandt sein, denn die beiden Fräulein haben auch ein auffälliges Mal an seinem Hals erwähnt. Somit ist eindeutig geklärt, in welchen … Sphären sich die ganze Angelegenheit abspielt.«

Weiter berichtete Leopold, dass die beiden Mädchen noch allerhand über den kleinen Franz und jenen Jerry zu erzählen wussten, von dem (hoffentlich!) nicht alles der Wahrheit entsprach. Zum Schluss merkten sie noch an, dass der regelmäßige Besuch bei der Engelmacherin eben zum Geschäft dazugehörte, aber man sie immerhin zu einer handwerklich recht begabten Frau gebracht habe, wenn es einmal wieder nötig war.

Ob die beiden als Lohn für ihre Aussage tatsächlich die Zugkarten nach Prag erhielten, muss offenbleiben. Fest steht nur, dass sie ihr restliches kurzes Leben dazu nutzen würden, noch einige Männer, von denen manche es vielleicht sogar verdient hatten, mit ihren Maladien anzustecken, um dann ihre letzten Atemzüge in den weißen Leinenbetten eines barmherzigen Klosterspitals zu tun.

»Aber pass auf, da kommt noch mehr«, setzte Leopold fort, während er sein Dünnbier leerte. »Die Mutter von diesem Jeremias Brandt, das ist ja die Anna Windisch, die Witwe, zu der Ida mich ...« Er unterbrach sich, als er Wilhelms Blick auffing, und winkte den Burschen herbei, um noch zwei weitere Gläser Bier zu bestellen.

»Ja eh ...«, murmelte Wilhelm nur.

»Wir, ich ... Sie war jedenfalls tot. Erschlagen. Natürlich hat es dann gleich allerhand Befragungen gegeben, und fast alle, die sie ein wenig kannten, hatten keine Ahnung, dass sie in Stübing einmal die Frau von einem Sägemeister war. Dafür haben sie zwei andere Dinge über die Witwe Windisch zu sagen gewusst. Zum einen, dass es ein offenes Geheimnis war, dass sie als Engelmacherin arbeitete; und zum anderen, dass sie in letzter Zeit immer wieder von irgendwelchem Geld schwadroniert hat.«

»Geld?«, wiederholte Wilhelm, als wäre er mit den Gedanken ganz woanders gewesen.

»Ich weiß ja nicht, wie viel man in ihrem *Handwerk* so verdient, aber die Nachbarn haben gemeint, dass sie offenbar zu Geld gekommen sei. In jedem Fall habe sie sich ein paar Dinge leisten können, die man bei ihr nicht erwartet hätte.«

Leopold fuhr fort, dass man die Witwe Windisch an einem Abend betrunken vorgefunden habe. Was an sich nicht unbedingt etwas Außergewöhnliches war – lediglich, dass sie sich nicht mit billigem Fusel, sondern gutem Wein illuminiert hatte, schien den Bewohnern des Hauses bemerkenswert. Auch habe sie vor nicht allzu langer Zeit ein fettes Huhn im Innenhof geschlachtet. Kein mageres Tier, das höchstens noch für die Suppe brauchbar war, sondern ein richtig feines, bei dem das Fett nur so herauslief, als man es über dem Feuer briet.

»Danke, Hunger hab ich wirklich keinen mehr«, brummte Wilhelm.

»Diese Extravaganzen sind aufgefallen«, redete Leopold ungebremst weiter, »aber als man der Sache weiter nachgegangen ist, hat man herausgefunden, dass sie das Geld noch gar nicht hatte!«

»Also Zechprellerei und ein gestohlenes Huhn.«

»Nein – eine Erbschaft.«

Wilhelm sah fragend von seinem frisch gefüllten Glas Dünnbier auf.

»Anscheinend hatte die Witwe eine Erbschaft in Aussicht – und vor lauter Vorfreude hat sie sich das eine oder andere gegönnt, bevor sie es bezahlen konnte. Nun, jetzt wird sie ohnehin nichts mehr zahlen müssen, weil sie ja tot ist. Blöd ist nur, dass man aktuell auch nicht genau weiß, wen sie denn beerben sollte, denn Verwandtschaft hat sie keine mehr, und von ihren Nachbarn gibt es auch niemanden, der ihr etwas hinterlassen könnte.«

»Na fein …« Wilhelm war eigentlich keineswegs in der Stimmung, weiter mit dem jungen Gendarmen über den Mord zu plaudern. Andererseits war dies gerade das Einzige, was ihn von Ida ablenkte und von der Frage, was geschehen sein mochte, dass sie sie ihn so brüsk abgewiesen hatte.

Der Versuch, *nicht* an die junge Lehrerin zu denken, scheiterte aber, als Leopold den Faden wieder aufnahm. »Wie wir allerdings zum ersten Mal bei der Witwe Windisch waren und wir sie tot aufgefunden haben, da haben wir uns natürlich zunächst einmal umgeschaut, ob es Spuren gibt, Hinweise, irgendwelche Dinge, die einem weiterhelfen können – und da hat mich das Fräulein Fichte auf etwas aufmerksam gemacht, das –«

»Schon wieder die Ida!«, fuhr Wilhelm auf.

»Ja.« Leopold ließ sich nicht beirren und redete weiter. »In der Wohnung da war ja allerhand Gerümpel und Zeug – die Windisch hatte sogar ein paar medizinische Bücher – und Lumpen, alte Kleidungsstücke, durchgewetzte Stoffe und ein paar besonders hässlich karierte Hemdsärmel. Ohne Fräulein Fichte wäre ich gar nie auf die Idee gekommen, dass die Alte –«

»Herrgott, ich will von ihr nichts mehr hören!« Wilhelm schlug mit der Faust auf den Tisch.

»Von der Windisch?«

»Von Ida!«

Ein paar Sekunden sah der Jüngere Wilhelm nur schweigend zu, wie dieser mit finsterem Blick sein Dünnbier trank, dann erst wagte er, ihn anzusprechen: »Willst du … Wollen Sie mir nicht sagen, was vorgefallen ist?« Für einen kurzen Moment hatte Leopold vergessen, dass sein einstiger Vorgesetzter vor ihm saß, doch Wilhelm schien nichts von dem Fauxpas bemerkt zu haben.

»Ich hab ja schon gesagt, dass ich nicht weiß, was …«

»Aber vielleicht hilft es, wenn –«

Mit einer resignierten Geste stellte Wilhelm das Bier beiseite. »Sie will mich nicht mehr sehen.«

Leopold hob ungläubig die Brauen.

»Zuerst dachte ich, dass sie womöglich krank ist, aber … Herrgott! Sie will mich einfach nicht mehr sehen. Sie hat von allerhand Dingen geredet, die sie nicht mehr will – aber ich hab ja auch nie verlangt, dass sie … ach was. Am Ende ist alles nur wegen des vermaledeiten Kursus, dieser unsäglichen Prüfung!« Er ließ für einen Moment die Stirn in die Hände sinken. »Wieso hab ich mit diesem Schwachsinn nur angefangen? Ich hätte einfach zu den Siebenundzwanzigern zurückgehen können!«

Leopold wartete kurz ab, ob Wilhelm seinen Klagen noch etwas hinzufügen wollte, dann meinte er schlicht: »Vielleicht sollte jemand anderes noch einmal mit dem Fräulein Fichte reden?«

Wilhelms Brauen zogen sich finster zusammen. »Was soll das denn heißen? Willst du zu ihr gehen? Willst du sie jetzt trösten?«

Der Jüngere hob beschwichtigend die Hände.

»Was meinst du dann?«

»Ich dachte nur, dass das Fräulein Fichte vielleicht jemanden braucht, der ihr gut ist. Ich bin mit ihrer Familie natürlich nicht bekannt, aber ich durfte Ihre Mutter kennenlernen, Herr Koweindl. Im Militärspital. Sie scheint mir eine sehr gütige Frau.«

Wilhelm brummte etwas.

»Wenn sie vielleicht …?«

»Meine Mutter redet nicht viel.«

»Vielleicht muss auch gar nicht viel gesagt werden.«

Auch die beiden Männer redeten an diesem Abend nicht mehr allzu viel.

Wilhelm war mit seinen Gedanken bei Ida – und bei seiner Mutter. Er hatte nicht vergessen, wie sie ihn nach den furchtbaren Ereignissen am Murufer im vergangenen Herbst im Militärspital besucht hatte, wie sie ihm und den anderen Männern in der Krankenstube Essen mitgebracht hatte (sehr zum Missfallen der zuständigen Krankenwärterin), wie sie kaum ein paar Sätze mit Ida getauscht und die beiden Frauen einander dennoch verstanden hatten.

Seine Mutter, die, seit sie sich unter einem Hieb ihres Gatten die Zungenspitze abgebissen hatte, lispelte und deshalb alle Worte vermied, die ihren Sprachfehler verraten konnten, würde wahrscheinlich alles für ihren einzigen Sohn tun. So wie sie früher auch ohne Tadel die zerrissenen Hosen geflickt und wochenlang verschwiegen hatte, weshalb Wilhelm nicht mehr bei der Infanterie war. Bis der Vater es aus ihr herausgeprügelt hatte. Sie würde sogar zu Ida gehen und sie zur Rede stellen, weshalb sie ihn nicht mehr sehen wollte. Die Vorstellung war beschämend – und doch war es wohltuend zu wissen, dass es jemanden gab, der selbst dies für ihn tun würde.

Der Vater würde über Wilhelms Kummer bestenfalls lachen. Der Thalerwirt, der zeit seines Lebens immer und überall der Herr im Haus gewesen war, käme gar nicht auf die Idee, dass ein erwachsener Mann sich über ein Frauenzimmer überhaupt derlei Gedanken machen konnte. Und was den Horizont von

Adolf Koweindl überstieg, das gab es auch nicht. Aber wenn doch, dann ließen sich solche Flausen mit einer angemessenen Tracht Prügel jederzeit beseitigen. Von ihm brauchte sich Wilhelm also weder Rat noch Aufmunterung zu erwarten.

Leopold hingegen brütete in Gedanken weiter über dem verzwickten Mordfall. Denn auch wenn die Toten, wie es aussah, allesamt miteinander zu tun hatten, einen Mörder gab es noch immer nicht. Dabei hatte er Wilhelm noch nicht einmal von seiner letzten Erkenntnis berichten können, auf die er allein dank Ida gekommen war. Aber da lag ja eines der Probleme – dieses bemerkenswerte Fräulein Fichte hatte mit Wilhelm etwas angestellt, das weder dem Gendarmen noch der Lösung des Falls besonders zuträglich war.

Kapitel 9

*… in welchem ein unerwarteter Brief Ida hilft
und für einen anderen jede Hilfe zu spät kommt …*

Am liebsten hätte Ida den Vormittag an ihrem Schreibtisch bei ihrem Journal und mit ein paar allfälligen Hausarbeiten verbracht, solange es sie nur daran hinderte, ihren einmal gefassten Entschluss zu hinterfragen und womöglich doch noch dieser enervierenden kleinen Stimme in ihrem Kopf nachzugeben, die sie unermüdlich fragte, ob sie sich nicht doch hätte anders entscheiden können. Hatte sie wirklich so hart zu Wilhelm sein müssen? Hätte es nicht vielleicht eine andere Möglichkeit gegeben?

»Was soll ich tun?«, fragte sie ihr halb durchsichtiges Spiegelbild im Fenster, das sie mit müden Augen stumm ansah.

Ehe ihre Gedanken sich wieder aufs Neue in ihrem sinnlosen Reigen zu drehen begannen, entschloss sie sich, die Geschichte, die sie am letzten Abend aufs Papier geworfen hatte, zu überarbeiten.

Da war eine Blume, die blickte tagtäglich in den Himmel hinauf. Sie war noch eine recht kleine Blume, neugierig und voller wunderlicher Ideen. Die Gräser und Sträucher, die Käfer und selbst die Vögel machten sich über sie lustig, denn sie wollte unbedingt wissen, woher das süße Licht und der würzige Regen kamen, die sie einst aus der dunklen Erde erweckt hatten.
Wann immer sie also den warmen Hauch der Sonne verspürte, strengte sie sich nach all ihren Kräften an, zu sehen, woher genau dieses liebliche Licht kam – doch sie erkannte nichts, denn etwas war dort unter dem Himmel, das sie blendete.
All das Getier lachte sie aus, und auch die Bienen, die sie bisweilen besuchen kamen, nannten sie eine Träumerin.

Und wenn der Regen kam und die frische Kühle sie umfing, wollte sie so gern erfahren, wo diese Wohltat herrührte, doch wann immer sie versuchte, der Wahrheit näher zu kommen, war der Himmel wolkenverhangen, und sie konnte nichts sehen.
Das grämte die kleine Blume, und sie wünschte sich nichts mehr, als selbst ein Vogel zu werden, damit sie hinauffliegen könnte, um endlich zu erfahren, wer ihr heimlicher Wohltäter war.

Ida lächelte über die Zeilen, die sie geschrieben hatte. Eine läppische Kindergeschichte war es, und doch gefielen ihr die Worte. Es war keine große Literatur, aber im Grunde sollte es das auch gar nicht sein.

Sie wollte schreiben, was ihr in den Sinn kam, was sich irgendwo in ihren Gedanken regte und zum Vorschein kommen wollte. Gewiss hatte sie heimlich einmal mit der Vorstellung gespielt, dass auch andere ihre Texte lesen könnten, doch sie verbot sich, weiter darüber nachzudenken. Vorerst genügte es ihr, diese Geschichten zu Papier zu bringen; Geschichten, in denen alles sein durfte, alles geschehen konnte, an denen Kinder genauso wie Erwachsene ihre Freude haben konnten. Geschichten, in denen auch für sie selbst alles gut werden würde.

Jeder darf sich ein Wunder wünschen, so ist es von Anbeginn der Welt bestimmt. Nur vergessen die meisten darauf, dass sie über dieses Glück verfügen. Bloß Kinder wissen es noch, denn wenn sie sich ein Pferdchen wünschen, so kann mit einem Wimpernschlag ein jeder Baumstamm, jeder Stein sich zu einem herrlichen Rösslein erheben, das sie überall hinbringt, welches Land auch immer sie sich erträumen.
Da kam ein Mädchen des Weges, das wünschte sich eine Zauberblume, die ihm alle Geheimnisse der Welt erzählen könnte. Und als es nun die Blume, die gern ein Vogel wäre, erblickte, da riss es diese aus, mit Wurzeln und Erde, um

sie bei sich in seinem Kämmerchen am Fensterbrett zu ziehen, denn das Mädchen war sich sicher, dass dies die eine Blume sein müsste, die ihr alles anvertrauen würde. Wie erschreckte sich da die Blume, als sie sich plötzlich ihrer angestammten Heimat entrissen sah, hochgehoben wurde, so hoch, wie sicherlich nur ein Vogel fliegen kann, und in rasendem Lauf fortgetragen wurde, weit, weit fort, bis es ihr doch ein wenig angst und bange wurde.
Aber so ist das immer, wenn man ein Wunder herbeisehnt und dafür ein Abenteuer auf sich nehmen muss …

Ein Abenteuer auf sich nehmen …

Erst jetzt wurde Ida bewusst, wie sehr sich ihre Feder beim Schreiben verselbstständigt hatte. Für sie gab es kein Wunder und kein Abenteuer – und kein Entkommen. Wieder begann ihr ganzes Fühlen und Denken um die Drohung des Fremden zu kreisen. Sie wollte schreien, sich die Erinnerung aus dem Kopf reißen. Seine Worte hatten sich hinter ihrer Stirn eingebrannt und bedeuteten für sie nur eines: Sie musste sich von diesen Morden und von Wilhelm fernhalten.

Gewiss hätte Ida eine ganze Weile lang sich nicht aus diesem Strudel befreien können, hätte nicht die Hausbesorgerin sich auf einmal mit resolutem Klopfen Gehör verschafft. Mit einem verhaltenen Seufzen, denn Ida befürchtete schon, dass Wilhelm sie noch einmal zur Rede stellen wollte und sich dafür von diesem vierschrötigen Frauenzimmer womöglich so etwas wie Schützenhilfe erbeten hatte, ging sie zur Tür.

Zu ihrer Überraschung und Erleichterung harrte ihrer jedoch kein Gendarm, sondern die Hausbesorgerin streckte ihr lediglich einen Brief entgegen. »Für Sie«, verkündete sie überflüssigerweise.

Ida hatte nie besonders viel Post erhalten, und selbstverständlich überraschte sie das Kuvert, das von einer ihr auf den ersten Blick unbekannten Hand adressiert war und aus schwerem, teurem Büttenpapier bestand. Von Wilhelm konnte der Brief jedenfalls nicht sein.

»Vielen Dank.« Verwundert drehte sie das Kuvert herum.

Es war kaum zu übersehen, dass die Hausbesorgerin nun nichts lieber getan hätte, als stante pede den Inhalt dieses unerwarteten Schreibens Wort für Wort zu erfahren, aber Ida ließ sich von ihrer fürsorglichen Neugierde nicht irritieren. Ehe die gute Frau noch auf die Idee kommen konnte, ihr in ihre Wohnung zu folgen, hatte Ida die Tür schon hinter sich geschlossen. Mit fliegenden Fingern öffnete sie das Kuvert und begann zu lesen:

Sehr geehrtes Fräulein Fichte.
Ich weiß nicht, ob Sie sich meiner noch erinnern können, immerhin ist schon mehr als ein Jahr vergangen, seit sich unsere Wege getrennt haben, andererseits waren die Ereignisse damals auch nicht gerade dazu angetan, leicht in Vergessenheit zu geraten.
Ich hatte das Glück, Sie in meiner Schulzeit am Annaberg als Lehrerin zu haben, und hoffe, dass Sie sich freuen werden, wenn Sie erfahren, dass die einst vielleicht allzu forsche Rudolfine (v. Oberg) in einem halben Jahr als Frau Helbig die Gesellschaft in ihren Grundfesten erschüttern wird. Das mit der gründlichen Erschütterung schreibe ich vor allem, um meine Mutter zu ärgern. Meine Frau Mama hofft nämlich immer noch, dass ich mich besinne und meine Verlobung mit dem Verleger Franziskus Helbig löse und mir stattdessen einen adeligeren Bräutigam suche. Das habe ich allerdings nicht vor.
Und deshalb – dies ist ja der eigentliche Grund, weshalb ich Ihnen schreibe – hoffe ich, dass Sie nicht nur zu meiner Hochzeit kommen werden, die zwar untypisch, dafür aber sicherlich sehr romantisch im Winter stattfinden wird (stellen Sie sich vor, mitten in der Ballsaison!), sondern Sie vielleicht auch die Zeit erübrigen können, mir die Freude zu machen, etwas länger bei uns zu bleiben. Ich weiß nicht, ob Sie gerade über eine Stellung verfügen, und auf keinen Fall sollen Sie glauben, dass ich oder meine Frau

Mama Sie womöglich als Gouvernante ins Haus holen wollen! Allerdings würde es mir eine große Freude und Erleichterung sein, wenn Sie die nächste Zeit bei uns auf Schloss Auberg (seien wir ehrlich, es ist eher eine leidlich geheizte Ruine) bei Murau, dem sogenannten Stammsitz der Familie, verbringen wollen, ehe ich in die Niederungen einer bürgerlichen Existenz hinabsteige und als biedere Verlegersgattin nach Wien auswandere.
Sie sehen, wenn ich niemanden habe, mit dem es sich vernünftig plaudern lässt, verfalle ich vollkommen in die Redeweise meiner Mutter!
Wenn es sich irgend einrichten lässt, machen Sie Ihrer einstigen Schülerin Rudolfine die Freude und kommen Sie! Abgesehen von meiner Frau Mutter werden wir sicherlich eine charmante Runde sein, meine Brüder werden da sein und natürlich Franziskus und wen auch immer er ebenfalls zu einem Aufenthalt in unserer ehrwürdigen Ruine nötigen kann. Überdies habe ich vor, so viele Bälle wie nur möglich zu besuchen, man soll ja die Brautzeit genießen, habe ich gelesen.
Außerdem soll man bei derlei Vergnügungen trefflich Bekanntschaften machen können.

Sie müssen sich mit der Antwort nicht eilen, solange ich nur eine Zusage von Ihnen erhalte.
In herzlicher Verbundenheit
Ihre einstige Schülerin (und hoffentlich bald Freundin)
Rudolfine (noch) v. Oberg / Helbig in spe

Kaum, dass sie geendet hatte, las Ida den Brief noch einmal von vorn. Sie konnte bei den Worten Rudolfine förmlich vor sich sehen, wie sie mit ihrer burschikos forschen Art und zugleich mit einem schelmischen Blitzen in den Augen von ihren Plänen erzählte.

Ida atmete durch, schloss für einen Moment die Augen. Wenn es ein gnädiges Schicksal gab, dann hatte ihr dieser Brief gerade den perfekten Ausweg aus ihrem Dilemma gezeigt. Vielleicht konnte man sich ja doch ein Wunder wünschen, wenn man es nur dringend genug brauchte.

»Murau«, wiederholte Ida und versuchte sich die Landschaft rund um den Zirbitzkogel in Erinnerung zu rufen, die Bierbrauerei, das Schloss mitten im Ort, das den Fürsten Schwarzenberg gehörte. Ja, dorthin würde sie fahren, sobald sie ihre Angelegenheiten in der Stadt geregelt hatte. Dort, wo die Mur noch jung und grün, fast wie ein Bergfluss über die Steine sprang, wollte auch sie neu beginnen.

Eine Weile erlaubte sie ihrer Vorstellung, fabelhafte Luftschlösser zu bauen, deren Grundsteine sie sogleich nach ihrer Abreise nach Murau legen würde. Dann griff sie zu Tinte und Feder, um Rudolfine eine Antwort zu schreiben, als das Angelusläuten sie innehalten ließ.

Kaum aber war der Glockenklang über den Dächern der Stadt verhallt, klopfte es abermals an ihrer Tür. Diesmal war es nicht die Hausbesorgerin (obwohl Ida das für einen Moment bereits befürchtet hatte), und auch Wilhelm war es nicht. Sondern seine Mutter.

Frau Koweindl sah genau so aus, wie Ida sie zuletzt gesehen hatte, als sie ihren Sohn im Militärspital besuchte. Sie war recht klein, ihre eingesunkene Haltung zeugte von harter Arbeit und der Gewohnheit, sich unterzuordnen. Sie trug die gute Kleidung, die wahrscheinlich sonst nur zum Kirchgang zum Einsatz kam, ein dunkles Kleid, geziert von einem feinen Spitzenkragen und ein paar Samtborten am Saum und an den Ärmeln, die bereits ein wenig abgewetzt wirkten, dazu einen dunklen Hut, der die Schatten auf ihrem Gesicht noch vertiefte. Etwas verloren knetete sie ihre großen, abgearbeiteten Hände.

»Fräulein Fichte.« Sie lächelte, und für einen kurzen Moment schienen die herben Falten in ihren Mundwinkeln zu verschwinden.

Ida wusste nicht, was sie sagen sollte, doch da sie die Frau nicht einfach wieder fortschicken konnte, blieb ihr nichts anderes übrig, als sie hereinzubitten.

Nun ist es wohl nicht schwer, sich zusammenzureimen, weshalb Frau Koweindl den Weg von Thal in die Stadt herein auf sich genommen hatte. Auch Ida war klar, dass höchstwahrscheinlich Wilhelm, entweder am Vorabend oder an diesem Tag in aller Herrgottsfrüh, seiner Mutter sein bitteres Leid geklagt hatte und diese nun gekommen war, um Ida zur Rede zu stellen, weshalb sie den Mann, der ja noch dazu bald eine wichtige Prüfung zu bestehen hatte, so brüsk von sich gewiesen hatte. Sie war schon dabei, sich eine passende Antwort zurechtzulegen, als Frau Koweindl mit einem freundlichen Nicken sagte: »Ich versteh ja eh.«

Betreten versteckte sich Ida hinter einem halbherzigen Lächeln.

»Er kann schon manchmal rau schein.« Sie senkte die Stimme, um ihren Sprachfehler nicht allzu sehr zu zeigen. »Eine Frau, die mehr erreichen kann … na ja, schon recht.« Frau Koweindl sah Ida so mitfühlend an, dass sie nicht wusste, wie sie reagieren sollte.

»Ich wollte nicht …«, setzte Ida an, doch Wilhelms Mutter winkte nur ab.

»Geschehen, geschehen …«

Und als Ida schon erwartete, dass Frau Koweindl jeden Moment ihre mild resignierte Haltung abstreifen würde, um doch noch eine Salve von Vorwürfen gegen sie abzufeuern (die sie vielleicht sogar ein wenig verdient hatte), geschah das, was Ida am allerwenigsten erwartet hätte: Frau Koweindl streckte ihr die großen Hände entgegen, und mit einer Herzlichkeit, die Ida beschämte, lud sie sie ein, doch am nächsten Tag nach Thal hinauszukommen. Im Wirtshaus gebe es das traditionelle Schlachttagsessen, bei dem alles vom Vieh verarbeitet wurde, was sich nicht haltbar machen ließ. Wilhelm habe diesem Essen – Bluttommerl und Hirn mit Ei, geröstete Leber und Nieren und vielleicht auch ein saftiges Beuschel – nie allzu viel abgewinnen können, umso mehr würde es sie freuen, wenn Ida vorbeikäme.

»Weil Schie bei dem Buben waren, im Militärspital«, sagte sie.

»Aber ich weiß wirklich nicht, ob –«
»Wenn der Wirt schlachtet, darf die Wirtin einladen.«
»Ich denke … Das wäre unpassend, jetzt nachdem …«
Frau Koweindl schüttelte resolut den Kopf. »Keine Gedanken darüber, Fräulein.« Dann blinzelte sie freundlich. »Den jungen Herrn Leitner hab ich auch eingeladen.«
»Ja, dann …« Und weil Ida ihre Entscheidung ohnehin bereits gefällt hatte, weil der Brief von Rudolfine ihrem Plan so wunderbar zupasskam und weil sie die Einladung von Frau Koweindl, die extra deswegen zu ihr gekommen war, nicht ablehnen wollte, sagte sie schließlich zu.
Wilhelms Mutter strahlte über das ganze Gesicht. »Ich freu mich!«
Und Ida blieb nichts anderes übrig, als sich auch ein wenig zu freuen.
Am Abend fand Ida endlich die Zeit, den Brief an Rudolfine zu Ende zu schreiben. Länger zu zögern und zu hadern hatte keinen Sinn. Kurz entschlossen kündigte sie an, dass sie sich in ein paar Wochen (mehr als genug Zeit, um alle Dinge zu klären) auf den Weg machen würde und sich bereits überaus freute, ihre einstige Schülerin, die sie nun getrost als Freundin betrachten durfte, zu besuchen.

Am folgenden Tag schickte Ida Herrn Fischer eine kurze Nachricht, dass sie leider verhindert sei und sich daher – selbstverständlich schweren Herzens! – nicht um seine Kinderschar kümmern konne. Gewiss würde der biedere Familienvater sich nun ärgern, aber da Ida ja bereits wusste, dass sie bald die Stadt hinter sich lassen und nach Murau aufbrechen würde, kümmerte sie das nur recht wenig.
Da das Wetter frühsommerlich mild war und Ida das Bedürfnis nach Bewegung verspürte, entschloss sie sich, zu Fuß nach Thal zu gehen. Erst hatte sie noch überlegt, der Einladung vielleicht doch nicht zu folgen, dann aber hatte sie ihre Bedenken kurzerhand in den Wind geschlagen.
Von der Innenstadt gelangte sie die Mur entlang in kaum

einer Stunde nach Gösting. Die dort auf einem Bergrücken gelegene Burgruine war hinter den Bäumen nur zu erahnen. Das weiße Ufer am Fuße des Jungfernsprungs war nicht allzu weit entfernt, und die Erinnerung an die Gräuel, denen sie dort begegnet war, ließ sie für eine Weile rascher ausschreiten.

Erst als sie das Kitzeln von Schweiß in ihrem Nacken verspürte, blieb sie stehen. Neben der Straße floss ein Bach, von dem moosige Kühle aufstieg. Sie löste ihr Halstuch und nahm den Hut ab, um sich ein wenig Luft zuzufächeln.

Ein Knecht fuhr auf einem Heuwagen vorüber, den ein mürrischer, gichtiger Haflinger zog, und winkte ihr verschmitzt zu. »Prächtiger Tag heut!«

Überrascht fuhr Ida herum, sehr zum Amüsement des jungen Mannes, der darauf mit einer einladenden Geste fragte: »Wohin soll's denn gehen? Kann ich Sie mitnehmen?«

»Vielen Dank.« Ida beeilte sich, ihre Kopfbedeckung wieder in Position zu bringen. »Ich gehe nach Thal hinein, zum Wirtshaus.«

»Ah, Schlachttag ist heut. Da kommen immer allerhand Leut. Zum Anpacken und zum Essen. Der Wirt macht daraus gern ein kleines Fest. Nicht wie die Bauern, die sich das Schlachten nur in der kalten Jahreszeit leisten können. Also?« Er deutete abwartend auf den Platz neben sich.

»Nein, danke.« Ida schüttelte den Kopf, obwohl ihr die direkte Art des Mannes durchaus gefiel. »Ich gehe lieber.«

»Na, dann.« Er lüpfte seinen Hut und brachte das Pferd mit einem resoluten Schnalzen dazu, sich wieder in Bewegung zu setzen.

Sie schaute ihm kurz nach, ehe sie ihren Weg fortsetzte. Keine zwei Stunden war sie gegangen – und die Stadt mit all ihren Gepflogenheiten und Anstandsregeln schien zu einer anderen Welt zu gehören. Außerdem verspürte Ida eine gewisse Erleichterung, dass der Knecht so unbekümmert vom Schlachttag beim Thaler Wirtshaus geredet hatte. Offenbar war es keine Seltenheit, dass Leute aus der ganzen Gegend diese Gelegenheit zu einem Ausflug in das Grazer Umland nutzten. So brauchte auch sie sich – eigentlich – keine weiteren Gedanken zu machen, was es mit der Einladung von Frau Koweindl womöglich noch auf sich haben mochte.

Beschwingt marschierte Ida weiter. Der Weg führte durch das sogenannte Fuchsloch, wo sich zwischen den bewaldeten Hängen das ganze Jahr über Kühle hielt, bis sich vor ihr eine liebliche, grünhügelige Gegend öffnete, Weiden und Felder, durchsetzt von stattlichen Höfen. Nur kurz streifte sie der Gedanke, dass dies die Landschaft war, in der Wilhelm groß geworden war.

Etwas flotter als notwendig folgte sie der Straße weiter, die sie direkt zum Gasthaus Thalerwirt führte. Neben dem schlichten Haus befand sich ein überdachter Tanzboden, auf dem nun jedoch Tische und Bänke mit bunten Tüchern gedeckt standen, dahinter konnte man noch ein paar Wirtschaftsgebäude erahnen.

Zwei alte Männer saßen an einem der Tische und schauten neugierig zu ihr hin.

Ida wusste nicht recht, ob sie in die Wirtsstube eintreten oder sich einfach heraußen an einen freien Platz, derer es ja noch reichlich gab, setzen sollte. Bislang war sie nur selten in einer Gastwirtschaft eingekehrt – und wenn, dann immer in Gesellschaft. Überhaupt wurden Frauen, die ohne angemessene männliche Begleitung an einem solchen Ort verkehrten, meist schief bis abwertend angesehen. Aus diesem Grund (und weil sie sich nicht länger von den beiden Alten mustern lassen wollte) entschloss sie sich, einmal eine Runde um das Haus zu drehen und sich dann zu entscheiden, wie sie weiter verfahren wollte.

Auch wenn Ida nicht wirklich als Landkind zu bezeichnen war – ihr Vater hatte ja als Kaufmann seine meiste Kundschaft in der Stadt –, so waren ihr die grundlegenden Vorgänge des bäuerlichen Lebens durchaus bewusst. Dennoch war sie etwas überrascht, als ihr hinter dem Gasthaus eine Magd entgegenkam, das Gesicht von Anstrengung gerötet, die einen Kübel mit dampfend heißem Wasser schleppte und diesen in einen Trog kippte, in dem ein Schwein lag. Tot, wie Ida mit einem raschen Blick feststellte.

»Was ist?«, redete die Frau sie an, nachdem sie den Kübel, aus dem es immer noch dampfte, neben sich abgestellt und einmal den Rücken gestreckt hatte. »Das feine Fräulein hat noch nie eine Sau gebrüht, gelt? Die Borsten schmecken halt nicht gut am Schweinsbraten.« Sie grinste und entblößte dabei einen recht asymmetrischen Zahnbestand.

»Wohl wahr«, erwiderte Ida nur und wollte weitergehen, um die Arbeit nicht zu behindern, als aus einem der Wirtschaftsgebäude eine Frau auf sie zukam, die sie erst auf den zweiten Blick als Frau Koweindl erkannte.

In dem guten Sonntagsstaat hatte Wilhelms Mutter immer klein und zusammengesunken gewirkt, die Spuren eines arbeitsreichen und eher freudlosen Lebens auf ihrem Gesicht. Nun stand die Thalerwirtin vor ihr, die sich die großen Hände an der blutigen Schürze abwischte. Noch immer klein, noch immer tiefe Falten in den Mundwinkeln, aber mit resoluter Miene und einem zufriedenen Lächeln auf den Lippen.

»Ja, Fräulein Fichte! Schon da!«, begrüßte sie Ida.

»Ich bin zeitig losgegangen. Der Weg war so schön hierher, die Gegend ist bezaubernd.«

»Nicht mit dem Wagen?«

»Der Spaziergang hat mir gutgetan.«

Frau Koweindl scheuchte die Magd wieder an die Arbeit, dann wandte sie sich zu Ida: »Kommen Schie!« Resolut führte die Wirtin sie zum Tanzboden, wo mittlerweile ein paar weitere Gäste Platz genommen hatten. Sie deutete auf einen kleinen Tisch im Eck. »Hier. Ich bringe Ihnen gleich zu trinken. Bier? Wein? Holler?«

»Holler?«

Frau Koweindl strahlte sie an. »Holunder-Limonade, eigene.« Sie wollte schon loseilen, um sich auch um die übrigen Gäste und die restliche Arbeit zu kümmern, als sie kurz innehielt und Ida ansah. »Ich freu mich wirklich über Ihren Beschuch.«

Einmal mehr hatte Ida keine Ahnung, wie sie auf diese liebevolle, ja geradezu mütterliche Geste reagieren sollte. Obwohl Frau Koweindl doch wissen musste, dass sie Wilhelm fortgeschickt hatte, lud sie sie hierher ein und behandelte sie so zuvorkommend, dass Ida sich des schlechten Gewissens kaum erwehren mochte. Sie konnte nur hoffen, dass auch Leopold Leitner bald eintreffen würde, damit sie nicht allzu lange allein hier sitzen und das Für und Wider ihrer Anwesenheit abwägen musste.

Ehe sie jedoch weiter darüber nachsinnen konnte, brachte ihr ein Bursche mit außerordentlich abstehenden Ohren den Hollersaft. »Wollen Sie dann auch was essen?«, fragte er sogleich eifrig. »In einer halben Stunde gibt's das Bluttommerl, geröstete Leber haben wir dann auch, aber erst ein bisserl später – weil ja Schlachttag ist.«

Da Ida, die durchaus nicht heikel war, wenig Gusto auf geröstetes Schweineblut mit Milch und Mehl hatte, ließ sie den Burschen wissen, dass sie sehr gern warten würde.

Die beiden alten Männer quittierten ihre Antwort mit Gelächter und halblustigen Kommentaren, dass die feinen Frauenzimmer aus der Stadt offenbar kein Blut sehen könnten, und dergleichen.

Ida ersparte sich eine Antwort und genoss stattdessen den Holler und die Aussicht.

Ein leichter Wind, der nach Heu und Wiesen duftete, war aufgekommen, und sie erlaubte ihren Gedanken, mit ihm zu fliegen. In ein paar Wochen würde sie das alles hier hinter sich lassen, alles vergessen und neu anfangen. Sie war frei und hatte alle Möglichkeiten. Wer wusste, wen sie in Murau, im Hause von Oberg kennenlernen würde? Sie könnte auch versuchen, ihre Geschichten weiter zu verfolgen, sie könnte schreiben, sie könnte …

Während sie in ihre Ideen versunken vor sich hinstarrte, war ein Mann aus dem Gasthaus getreten. Er war groß und schlank, fast hager, und als Ida ihn endlich bemerkte, zuckte sie unwillkürlich zusammen, denn im ersten Moment war sie sich sicher, dass es niemand anders als Wilhelm sein konnte. Der Mann hob einen Mundwinkel unter dem dunkelgrauen Bart und deutete einen Gruß an. Ida, die ihre plötzliche Erregung überspielen wollte, nickte ihm zu und gab danach vor, ihn nicht weiter zu beachten. Doch sie hatte längst erkannt, wer der Herr war.

In seiner Jugend musste er von ähnlich beachtlicher Größe wie Wilhelm gewesen sein. Mittlerweile wirkte er knorrig und vom Alter ausgemergelt, die Gesichtsfarbe ließ auf regelmäßigen Alkoholkonsum schließen, was nicht ausschloss, dass er auch kräftig – wenn nicht sogar grob – zupacken konnte. Adolf Koweindl, der Thalerwirt, war niemand, den man so leicht übersehen konnte, und was er in seinem Wirtshaus anschaffte, das war Gesetz. Er wusste, dass er der Herr im Haus war, und sorgte dafür, dass auch seine Familie nicht weniger als das Gesinde diese Ansicht teilte.

Als er nach einigen Minuten immer noch am selben Platz stand und in ihre Richtung schaute, fiel es Ida zunehmend schwer, so zu tun, als wüsste sie nicht, dass der Wirt sie beobachtete. Mit betont freundlicher Miene wandte sie sich deshalb zu ihm. »Einen wundervollen Platz haben Sie hier«, sagte sie und hoffte, dass er es dabei bewenden ließe.

Im Gegensatz zu Frau Koweindl gab er sich offensichtlich nicht die geringste Mühe, ihr den Aufenthalt hier angenehm zu machen. Er verzog bei ihren Worten nur den Mund, als hätte er einen höchst widerwärtigen Geschmack auf der Zunge. »Was Sie nicht sagen«, erwiderte er nur.

Schon bereute es Ida, hierhergekommen zu sein. Sie hatte allein Wilhelms Mutter eine Freude machen wollen, an seinen Vater hatte sie nicht einmal gedacht.

Als wollte er ihre Reaktion herausfordern, machte er einige Schritte auf den Tanzboden zu, wo Ida saß. An den aufgekrempelten Hemdsärmeln konnte man noch ein paar Spritzer Blut sehen, und der Griff eines Taschenfeitels lugte aus seiner Hose. »So Weiberleut wie Sie brauchen wir hier nicht«, sagte er laut genug, dass es die beiden alten Männer hören mussten und sich ein paar andere Gäste nach ihr umdrehten. »Ein feines Fräulein Lehrerin wollen Sie sein, aber man weiß ja eh, was man von *solchen* halten muss, die am helllichten Tag in anderer Herrschaften

Häuser spazieren. Ein ausgeschamtes Luder, das sind Sie.« Der Blick, der Ida traf, hatte die Schärfe eines Schlachtmessers. Dann drehte der Wirt sich um und stapfte wieder ins Haus zurück.

Vom Nachbartisch klang Gelächter zu ihr.

Ida starrte auf ihr halb leeres Glas Hollersaft, um nicht das Feixen der Alten zu sehen, die sich nun das Maul über sie zerrissen. Ein paar Wortfetzen, die alles andere als schmeichelhaft waren, drangen zu ihr und ließen ihre Wangen brennen.

Am liebsten wäre sie einfach aufgestanden und verschwunden, die Lust auf geröstete Leber oder ein frisches Beuschel war ihr gründlich vergangen. Aber nachdem Frau Koweindl sie so freundlich eingeladen hatte, wollte Ida nicht einfach ohne ein Dankeswort gehen. Was der Wirt über sie dachte, war ihr egal, doch mehr als sie vielleicht erwartet hätte, lag ihr daran, dass Wilhelms Mutter keine schlechte Meinung von ihr hatte.

Sie erhob sich, wobei es sie einige Mühe kostete, die Blicke der anderen Gäste zu ignorieren, und verließ den Tanzboden. Wohlweislich vermied sie den Vordereingang des Gasthauses, sondern ging abermals um das Haus herum, wo in dem Trog nur noch ein blutiges Rinnsal vom Überbrühen des Schweins kündete. Sie überlegte, ob sie die Wirtin eher in einem der Wirtschaftsgebäude antreffen würde, doch da sie sich zum einen nicht auskannte und zum anderen keine Lust hatte, versehentlich einer weiteren Schlachtung beizuwohnen, entschied sie sich, den hinteren Eingang in die Wirtsstube zu nehmen. Dass dieser auch von den Gästen frequentiert wurde, legte das in Sichtweite befindliche Aborthäuschen nahe, das geradezu malerisch neben einer ausladenden Kastanie stand.

»Frau Koweindl?«, wollte Ida sich bemerkbar machen, als sie aus einem Winkel hinter dem Kachelofen, der in majestätischer Größe gleich zwei Stuben miteinander verband und von der Küche aus beheizt wurde, Stimmen vernahm, von denen zumindest eine ihr nur allzu bekannt war. Da alle Gäste gerade draußen am Tanzboden saßen, brauchten die beiden Männer sich keine Mühe zu geben, leise zu sein.

»Ein fester Depp bist du! Wegen so einem Weiberleut …«

»Ich will's nicht hören!«

»Wenn du meinst, dass sie dir nachtrauert …«

»Ich hab dich nicht darum gebeten, deine Meinung über das Fräulein kundzutun.«

Es war eindeutig Wilhelm, der da sprach. Die Bitterkeit in seiner Stimme fuhr Ida durch Mark und Bein. Sie hätte nun gewiss wieder den Rückzug antreten können – noch hatte ja keiner der beiden bemerkt, dass sie in die Gaststube getreten war –, doch etwas, das man wahrscheinlich als Neugier bezeichnen könnte, hielt sie zurück.

»Geh, red nicht so wie ein Großkopferter. Und jammern brauchst auch nicht wegen so einer. Ein feines Fräulein! Da kann ich dir was erzählen von solchen … Na, wirst es wohl eh selber wissen, Herr Gendarm.«

»Vater, ich will nicht, dass du so von ihr redest.«

Etwas wie ein abfälliges Lachen war zu vernehmen. »Hat sie dich zum Teufel gejagt oder nicht?«

»Sie hat …«

»Und bist dann zur Mutter jammern gekommen?«

»Ich wollte nur …«

»Ja, eh. Groß bist zwar geworden, aber ins Hirn ist bei dir nichts reingegangen.« Wieder ein grobes Lachen. »Glaubst, so ein Fräulein wartet drauf, bis du ihr deinen Namen anträgst? Wenn du was von ihr willst, dann wart lieber nicht, bis sie dir ihr Kranzerl nachschmeißt. Da ist ohnehin schon dreimal wer drübergestiegen.«

Bewegungslos lauschte Ida dem Gespräch und wusste nicht, wie ihr dabei geschah.

»Ja, schau nicht so. Sie ist keine Heilige, und du warst in der Kaserne und nicht im Kloster.«

»Was …«, man konnte förmlich hören, wie Wilhelm mühsam seine Erregung bezwang, »was willst du mir damit sagen?«

»Dass du dich wie ein erwachsener Mann benehmen sollst.«

»Du meinst, so wie du? Dass es schon recht ist, wenn mir einmal die Hand auskommt, wenn mir was nicht passt? Denkst, ich weiß nicht, was die Mutter für ein Leben führt?«

Ein Poltern erklang, als hätte jemand einen Sessel umgestoßen.

»Jetzt redest gescheiter nicht weiter.« Die Stimme des Wirts klang drohend.

»Wirst du mich sonst erziehen – so wie früher?«

»Schaden würd's nicht. Aber sicher willst vor deinem manierlichen Fräulein den feschen Gendarmen geben.«

»Sie will mich ja nimmer sehen!«

»Dann geh halt raus, du Depp – draußen sitzt sie und tut womöglich schon nett mit einem von den anderen Gästen.«

»Was?«

Wilhelms Reaktion kam zu schnell, als dass Ida noch die Gaststube hätte verlassen können. Während sie sich umwenden wollte, stand er bereits vor ihr und schaute sie mit großen Augen ungläubig an.

»Was machst du hier?«

»Ich …«, setzte Ida an, was der Wirt nur mit einem verächtlichen Schnauben kommentierte. »Deine Mutter hat mich eingeladen. Und den Herrn Leitner auch«, fügte sie eilig hinzu. »Ich hab ja nicht gewusst … Das heißt, ich hätte es mir wohl denken können, aber sie war so freundlich, und ich konnte nicht …«

Die Brauen des Wirts zogen sich gefährlich zusammen. »Na wart nur«, zischte er.

»Vater! Lass die Mutter, sie wollt nur –«

»Nix wollt sie – aber anschaun wird sie sich!«

»Bitte.« Wilhelm warf Ida einen Blick zu, in dem unausgesprochen alles steckte, was er ihr nun gern gesagt hätte, während er die Hand nach seinem Vater ausstreckte, um ihn aufzuhalten.

Ida wollte etwas einwenden, erklären, sich entschuldigen, nur irgendein richtiges Wort finden, um die unerträgliche Situation zu entspannen – als plötzlich der Bursche hereinstürzte, der ihr zuvor die Holunder-Limonade serviert hatte. Seine abstehenden Ohren leuchteten in einem bemerkenswerten Rot, als er mit sich überschlagender Stimme rief: »Der Ferdl, der Kutscher, der Bierkutscher!«

Während er aufgeregt Atem schöpfte, um den Satz zu beenden, fiel Wilhelm ungeduldig ein: »Ja, was ist denn mit ihm?«

»Hin ist er!« Der Bursche drehte sich zum Wirt, als müsste er seine Botschaft extra für ihn noch einmal wiederholen: »Tot ist er. Irgendwer hat den Ferdl erschlagen! Beim Eishaus!«

Ein paar Sekunden starrten sie einander bewegungslos an, als brauchten die Worte erst ein paar Herzschläge, um bis in ihren Verstand zu dringen. Dann stieß Wilhelm ein fassungsloses »Jesusmariaundjosef!« hervor.

Kurz schaute er an sich herab, als müsste er sich vergewissern, dass er eh seine Uniform trug, auch wenn er weder Seitenwehr noch Säbel bei sich hatte, dann lief er los.

Kapitel 10

... in welchem eine unerwartete Verfolgungsjagd stattfindet und ein Geschoss nur knapp sein Ziel verfehlt ...

Ida spürte, wie sich ihre Gedanken auf einen winzigen Punkt zusammenzogen, bis sie nur noch die aufgeregte Stimme des Burschen, der immer wieder schrie, dass der Bierkutscher erschlagen worden sei, und die Worte des Fremden hörte, der mit einem Messer an ihrem Hals ihr zuflüsterte: *Kommen Sie noch einmal in die Nähe eines Mordes, stirbt Wilhelm. Kommen er oder der Blondel noch einmal in die Nähe eines Mordes, stirbt Wilhelm. Kommen Sie noch einmal in die Nähe von Wilhelm, stirbt er. Vertrauen Sie sich ihm oder dem Blondel an ...*

»Nein.« Ida schüttelte den Kopf. »Nein, nein ...«

Wie aus weiter Ferne nahm sie einige der Gäste wahr, die neugierig herbeigekommen waren und nun ihrerseits lautstark zu debattieren begannen. Frau Koweindl war ebenfalls aufgetaucht, die bestürzt die Hände über dem Kopf zusammenschlug und offenbar nicht wusste, was sie tun sollte.

»Schleich dich in die Küche!«, fauchte der Wirt nur, ehe er den Burschen, der immer noch ein ums andere Mal wiederholte, dass der Bierkutscher hin sei, hart beim Arm packte. »Und du rennst und holst jemanden vom Posten in Gösting. Einen gescheiten Gendarmen, und dann schaust, dass wer kommt, der da was machen kann.«

»Ja«, nickte der Bursche, »ja.« Planlos sah er sich um, zögerte. Erst als ihm der Wirt kurzerhand eine schallende Ohrfeige verpasste, setzte er sich mit rot glühenden Ohren und einem ebenso roten Fleck auf der Wange in Bewegung.

»Na, was ist?«, fuhr Herr Koweindl darauf Ida an, die immer noch dastand und nicht begreifen wollte, was geschehen war. »Sollen wir für Sie den Grünen Heinrich kommen lassen?«

»Nein.« Die Stimme des Fremden hallte immer noch in ihren

Ohren: … *wenn Sie noch einmal zur falschen Zeit am falschen Ort aufkreuzen …* »Nein. Aber der Wilhelm …« Sie sah sich um, als begriffe sie erst jetzt, dass er nicht mehr da war. »Wo ist Wilhelm?«

»Zum Eishaus ist er gelaufen«, antwortete irgendjemand der Gäste.

»Das Eishaus«, wiederholte Ida wie im Traum und rannte los.

Natürlich hatte sie keine Ahnung, wo sich das Eishaus von Thal befand, allerdings hatten bereits längst alle möglichen Leute von dem Vorfall erfahren und begaben sich mit offener Neugierde oder scheinbar zufällig in die Richtung des Unglücksortes. Sie musste nicht mehr tun, als der Richtung der Mehrheit zu folgen, bis sie bei einem unauffälligen Häuschen in einer schattigen Senke nahe dem Fuchsloch ankam.

Das gelblich getünchte Haus verfügte nur über ein einziges kleines Fenster neben der schmalen Eingangstür, über der groß und etwas schief »Eishaus zu Thal« stand. Das Gebäude hatte keine andere Funktion, als dass man von dort Eis holen konnte, um Lebensmittel oder Bier zu kühlen. In großen klaren Blöcken lag es dort und wartete auf seine Bestimmung, denn nur die wenigsten Leute in der Umgebung verfügten über einen eigenen Eiskeller.

Überrascht bemerkte Ida, dass ihre gewohnte Vernunft und Besonnenheit einer blinden Angst gewichen war. Wo sie sonst mit bisweilen recht unverhohlenem Interesse derlei Ereignisse verfolgte, um daraus ihre Schlüsse zu ziehen, drehten sich ihre Gedanken jetzt nur um eines: Wilhelm von diesem Ort wegzuholen. Weder sie noch er durften hier sein! Die Drohung war unmissverständlich, und auch wenn sich ein winziger Teil von ihr fragte, ob dieser Vorfall überhaupt etwas mit den anderen Morden zu tun hatte, konnte sie nicht anders, als jenem panischen Impuls nachzugeben.

»Wilhelm!« Sie drängte sich an den Schaulustigen vorbei, die sich bereits vor dem Eishaus eingefunden hatten. »Wilhelm!«

Der Gendarm kniete gerade vor einem Mann, dessen kräftig

gebauter Körper in einer irritierend verdrehten Haltung auf dem Boden lag. Eine grob gezimmerte, mit Stroh ausgekleidete Kiste, unter der sich bereits eine Wasserlache sammelte, stand ein paar Meter daneben. Offenbar lag er schon lange genug hier, dass das Eis, das er holen sollte, zu schmelzen begonnen hatte.

Ein Wagen stand etwas abseits am Straßenrand. Das Pferd, das vorgespannt war, schien sich nicht weiter um die Angelegenheit zu kümmern und konzentrierte sich stattdessen ganz auf den Klee, der in üppiger Pracht vor ihm wuchs.

»Wilhelm!« Ida schob energisch einen Mann beiseite, der gerade zu einer mehr oder weniger hilfreichen Anmerkung ansetzen wollte.

Unwillig schaute Wilhelm auf. »Was ist?«

»Du musst … Wir müssen … Wir können nicht hier sein.« Während sie noch sprach, begriff Ida, wie lächerlich, sinnlos, ja geradezu hysterisch ihre Worte klangen. Kein Wunder, dass Wilhelm nur missmutig die Brauen zusammenzog.

»Der Ferdl liegt da erschlagen!« Er deutete auf den Toten, als könnte noch jemand anderes dafür in Frage kommen.

»Ja – deshalb musst du hier weg!«

»Ida, Herrgott, was soll der Blödsinn?«

»Glaub mir einfach!«

Wilhelm stand auf. Ein erdiger Fleck verunzierte seine Hose. »Jetzt gehen S' da einmal alle weg!«, rief er unwirsch in die Menge, die sich ungeniert immer näher um den Tatort geschart hatte.

Ein paar Männer nutzten daraufhin die Gelegenheit, sich vor dem Gendarmen wichtigzumachen, indem sie die übrigen Neugierigen vom Platz wiesen.

Dann trat Wilhelm zu Ida und packte sie unsanft am Arm. »Was soll das hier?« Seine Stimme verriet, dass er gerade weder Entschuldigungen noch Herzensdinge und schon gar nicht irgendeine allzu kluge Bemerkung von ihr hören wollte.

»Wilhelm, hör mir zu.« Sie schaute sich um, doch alle anderen waren viel zu sehr mit dem Anblick des Toten und den eifrigen Wichtigtuern beschäftigt, um auf sie zu achten. »Du darfst nicht hier sein. Ich sollte auch nicht hier sein. Diese ganze Angelegenheit geht uns nichts an.«

»Ich versteh kein Wort.«

»Bitte …«

»Zuerst schickst du mich weg, ohne eine Begründung. Aber gut, vielleicht fehlt mir ja der Intellekt, um deine Gesinnung zu begreifen.« Er schaute sie verletzt an. »Und jetzt tauchst du hier auf, belauschst mich und machst auch noch ein Theater, dass es zum Schämen ist.«

Ida setzte zu einer Erwiderung an, doch Wilhelm ließ sie nicht zu Wort kommen. »Egal, was du sagst, ich kann da jetzt nicht einfach weg! Es gibt Vorschriften! Bis jemand von einem anderen Posten kommt, bin ich hier der Gendarm. Man kann den Toten ja nicht einfach so in der Gegend herumliegen lassen, bei all den Leuten!«

Dass mittlerweile auch der Pfarrer aufgetaucht war, der sich mit wehender Soutane über den verschiedenen Bierkutscher beugte, machte die Situation nur geringfügig besser. Einen Arzt herbeizurufen, hatte man sich gar nicht mehr die Mühe gemacht, denn dass es da nicht mehr viel zu tun gab, war allen klar.

»Ich werde hier meine Arbeit machen«, sagte Wilhelm, indem er sie losließ. »Und von dir will ich nichts mehr hören.«

Ida versuchte noch einmal, seinen Blick einzufangen, als sie aus dem Augenwinkel eine Bewegung hinter dem Eishaus wahrnahm. Dort, wo der Wald mit wild sprießendem Strauchwerk und dichtem Gedachs in die Talsenke und fast bis zu dem Gebäude reichte, stand ein Mann. Jedenfalls war sich Ida sicher, dass es ein Mann sein musste. Sie zuckte zusammen, drehte sich in die Richtung, um zu sehen, ob sie sich geirrt hatte.

Wilhelm war ihrem Blick gefolgt. »Da ist wer!« Er machte einen Schritt auf den Waldsaum zu.

In dem Moment gab die Gestalt ihre Deckung auf. Man konnte gerade noch erkennen, dass es sich tatsächlich um einen Mann von unauffälliger Statur, ohne Hut und mit eher dunkler, schlichter Kleidung handelte. Mit einem Satz, der erahnen ließ, dass er es gewohnt war, sich im Wald zu bewegen, sprang er ins Unterholz.

»Da ist der Mörder!«, schrie irgendeiner der Schaulustigen, und nach kurzem Zögern preschten einige der Männer dem Unbekannten hinterher. »Fangts ihn!«

Diese Aufforderung hätte es gar nicht gebraucht, denn Wilhelm hatte längst die Verfolgung aufgenommen, wobei ihm seine überaus langen Beine gut zupasskamen. Dass zugleich auch ein gutes Dutzend Männer durch den Wald pflügte, machte die Jagd allerdings nicht unbedingt einfacher.

Dies alles war kaum innerhalb von zwei Atemzügen passiert.

Erst als Ida den letzten der selbst ernannten Freiwilligen zwischen den Bäumen verschwinden sah, traf sie die Erkenntnis, dass Wilhelm womöglich gerade jenem Wahnsinnigen hinterherstürmte, der nicht nur bereits mehrere Menschen erschlagen, sondern auch sie bedroht und ihr nahegelegt hatte, sich nicht in seine Angelegenheiten zu mischen. Sie schaute sich um. Einige der Schaulustigen hatten wohl beschlossen, dass es sich im Gasthaus bei einem guten Glas Bier oder Wein weit besser spekulieren ließ als hier, wo sie nur auf die Gendarmerie warten und dem Pfarrer beim Beten zuschauen konnten. Eine kleinere Gruppe stand im Gespräch etwas abseits und hatte offensichtlich kein Interesse daran, weiter einzugreifen. Einige wenige verharrten ganz in der Nähe und starrten angestrengt in den Wald hinein, ohne jedoch Anstalten zu machen, den anderen zu folgen.

Ihr Herz zog sich zusammen. Wohin sie sich auch wandte, der Wald erstreckte sich über mehrere Hügel, umschloss die liebliche Landschaft von Thal. Wahrscheinlich hätte jeder bei nüchterner Betrachtung erkannt, dass es keine gute Idee war, was Ida nun tat. Allerdings gab es niemanden, der auf sie achtete, als sie ihre Röcke raffte und hinter den Männern ins Dickicht hetzte.

Mäßig steil zog sich der Wald einen Hang hinauf. Der Boden war vom Laub des Vorjahres dicht bedeckt und verbarg die Wurzeln und Steine, die auf ihrem Weg lagen. Weiter vorn konnte sie noch zwei Gestalten ausmachen, welche die Steigung emporkeuchten, dann waren sie hinter der Hügelkuppe verschwunden.

Ohne einen weiteren Gedanken rannte Ida ihnen nach. Es kümmerte sie nicht, dass sie ihren Rock bis zu den Knien hochgezogen hatte, um größere Schritte machen zu können, ihr Hut hatte sich gelöst und hing, nur noch von einer Hutnadel gehalten, schief über ihrem Haarknoten. Sie musste nur Wilhelm einholen und verhindern, dass der Fremde seine Drohung wahr machte.

Auf der ersten Hügelkuppe sah sie sich um. Ihr Herz hämmerte gegen ihre Rippen, und das Blut rauschte überlaut in ihren Ohren. Vor ihr wurde der Wald immer steiler. Eine Verfolgung dort hinunter konnte nur in einem Sturz enden. Zu ihrer Linken meinte sie, eine Bewegung zwischen den Bäumen wahrzunehmen, doch ein Knacken ließ sie nach rechts herumfahren. Dort rannte jemand!

Ohne sich zu besinnen, stürmte sie weiter. Ja, genau – zwei Männer mussten es sein, ein dritter lief etwas unterhalb des Grats in dieselbe Richtung. Alle Konventionen der Etikette vergessend, spannte Ida ihre Kräfte, um sie einzuholen. Doch dann entdeckte sie weiter unten noch eine Person. Sie versuchte zu erkennen, wer es war, dabei übersah sie einen schmalen Stamm, der quer zu ihrem Weg lag, und stürzte. Mit einem erstickten Schrei fiel sie in das Laub, das zum Glück ihren Fall bremste. Während sie sich wieder aufrappelte, erhaschte sie noch einen Blick auf den Mann weiter unten. Ein dunkelgrüner Waffenrock, vielleicht ein Aufblitzen von Krapprot am Kragen. Es war Wilhelm.

Die anderen waren bereits aus ihrem Sichtkreis verschwunden. Wem auch immer sie hinterherjagten, Wilhelm hatte eine andere Spur entdeckt.

Eilig überschaute Ida die Umgebung. Die Bäume standen hier dicht genug, dass man einander leicht aus den Augen verlieren konnte. »Wilhelm!«, wollte sie ihn schon rufen, doch im letzten Moment fiel ihr ein, dass sie damit nicht nur ihn, sondern auch den Unbekannten auf sich aufmerksam machen würde. Hilfreich war das gewiss nicht …

Wenn sie also zu Wilhelm wollte, musste sie den Hang hinuntergelangen – und zwar bevor er wieder ihrem Blick entschwand. Sie atmete durch, schürzte ihre Röcke und machte den ersten Schritt. Wie zu erwarten, gab der Boden unter ihren Füßen nach, und sie schlitterte und rutschte eher hinab, als dass sie lief. Spätestens nun stand außer Frage, dass sie sich in keinem gesellschaftsfähigen Zustand mehr befand, was sie allerding in diesem Moment herzlich wenig kümmerte.

Falls sich jemand wundern sollte, weshalb Wilhelm ihren halsbrecherischen Abstieg nicht bemerkt hatte, lässt sich das leicht klären. Er hastete nämlich, in der festen Überzeugung, den Mörder des Bierkutschers vor sich zu haben, bereits den nächsten Hang wieder hinauf. In seinem Bestreben, des Flüchtigen endlich habhaft zu werden, kam er gar nicht auf die Idee, einmal über die Schulter zu blicken, wo Ida mittlerweile die abschüssige Passage überwunden hatte und bis zu den Knöcheln (vom Saum ihres Unterrocks gar nicht zu reden!) im Schlamm stand. Je nach Witterung floss hier nämlich ein Bächlein und hinterließ neben Totholz und Steinen, die es mit sich führte, Dreck und feuchtweiche Erde im Übermaß.

Ida unterdrückte einen höchst undamenhaften Fluch.

Soweit sie die Umgebung einschätzen konnte, waren der Unbekannte und Wilhelm nicht weiter dem Bachlauf gefolgt, sondern die nächste Steigung wieder hinaufgerannt. Kurz wunderte sie sich, wie viele solcher bewaldeter Hügel zwischen ihr und Schloss Plankenwarth noch liegen mochten, denn dass der Wald nicht unendlich war, stand außer Frage. Dass nun aber nicht die Zeit für derlei geografische Überlegungen war, schien ebenfalls klar.

Also verdrängte sie den Gedanken an den Zustand ihrer Kleider und keuchte weiter. Ihr Hut blieb im Morast des Bächleins liegen und sollte bis zum Ende dieser Geschichte auch nicht mehr gefunden werden.

Der Wald wurde immer steiler, immer mehr umgestürzte

Bäume und Gedachs zeugten davon, dass hier nur selten, wenn überhaupt, aufgeforstet wurde. Offenbar lohnte sich die Mühe nicht, und höchstens ein paar mittellose Reisigsammlerinnen nutzten das Holz, das hier herumlag.

Der Hügelgrat, den Ida endlich erreichte, dehnte sich zur Linken zunächst zu einer fast ebenen Fläche aus – zu anderen Zeiten sicherlich ein überaus idyllischer Platz –, ehe er weiter anstieg. Rechter Hand verlief der Grat noch ein kurzes Stück, bis er abrupt abbrach. Nur wenige, krumm gewachsene Bäume hielten sich hier mit ihren Wurzeln zwischen Erde und Stein fest. Dort war gewiss niemand hinuntergestiegen, der sich noch länger seiner Gliedmaßen erfreuen wollte. Auch vor ihr ging es zunächst leicht, dann immer steiler bergab, ehe sich gegenüber wieder der Wald recht steil nach oben zog. Wahrscheinlich befanden sich auch hier am Grunde dieses Tals die feuchtschlammigen Spuren eines Bächleins.

Sie versuchte sich zu orientieren.

Da! Am gegenüberliegenden Hang, recht weit unten zu ihrer Rechten, entdeckte sie Wilhelm. Auch er schien sich gerade umzusehen, offenbar hatte er die Spur des möglichen Mörders verloren. Ida wollte ihn schon auf sich aufmerksam machen, als sie sich von irgendeinem Instinkt getrieben umblickte. Etwas weiter oben, dort wo nach dem flachen Stück der Wald wieder anstieg, konnte sie eine Gestalt ausmachen. Erst meinte sie, es wäre einer der Männer, die ebenfalls die Verfolgung aufgenommen hatten, doch dann richtete er sich auf, und ihr Herz setzte einen Schlag lang aus.

Sie konnte förmlich spüren, wie sich die Blicke der beiden Männer trafen. Nur einen Sekundenbruchteil zögerten sie, als wögen sie ihre Chancen ab – dann stürmten sie aufeinander los.

Vielleicht ist es ja irgendein Urinstinkt, der Männern bisweilen gebietet, eher den Kampf als die Flucht zu wählen, und nicht immer zeugt dieser Instinkt von besonderer Voraussicht. Denn Wilhelm, in seiner Uniform nur unschwer als Gendarm zu erkennen, war unbewaffnet, da er sich ja offiziell nicht im

Dienst befand. Der Fremde dafür zog plötzlich etwas aus einer Kleidung hervor, das Idas Herz stolpern ließ.

Fast meinte sie, die Klinge, die durch das Blätterdach von einem Sonnenstrahl getroffen aufblitzte, selbst an ihrem Nacken zu spüren. Ob auch Wilhelm die Waffe gesehen hatte, war schwer zu sagen, denn er verlangsamte seinen Schritt keineswegs. Allerdings kämpfte er sich bergauf, während der andere die Geografie weitestgehend auf seiner Seite hatte und nur darauf achten musste, nicht zu straucheln und samt dem Messer in Wilhelms Arme zu stürzen.

Ida konnte nichts anderes tun, als zuzusehen, wie plötzlich Wilhelm ausglitt und auf die Knie ging. Er schaute zu dem Fremden auf, der nur ein paar Meter hangaufwärts stand und die Faust mit der Klinge hob. Panik erfasste Ida, sie wollte schreien, doch ihre Stimme war nicht mehr als ein atemloses Krächzen.

Ob es nun klug oder dumm war, was Ida tat, sei dahingestellt. Das Ergebnis zumindest war anders als erwartet, wobei im Nachhinein selbst sie nicht mehr mit Gewissheit sagen konnte, welchen Ausgang sie sich ausgerechnet hatte.

Ohne die Augen von den beiden zu wenden, bückte sich Ida, um einen abgebrochenen Ast aufzuheben. Er war gerade groß und schwer genug, dass man ihn bequem werfen konnte, allerdings machte sie sich keine Illusionen darüber, dass sie damit auch nur ansatzweise den Mann treffen könnte. Einen verzweifelten Versuch war es dennoch wert.

Mit aller Kraft holte sie aus und schleuderte den Ast in die Richtung des Unbekannten. Dabei aber hatte sie einen Schritt zu weit getan, sie strauchelte, suchte nach einem Halt, bekam nicht mehr als einen dünnen Zweig zu fassen, der sogleich unter ihren Fingern brach, und stürzte mit einem halb überraschten, halb erschrockenen Schrei zu Boden. Allerdings war sie dabei dem Steilhang zu nahe gekommen, sodass sie, statt sich zu fangen, weiter abglitt. Ein lockerer Stein löste sich unter ihr, und in einem Gewirr aus Blättern, Unterröcken, Stock und Stein kugelte sie hinab.

Ihr Schrei hatte sowohl Wilhelm zusammenfahren lassen als

auch den Fremden. Zugleich krachte direkt über dessen Kopf der Ast, den Ida geschleudert hatte, gegen einen Stamm und sorgte dafür, dass er für einen kurzen Moment seine Nerven fahren ließ und einen ungelenken Schritt zur Seite machte, der ihn das Gleichgewicht kostete. Er ließ das Messer fallen, um sich an einem Stamm abzustützen, doch da hatte sich Wilhelm bereits wieder aufgerappelt.

»Stehen bleiben!«, hallte seine Stimme durch den Wald.

Da stürmten auch schon von zwei Seiten die Männer aus Thal herbei, die im Laufe der Verfolgung Wilhelms Spur verloren hatten. Von seinem Ruf alarmiert, hatten sie nun doch die richtige Richtung eingeschlagen.

Nun aber zeigte sich, dass sie den Unbekannten allesamt unterschätzt hatten, denn kaum dass er die Situation erfasst hatte, warf er sich mit einem Fluch, der ein bemerkenswertes Repertoire an unflätigen Ausdrücken offenbarte, herum und setzte dermaßen flink durchs Unterholz davon, dass keiner ihn mehr einholen konnte und sie schon nach einigen Minuten erkennen mussten, dass sie ihn verloren hatten.

Keuchend bückte sich Wilhelm nach dem Messer, das der Unbekannte verloren hatte. Ein schönes Stück mit einer guten Klinge und einem Hirschhorngriff. Immerhin konnten sie seine zurückgelassene Waffe als kleinen Erfolg und Beute betrachten.

»Weg ist er«, stieß einer der Thaler hervor, der dem mutmaßlichen Mörder noch den nächsten Hang hinab nachgejagt war, ehe er ihn aus den Augen verloren hatte.

»Sauhund, elendiger«, bestätigte ein anderer.

»Weit wird er wohl nicht kommen«, warf ein weiterer ein.

Schwer atmend wischte sich einer den Schweiß von der Glatze. »Der scheint sich da in der Gegend nicht schlecht auszukennen. Aber die Gendarmen werden ihn schon einfangen.« Er warf einen Blick auf Wilhelm. »Na, ich meine die anderen Gendarmen.«

Wilhelm gab ein unwirsches Brummen von sich. Bei der Verfolgung durch den Wald hatte er sich irgendwie vertreten, und nun, da er wieder zu Atem kam, erwachte auch ein lästiger

Schmerz in seinem Knöchel, den er jedoch tunlichst zu ignorieren suchte.

Rasch verständigten sich die Männer, dass bei dem Flüchtigen vorerst nichts zu machen war. Enttäuscht, den Täter doch nicht gefangen zu haben, und stolz, immerhin von einer heroischen Verfolgungsjagd berichten zu können, machten sich die meisten wieder auf den Rückweg.

»War da nicht auch noch irgendein Frauenzimmer?«, fiel da einem noch ein.

»Ja, da hat eine herumgeschrien«, nickte ein anderer.

»Wo ist sie denn hin?«, machte sich wenigstens einer der Thaler noch die Mühe zu fragen, ehe er den anderen ins Gasthaus folgte.

Wilhelm ersparte sich eine Antwort. Vorsichtig bewegte er seinen Knöchel, um sich zu vergewissern, dass er sich keinen gröberen Schaden zugezogen hatte. »Ida?«, rief er dann in den Wald.

Zunächst antwortete ihm nur irgendein aufgescheuchter Vogel mit wütendem Geschrei.

»Der Mörder wird sie wohl nicht mitgenommen haben, der ist allein über alle Berge«, merkte einer der Männer, der noch etwas langsamer zu Fuß war, wenig hilfreich an.

»Und wenn, ist er selber schuld«, knurrte Wilhelm, allerdings so leise, dass es außer ihm ohnehin niemand hörte. »Ida!« Er blickte sich zunehmend besorgt um. »Ida?«

Die Schritte der selbst ernannten Gesetzeshüter entfernten sich und verklangen nach und nach im Rascheln des Waldes.

»Ida!«

»Oh nein …«, vernahm er dann von weiter unten eine erfreulich vertraute Stimme.

Genau am Fuße des steilsten Stücks, ganz unten in der Talsenke, wo einige großblättrige Gewächse von besonders feuchtem Boden zeugten, bewegte sich etwas.

»Verdammt!« Ida richtete sich stöhnend auf. Ihr Haar hatte sich gelöst, ein langer Kratzer zog sich blutig über ihre Wange, ihre Kleidung war vollkommen derangiert. »Himmel, verflucht!«, schimpfte sie abermals und betrachtete den Riss in ihrem Rock.

Solche Worte war Wilhelm von ihr gar nicht gewohnt, weshalb er inständig hoffte, dass dieser Ausbruch nicht von einer noch schlimmeren Verletzung zeugte.

»Die lebt noch«, stellte der Thaler, der vorsichtshalber zurückgeblieben war, zufrieden fest. »Brauchen S' mich noch, Herr Gendarm?«, fragte er dann, wobei er eindeutig lieber seinen Kameraden nacheilen wollte.

Es war anzunehmen, dass der Fremde, der mutmaßlich den Bierkutscher erschlagen hatte, längst über alle Berge war und ohne sein Messer wohl kaum so bald wieder auftauchen würde. Ob Wilhelm nun allein oder zu zweit Ida aus dem Wald eskortierte, machte kaum einen Unterschied. Er warf einen zögernden Blick in den Graben hinab, wo die junge Frau sich mittlerweile auf ihre beiden Füße gestellt hatte, etwas wankend zwar, aber immerhin schien sie nicht über die Maßen schlimm zugerichtet zu sein.

»Die hat wohl mehr Glück als Verstand gehabt«, konstatierte der Mann, womit er Wilhelms Gedanken punktgenau getroffen hatte.

»Das narrische Frauenzimmer …«, murmelte Wilhelm nur leise, ehe er dem Mann zunickte, dass er gehen konnte, und selbst schlitternd und rutschend zu Ida hinabstieg.

Sie stand derweil an einen Baum gestützt da. Ihr Schädel brummte, und ein dumpfes Pochen an der rechten Schläfe ließ sie vermuten, dass sie sich irgendwo heftig angeschlagen haben musste. Zudem schmerzte ihre Schulter, und ihr linkes Knie fühlte sich nicht gut an. Der Kratzer auf ihrer Wange brannte nicht weniger als ihr Zorn auf Wilhelm, dass er nicht wenigstens ein bisschen auf sie gehört hatte.

»Wieso hast du ihm nachrennen müssen?«, fuhr sie ihn deshalb auch sogleich an, als er endlich vor ihr stand.

Wilhelm war klug genug, darauf zunächst nicht zu antworten. Seinem Knöchel hatte der Abstieg nicht unbedingt gutgetan. Stattdessen fragte er: »Hast du dich verletzt?«

Sie funkelte ihn nur an.
»Kannst du gehen?«
»Wieso kannst du mir nicht einfach vertrauen, wenn ich dir sag –«
»Was soll ich dir da vertrauen, wenn du mich zuerst ohne Erklärung zum Teufel schickst und dann auftauchst und dich ohne Grund in meine Arbeit mischst?«
Ida presste die Lippen zusammen. »Weil ich … dir nicht mehr sagen darf.«
»Irgendein Wahnsinniger hat den Bierkutscher erschlagen und wollte dann mitten im Wald mit einem Messer auf mich losgehen – und du meinst immer noch, dass es einen Unterschied macht, ob du mir was sagen darfst oder nicht?«
»Ja, eben deshalb.«
Wilhelm hob die Hände in einer hilflos zornigen Geste. »Ich schwör's dir, Ida, ich lass dich da mitten im Wald allein stehen, wenn du mir nicht auf der Stelle erklärst, was du mir – Himmelherrgott noch einmal! – nicht sagen darfst!«
Ida schwieg.
Wilhelm sah sie abwartend mit gerunzelter Stirn an. Er stand einen Schritt den Hang aufwärts, weshalb er gleich noch viel größer wirkte, als er ohnehin war.
»Hilf mir aus dem Graben«, sagte sie endlich, »dann sage ich dir, was ich sagen kann.«
»*Alles* wirst du mir erzählen!«, widersprach er, indem er einen Arm um ihre Schulter legte und mit ihr den Hang erklomm. »Alles!«
Auch wenn sie sich gottlob nicht gröber verletzt hatte, war Ida nun doch froh, dass sie sich nicht ganz allein durch das Unterholz kämpfen musste. Ihr Knie tat bei jedem Schritt weh, und wenn sie sich mit der falschen Hand abstützte, fuhr ihr der Schmerz in die geprellte Schulter. Außerdem musste sie immer wieder stehen bleiben, wenn das Pochen in ihrer Schläfe zu heftig wurde und bunte Ringe vor ihren Augen zu tanzen begannen.
Bis sie auf der ersten Hügelkuppe angekommen waren, hatte

Ida Wilhelm immerhin von dem Vorfall in der schmalen Gasse erzählt. Von dem kalten Metall an ihrem Hals, von den Worten des Fremden, der offenbar einen sehr genauen Überblick über die Vorkommnisse an den verschiedenen Tatorten hatte, und von seiner Drohung.

»Ja, aber wieso hast du mir das denn nicht gesagt?«

»Hast du mir nicht zugehört? Weil er gedroht hat, dir – und so nebenbei auch mir – wer weiß was anzutun, wenn ich rede.«

»Ja, aber –«

»Ich hatte Angst!«

»Du hättest doch –«

»Vielleicht. Aber«, Ida suchte nach den passenden Worten, die nicht kommen wollten, »wenn einer so genau überschaut, wer wann wo war, dann wird er wohl auch keine Schwierigkeiten haben herauszubekommen, wer was ausgeplaudert hat.«

»Aber ich –«, setzte Wilhelm abermals an.

»Ich wollte dich nicht in Gefahr bringen.«

»Wirklich?« Er war stehen geblieben und sah Ida bewegt an.

»Und außerdem haben mir die Fräulein Papst und Wagner klargemacht, dass es doch nicht sein kann, dass wir Frauen uns immer für die Männer aufopfern und –«

Der kurze Moment, in dem Wilhelm knapp davor gewesen war, Ida blindlings alles zu verzeihen, war zerplatzt. »Und deshalb hast du mich weggeschickt? Wegen den beiden Vetteln?«

»Ja. Nein! Ich dachte, es wäre einfacher.«

»Das war kaltblütig und grausam.«

»Aber …« Ida wusste nicht, was sie sagen sollte.

Nachdem sie noch einen Hügel überquert hatten, gelangten sie zu einem Forstweg, der zwar etwas länger, aber bedeutend bequemer zu gehen war.

»Ich habe sogar dem Leopold Leitner davon vorgesudert und dann auch noch meiner Mutter erzählt, was du für ein wankelmütiges Weiberleut bist, dass du mich einfach so weggeschickt hast.«

Ein Schmunzeln zeigte sich in Idas Mundwinkel. »Ich habe

schon geahnt, dass deine Mutter mich nicht ohne Grund nach Thal eingeladen hat.«

Wilhelm schnaubte. »Die Mama war allerdings der Ansicht, dass du schon recht haben wirst, wenn du mich nimmer willst. Ja, getröstet hat sie mich wohl. Wie man eben ein Kind tröstet, das etwas will, das es nicht bekommen kann. Du hättest mich in der Mur ertränken können, und sie hätte noch Verständnis dafür gehabt.« Er schluckte und sah zu Boden. Der Schmerz war von seinem Knöchel merkwürdigerweise irgendwie in seine Brust gewandert. »Wahrscheinlich bin ich dem Vater doch zu ähnlich.«

»Nein, das bist du nicht.«

»Kannst du dir da sicher sein?«

»Das kann ich nicht, aber –«

Im Nachhinein wusste Ida selbst nicht mehr, wie sie den Satz hätte fortsetzen wollen. Wilhelm nämlich hatte ihre Rede einfach unterbrochen, indem er ihr Gesicht in seine Hände nahm und seine Lippen auf die ihren drückte. Als er ihre zerkratzte Wange berührte, zuckte Ida zusammen. Es war ein unerwarteter Kuss, stürmisch, vielleicht sogar ein wenig grob, voll Entschlossenheit, dass er sie und keine andere wollte. Vielleicht hätte sie sich zu einer anderen Zeit, in der sie mehr Herrin ihrer Sinne gewesen wäre, dagegen gewehrt, hätte Wilhelm zurechtgewiesen, sich von ihm abgewandt. In diesem Moment aber, zerschunden, wie sie war, während in ihr Furcht und Erleichterung miteinander kämpften, geschah das genaue Gegengenteil. Mit der Verzweiflung einer Ertrinkenden zog sie ihn zu sich und erwiderte den Kuss, als könnte sie daraus wieder allen Mut und alle Kraft schöpfen, welche die letzten Tage sie gekostet hatten.

Von ihrer plötzlichen Leidenschaft völlig überrumpelt erstarrte Wilhelm. Er ließ sie los und trat einen Schritt zurück.

Der Forstweg führte sie mit einigem Umweg wieder zum Eishaus zurück. Dort hatte sich mittlerweile die Runde der Schaulustigen etwas aufgelöst, denn nachdem die Männer von ihrer mehr oder weniger erfolglosen Verfolgungsjagd zurückgekommen waren, hatten die meisten beschlossen, ihre Heldentaten, Beobachtungen und daraus resultierenden Vermutungen bei einem erfrischenden Bier und den Schmankerln, die der Schlachttag zu bieten hatte, im Gasthaus näher zu erörtern. Außerdem war inzwischen auch die Gendarmerie angerückt, und zwei uniformierte Männer beschäftigten sich gerade damit, den Erschlagenen zu vermessen und sich allerhand Notizen über die allgemeinen Umstände zu machen. Dass der mutmaßliche Mörder in der Nähe gesichtet und anschließend im Wald wieder verloren worden war, hatten sie mit wenig Begeisterung zur Kenntnis genommen.

»Herr Koweindl!«

Als Wilhelm und Ida in Sichtweite des Eishauses kamen, eilte ihnen ein junger Gendarm entgegen, der zuvor hinter dem Gebäude nach weiteren Spuren gesucht hatte. Es war niemand anderes als Leopold Leitner, der zwar zu spät zum Schlachttagsessen, dafür aber gerade recht zum Mord gekommen war. Als der vorbildliche Gendarm, der er nun einmal war, hatte er darauf nicht lange gezögert und sich sogleich an die kriminalistische Arbeit gemacht.

»Herr Koweindl«, wiederholte er, als er der beiden ansichtig wurde.

Tatsächlich gaben Wilhelm und Ida kein sonderlich vertrauenerweckendes Bild ab. Beide waren sie von Schlamm und Erde verschmutzt, Idas Haar, in dem sich nur ein paar vereinzelte Nadeln gehalten hatten, hing ihr lose und verworren über die Schultern, die Wange blutig, der Rock zerrissen, sodass man den verdreckten Unterrock sehen konnte.

Ein paar Leute, die sich das Spektakel rund um den toten Bierkutscher nicht entgehen lassen wollten, standen noch immer in der Nähe beisammen und warfen beredte Blicke auf das Paar. Zu einer anderen Zeit hätte allerhand skandalöses Gerede sicherlich nicht lange auf sich warten lassen, nun aber stand eindeutig das jüngst begangene Verbrechen im Fokus des Interesses.

»Der Mörder war da, im Wald oben, aber er ist entkommen«, sagte Wilhelm, als wäre dies eine Erklärung für alles.

»Davon habe ich gehört.«

»Er wär bald mit dem Messer auf mich losgegangen …«

»Davon war die Rede.«

»… und das Fräulein Fichte hat einen Ast auf ihn geschleudert. Sie hätte ihn auch fast getroffen – aber dann war da ein Baum im Weg … im Wald«, versuchte Wilhelm, die Situation etwas klarer zu beschreiben. »Wer weiß, was sonst … und in dem Gelände!«

Verwirrt schaute Leopold auf Ida, die sich auf Wilhelms Arm stützte.

»Ich bin dann einen Abhang hinunterstürzt«, ergänzte sie. »Mir ist nichts passiert.«

Zweifelnd ließ der junge Gendarm seinen Blick einmal über ihre Gestalt schweifen.

Ein Wagen war gerade angekommen, auf den der Tote verladen wurde, um seinen vorletzten Weg ins Gerichtsmedizinische Institut anzutreten. Erst wenn die Ermittlungen abgeschlossen waren, konnte er wohl auf so etwas wie ewige Ruhe hoffen.

»Ich werde das Fräulein ins Gasthaus bringen. Sie braucht vielleicht Erholung. Und dann können wir reden«, fügte Wilhelm etwas leiser hinzu.

Leopolds Blick glitt fragend zwischen den beiden hin und her, jedoch wagte er nicht auszusprechen, was ihm auf der Zunge brannte.

»Wir drei«, sagte Wilhelm, dem ausnahmsweise nicht entgangen war, worauf der Jüngere hinauswollte. »Das Fräulein hat sich mir erklärt … Das heißt, Ida hat mir erklärt … Wir werden das dann besprechen.«

Kapitel 11

… in welchem Wilhelm etwas begreift und die Konsequenzen zieht …

Selten hatte der Thalerwirt so ein gutes Geschäft gemacht wie an diesem Schlachttag. Allerdings lag es diesmal nicht am frischen Bluttommerl, der gerösteten Leber und den kühlen Getränken, sondern an der Tatsache, dass alle, die etwas über den Mord am Bierkutscher wissen wollten oder zu wissen glaubten, in der Stube und am Tanzboden beisammensaßen und alles bis ins kleinste Detail durchdiskutierten. Und beim Reden durfte ja bekanntlich die Kehle nicht trocken bleiben.

Als Wilhelm mit Ida durch den hinteren Eingang, der an der Küche vorbeiführte, das Gasthaus betrat, hatte sein Vater nur eine abschätzige Grimasse für ihn, ehe er mit vollen Krügen wieder zu seinen Gästen eilte. Zögernd schaute Wilhelm sich um, wo es denn einen ruhigen Platz für sie gäbe, denn dass sie sich in die überfüllte Wirtsstube setzten, stand außer Frage.

»Ja, Bub!«, kam da die Mutter auf sie zu. Es war ihr deutlich anzusehen, dass sie gerade alle Hände voll zu tun hatte, dennoch führte sie ohne ein weiteres Wort ihren Sohn und Ida in die kleine Stube hinter der Schank, die hin und wieder für Gäste genutzt wurde, die keine Gesellschaft wünschten. Manchmal traf sich dort auch eine erlesene Runde, die sich nicht gern über die Schulter schauen lassen wollte, zum Kartenspiel.

In einem Winkel stand ein durchgesessenes Sofa. Die Wirtin bedeutete Ida besorgt, sich dort niederzulassen. Dann warf sie einen tadelnden Blick auf Wilhelm.

»Sie ist uns einfach in den Wald nachgerannt«, versuchte der zu erklären.

»Ach Gott, die Arme.« Frau Koweindl beugte sich über Ida. »Und der Rock! Wart.«

Geschäftig eilte sie hinaus, um kurz darauf mit einem großen

Krug Hollersaft und zwei Gläsern wiederzukommen. Über dem Arm trug sie zudem eine Decke, die sie nun Ida reichte. »Da«, sagte sie, während sie Krug und Gläser auf den kleinen Tisch stellte. »Ruhen Schie, den Rock flicke ich derweil.« Und als Ida keine Anstalten machte, das zerrissene Kleidungsstück abzulegen, wandte sich die Wirtin resolut an ihren Sohn. »Dreh dich um, Bub.«

»Ja, aber …«, setzte er an, dann wandte er sich gehorsam um und starrte ins Eck, wo ihn der Gekreuzigte vom Herrgottswinkel aus mit mildem Verständnis ansah.

»Das ist doch nicht notwendig«, versuchte Ida einen schwachen Einspruch.

»Doch«, entgegnete die Wirtin. »In der Kuchl schaffen eh die Mägde.«

Etwas beschämt und dankbar gleichermaßen, streifte Ida nun den Rock ab. Frau Koweindl ließ es sich nicht nehmen, sie wie ein Kind auf das Sofa zu betten, legte noch ein Pölsterchen unter ihr lädiertes Knie und breitete die Decke über sie, sodass sie bis auf ihre derangierte Frisur einen leidlich guten Eindruck machte.

»Nun«, meinte die Wirtin zufrieden. »Ich komme gleich wieder.«

Zuvor jedoch kam Leopold.

Nachdem die notwendigen Formalitäten erfüllt waren, hatten es auch die Gendarmen den potenziellen Zeugen nachgemacht und den Thalerwirt aufgesucht. Nun saßen zwei von ihnen im großen Gastraum und gaben bei Bier und Gebratenem vor, ihre Ermittlungen fortzuführen, während Leopold die kleine Stube aufsuchte, in der Ida und Wilhelm saßen.

»Holunder?«, fragte Wilhelm zur Begrüßung, der vorsorglich noch ein drittes Glas beschafft hatte.

Irritiert schaute der Jüngere zu Ida, die mit hochgelagertem Knie auf dem Sofa lag.

»Mir geht es gut«, sagte sie nur.

Leopold setzte sich umständlich. Die kühle Limonade tat wohl. »Aber was ist denn nun geschehen?«, fragte er schließlich. »Ich dachte, dass Sie, Fräulein … Ich will mir ja nichts anmaßen, allerdings …« Er gestikulierte unbeholfen in Wilhelms Richtung. »Und diese ganze Sache …«

Ida versuchte, bei seinen Worten nicht zu schmunzeln. »Diese *Sache*, wie Sie sagen, hat sich etwas anders entwickelt als erwartet.«

Wilhelm verzog das Gesicht. »Wenn du nur gleich was gesagt hättest!«

»Wie hätt ich denn können?«

Kurz wartete Leopold noch ab, ob die beiden von allein vorhatten, ihn aufzuklären, dann fragte er: »Ja, wovon ist denn nun die Rede?«

Knapp und so sachlich wie möglich berichtete Ida ihm endlich von jenem Zusammentreffen in der Gasse, das dazu geführt hatte, dass sie für eine Weile der Ansicht war, sich von Wilhelm fernzuhalten sei die beste Lösung.

»Aber das bedeutet, dass Sie wissen, wer der Täter ist! Sie haben ihn gesehen!«, entfuhr es Leopold, kaum dass sie geendet hatte. Was er von Idas anfänglicher Entscheidung hielt, ließ er vollkommen unkommentiert, wofür sie ihm dankbar war.

»Nein, habe ich nicht«, erwiderte sie. »Ich habe ihn nur gehört. Ich habe ihn nicht angesehen, ich habe mich nicht umgedreht.« Sie strich über die Decke, unter der ihr verdreckter Unterrock versteckt war. »Ich weiß nur«, sie schloss die Augen, um sich besser zu konzentrieren, »dass er etwas größer gewesen sein muss als ich. Nicht so groß wie Wilhelm, aber als er so nah an meinem Ohr sprach, da hatte ich den Eindruck, dass er sich zu mir herabbeugte. Er klang … jung, jedenfalls nicht wie ein alter Mann, markig, ein eher befehlsgewohnter Tonfall, und als er wegging, waren seine Schritte kräftig … gesund, eben so, wie jemand geht, dem nichts wehtut.«

Wilhelm brummte etwas. Wahrscheinlich hatten ihn Idas Worte an seinen Knöchel erinnert, der zwar nicht nennenswert schmerzte, ihn aber doch nur zu deutlich an die erfolglose Verfolgung im Wald erinnerte.

Leopold, der sich ein paar Notizen gemacht hatte, warf einen mitleidigen Blick auf Idas geschundenes Knie. »Und sonst?«

»Ich weiß nicht … Für einen kurzen Moment dachte ich, dass ich seine Stimme schon einmal gehört habe, aber ich wüsste nicht, wo. Es war eine vollkommen gewöhnliche Stimme.«

»Hatte er einen Dialekt, einen Akzent?«

»Er hat geredet wie wir.«

»Also kein Ausländer.« Leopold schaute zu Wilhelm, der neben ihm saß und offensichtlich nur zu gern auch etwas beigetragen hätte. »Hat er denn sonst gar nichts gesagt?«

Ida hob die Schultern. »Er hat … Ja, bevor er verschwunden ist, sagte er irgendetwas von einem ›lieben Gruß an den Stabswachtmeister‹.«

»An den Stabswachtmeister?«, wiederholte Wilhelm. »Kein Name?«

»Nein. Ich habe mir nichts dabei gedacht. Ich meine, ich habe alles Mögliche gedacht, aber … Ich hatte den Eindruck, dass es nur irgendein dahergesagter Gruß war. Etwas, um mich zu verwirren … zu verunsichern … Wer soll dieser Stabswachtmeister denn sein?«

Leopold machte eine ahnungslose Geste.

»Weißt du, wen er gemeint haben könnte?«

Wilhelm schüttelte den Kopf, die Hände zu Fäusten geballt.

»Und sonst?«, fragte Leopold abermals.

»Das habe ich doch schon erzählt. Er hat gedroht, dass Wilhelm etwas geschieht, wenn ich mich noch einmal bei einem Mord einmische, dass er mich beobachtet, dass ich mich fernhalten soll … dass Wilhelm in der Stadt ohnehin nichts zu suchen hat und …« Sie stockte, als ihr plötzlich doch etwas einfiel. »Und Sie, Herr Leitner, auch nicht.«

»Ich?«, wiederholte Leopold.

»Er hat von einem … ›Blondel in Uniform‹ geredet. Mehrfach.«

Wilhelm schnaubte. »Blondel?«

Leopold zog eine leicht beleidigte Grimasse, ehe er den Faden wieder aufnahm. »Das heißt … Wer auch immer Sie belästigt hat, wusste über den Gang der Ermittlungen tatsächlich zu einem gewissen Maß Bescheid.«

»Möglicherweise war das nicht einmal besonders schwierig«, warf Ida ein. »Als ich damals zufällig vorbeikam, als das Fräulein Kern am Murufer gefunden wurde, standen genug Schaulustige dabei. Von den Stadtwachebeamten und den Gendarmen kümmerte sich niemand um die Gaffer. Wer Lust und Zeit hatte, konnte in Ruhe alles mitverfolgen.«

»Aber Jeremias Brandt, Fräulein Kerns Geliebter, der ist in der Nacht gefunden worden, es ist grad erst ein bisserl hell geworden, da war außer uns zunächst niemand da«, bemerkte Leopold.

»Und später?«, fragte Wilhelm.

»Wir haben gemäß den Vorschriften gearbeitet – niemand hat darauf geachtet, wer uns zuschaut. Und wie der … na, der Maquereau bei der Synagoge aufgefunden wurde«, konzentriert legte Leopold seine Stirn kraus, »da waren natürlich eine ganze Menge Interessierte in der Gegend. Es hat ja zuerst nach einer antisemitischen Angelegenheit ausgesehen, aber dieser Franz Klein hatte mit allen anderen, bloß nicht mit Juden zu tun.«

»Bei der Witwe Windisch hat auch das ganze Haus mitbekommen, dass was passiert sein muss«, setzte Ida fort. »Und heute, da konnte der Mörder einfach in seinem Versteck beim Eishaus sitzen bleiben und abwarten, was passiert.«

»Das würde aber bedeuten, dass er nicht unbedingt extra auf Sie gewartet hat«, griff Leopold den Gedanken auf, »sondern, dass er sich eventuell einfach dafür interessiert, was nach seinen Mordtaten geschieht. Vielleicht will er den ersten Schrecken sehen, wenn jemand die Leiche entdeckt, vielleicht beobachtet er, was die Ermittler tun, vielleicht … betrachtet er bloß gerne seine Opfer noch ein bisschen länger.«

Wilhelm verzog bei der Vorstellung das Gesicht.

»Und dabei ist ihm aufgefallen, dass allzu oft einer von uns dabei war. Ich war bei Brandt, der Witwe Windisch und im Leichenschauhaus beim Fräulein Kern. Sie, Fräulein Fichte, waren auch bei der Witwe, dem Fräulein Kern, und Sie haben dazu beigetragen, dass man den Brandt überhaupt identifizieren konnte.«

»Aber wieso dann Wilhelm?«, wandte Ida ein.

»Weil ...« Leopold zögerte einen Moment, bevor er antwortete. »Verzeihung, ich denke, dass er Ihre Schwachstelle ist.« Entschuldigend sah er zu seinem einstigen Vorgesetzten.

»Meine Schwachstelle?«, wiederholte sie.

Der Blick, der sie von Wilhelms Seite traf, schien Leopold recht zu geben.

»Das würde bedeuten, dass er mir eine viel zu große Rolle in dieser ganzen Sache beimisst. Könnte es denn nicht eher sein, dass der Täter meint, dass Wilhelm etwas weiß, das ihn in Bedrängnis bringen könnte?«, machte Ida einen Gegenvorschlag. »Vielleicht etwas, das *nur* Wilhelm weiß?«

»Ich wüsste nicht, was das sein soll. Mir stellt sich immer noch die Frage, warum überhaupt jemand alle diese Leute erschlagen wollte, das passt ja überhaupt nicht zusammen«, brummte Wilhelm nur. »Dass er was gegen das *gewisse* Gewerbe hat, mag ja sein – aber wieso dann die Witwe und der Bierkutscher? Oder ist er doch nur ein Mörder aus Lust, dem es Freude macht, wenn er jemandem den Schädel einschlägt?«

»Na ja, als Engelmacherin wird sie wohl hier und da mit dem Gewerbe was zu tun gehabt haben.«

»Nun, was es mit dem Herrn Rachoinig, also besagtem Bierkutscher, auf sich hat, ist noch nicht näher bekannt«, erwiderte Leopold, »aber dank Fräulein Fichte weiß ich mittlerweile, wie die Witwe Windisch in diese Mordserie passt – abgesehen von ihrer letzten Tätigkeit.«

»Und das sagst du mir erst jetzt?«, fuhr Wilhelm auf.

»Ja, weil wie ich das zuletzt erwähnen wollte, waren Sie auf das Fräulein ja nicht besonders gut zu sprechen«, gab Leopold zurück.

Ida beobachtete nicht ohne einen Hauch von Genugtuung Wilhelms Reaktion auf die Antwort des jungen Gendarmen.

»Also, unter den Habseligkeiten der Witwe befanden sich auch einige Lumpen, darunter Hemdsärmel aus einem auffällig karierten Stoff. Fräulein Fichte wies mich darauf hin, dass es gut sein könne, dass man den Rest des Hemdes für irgendwelche anderen Flickarbeiten genutzt habe – und da fiel mir ein, wieso mir die Stücke sogleich ins Auge gesprungen waren: Ich hatte den Stoff schon einmal gesehen.«

Wilhelm hob gespannt die Brauen.

»Ich nahm sie mit, um meine Theorie zu überprüfen. In der Asservatenkammer nämlich befand sich zum Glück immer noch die Kleidung der Mordopfer, obwohl man die Toten längst bestattet hatte. Und nun raten Sie, was ich bei der Wäsche von Franz Klein, unserem Maquereau, gefunden habe.« Kurz genoss Leopold die Spannung, ehe er fortsetzte: »Seine Weste war an den Seiten mit ebendiesem Stoff gefüttert.«

»Damit sind alle miteinander verbunden.« Ida richtete sich auf ihrem Sofa auf. »Fräulein Kern war die Geliebte von Jeremias Brandt, dem Sohn von Frau Windisch, die nicht nur für *bestimmte* Damen als Engelmacherin arbeitete, sondern auch die Wäsche für Franz Klein ausbesserte«, fasste sie zusammen. »Bleibt nur noch die Frage, was der Kutscher mit allem zu tun hat.«

»Und wer der Mörder ist«, fügte Wilhelm hinzu.

»Oder –«, setzte Leopold an, doch in diesem Moment ging die Tür zu der kleinen Stube auf, und Frau Koweindl kam herein.

Ein wenig irritiert schaute sie zunächst zwischen den beiden Männern und Ida hin und her, doch da der Abstand zwischen allen dreien noch züchtig gewahrt war und Leopold sie mit einer höchst charmanten Verbeugung grüßte, glättete sich ihre Miene ein wenig. »Ihr Rock«, wandte sie sich dann zu Ida und reichte ihr das Kleidungsstück, das sie mit einer einfachen Naht so weit wieder ausgebessert hatte, dass sie es zumindest auf dem Heimweg tragen konnte.

»Vielen Dank.«

»Ach, und der war noch in der Tasche.« Frau Koweindl gab ihr einen reichlich zerdrückten Brief. »Womöglich hätten Schie ihn im Wald verloren.«

»Oh!«, sagte Ida nur, als sie das Schreiben in Empfang nahm. Fast hätte sie auf den Brief vergessen, den ihr die beiden Schwestern Mandelsüß zugesteckt hatten. »Victoria und Valentine haben auch ermittelt«, fügte sie erklärend hinzu.

»Was haben sie getan?«

»Na ja, sie haben sich noch einmal persönlich umgeschaut, wo sie etwas von Fräulein Kern finden könnten. Offenbar sind sie fündig geworden.«

»Und Sie haben den Brief nicht gelesen?«, fragte Leopold mit einem Blick auf das anscheinend unversehrte Siegel.

»Nein«, erwiderte Ida. »Nachdem dieser ... Ich hatte Angst, ich wollte mit dieser ganzen Sache einfach nichts mehr zu tun haben.«

Wilhelm nickte nur.

»Dann sollte man das vielleicht jetzt lesen«, schlug Leopold vor. Neugierig nahm er das Schreiben und betrachtete die Handschrift. Die kantigen Buchstaben sahen so aus, als hätten sie sich gegen die Feder gesträubt; eine männliche Hand, die nicht oft Briefe schrieb.

Dann reichte er den Brief an Wilhelm weiter.

»Kleiden Schie schich einmal an, Fräulein«, widersprach die Wirtin, ehe er zum Lesen kam, wobei sie den beiden Männern eine auffordernde Geste zusandte. Gehorsam verließen Wilhelm und Leopold die Stube.

In der Zwischenzeit hatten die anderen beiden Gendarmen aus Gösting ihre Befragungen sowie mehrere Gläser Bier vollendet. Der Thalerwirt und einige seiner Gäste ergingen sich in höchst kriminalistischen Mutmaßungen, und alles in allem machte vorerst niemand den Eindruck, den Tod des Bierkutschers Rachoinig sonderlich zu bedauern.

»Leitner!«, rief einer der Gendarmen, als Wilhelm und Leopold in den Gastraum traten. »Hast deine privaten Nachforschungen beendet?« Einige Männer lachten auf. »Macht man das so bei den gescheiten Leuten in Graz?«

»Es gab Dinge zu besprechen«, erwiderte Leopold, wobei

er nicht verhindern konnte, dass ihm eine knabenhafte Röte in seine Wangen stieg. »Aber die sind nun geklärt.«

»Das heißt, du marschierst wieder heimwärts?«

»Oder trinkst noch was?«

»Ah geh, ohne dienstliche Anweisung isst der nicht einmal ein Butterbrot«, scherzte ein anderer.

Leopold verdrehte innerlich die Augen, ohne jedoch seine korrekte Haltung aufzugeben. Bisweilen war es ein hartes Los, wenn man in der Hierarchie so weit unten stand. Einmal mehr tröstete er sich mit seiner Aussicht, bald am Wiener Polizeiagenteninstitut neu beginnen zu können. Und dass er dies mit größtem Erfolg tun würde, war gewiss, allerdings soll davon vorerst nicht die Rede sein.

»Na, was ist jetzt? Inspizierst die Gaststube, oder was?«

Leopold seufzte verhalten. Im Grunde war er von der Wirtin lediglich als Gast zum Schlachttagsessen eingeladen worden, weil er damals Wilhelm beigestanden hatte, als der nach den Vorkommnissen am Murufer ins Militärspital gekommen war. Der Tod des Bierkutschers war ihm gewissermaßen dazwischengekommen, allerdings wollte er vor den anderen Gendarmen nun auch nicht allzu ahnungslos wirken. Fragend schaute er zu seinem einstigen Vorgesetzten hin.

»Wir können jetzt eh nichts machen«, gab ihm dieser mit einem vagen Nicken zu verstehen.

»Ich geh wieder nach Graz«, erwiderte Leopold deshalb in Richtung der anderen Männer. Ihnen zu erklären, dass er sich aus persönlichen Gründen mit der ganzen Angelegenheit noch näher befassen wollte, würde vor allem eine Menge lästiger Fragen aufwerfen, deren Beantwortung ihm im besten Falle Spott, im schlimmsten Falle eine Zurechtweisung einbrächte.

Er deutete einen militärischen Gruß an, dann verabschiedete er sich von Wilhelm. Am frühen Abend würde er also wieder in der Stadt sein.

»Und du?«, wandte sich der Wirt daraufhin an seinen Sohn. »Marschierst du auch wieder in die Kaserne? Nimmst dein feines Fräulein mit?«

»Vater …« Wilhelm bemerkte, dass einige der Gäste interessiert in ihre Richtung schauten. Vielleicht hätte er eine bessere Lösung gefunden, wenn er länger nachgedacht oder wenn er Ida um ihre Meinung gebeten hätte, doch nach all den Ereignissen der letzten Tage und Stunden fand er keine Kraft mehr, um seine Entscheidungen sorgfältiger abzuwägen.

»Was ist?« Unwillig schaute der Wirt ihn an.

»Bitte …« Wilhelm bedeutete ihm, dass er nur ungern vor den Gästen reden wollte. Er ging ein paar Schritte beiseite, sodass er in dem Winkel hinter der Schank stand, der nicht ganz so bequem einsehbar war.

Sein Vater folgte ihm in abwartender Haltung.

»Ich hätte gern, dass das Fräulein Fichte die nächsten Tage hierbleibt. Ich bin mir sicher, es gibt ein Zimmer für sie.«

»Ah – und wer zahlt das? Hat die überhaupt Geld?«

Wilhelm zwang sich, den abschätzigen Tonfall nicht zu hören. »Ich will nicht, dass sie die nächsten Tage allein in der Stadt ist.«

»Und du meinst, dass wir jedes liederliche Frauenzimmer bei uns einquartieren?«

»Fräulein Fichte ist eine anständige Person. Ich sorge mich um ihre Sicherheit, und deshalb bitte ich dich –«

Herr Koweindl verzog den Bart. »Fein daherreden kannst ja. Aber mir scheint eher, dass du Angst hast, dass dieses Fräulein dir Hörner aufsetzt, wenn keiner auf sie aufpasst. Ist sie *so eine*?«

Wilhelm spürte einen Zorn in sich aufsteigen, den er von sich so bisher nur selten kannte. »Du magst dir wirklich nicht vorstellen, dass ein Mensch einem so viel wert sein kann, dass man sich von Herzen um ihn sorgt. Du hast dich bisher höchstens um das Wirtshaus, um das depperte, gekümmert, und alles andere war dir wurscht.« Die Ohrfeige kam so schnell, dass Wilhelm erst begriff, was geschehen war, als er das Brennen spürte. »Das ist deine Antwort?«

»G'scheit warst du nie, aber ich hab immer geglaubt, dass aus dir noch was wird. Aber bei der Infanterie hast du es dir schon mit deiner Blödheit versaut, und jetzt machst du den gleichen Fehler wegen so einer Metze schon wieder, wegen so einer –«

»Red lieber nicht weiter.«

»Weil's wahr ist!«

»Ich hab gelernt, man soll Vater und Mutter ehren – und deshalb geh ich jetzt, bevor ich mich noch an dir versündig.« Wilhelms Stimme hatte einen schneidenden Ton angenommen. Mit einer ruckartigen Bewegung drehte er sich um und verließ das Gasthaus durch den Hintereingang.

Der Thalerwirt schaute seinem Sohn mit kühlem Gleichmut nach.

Wilhelm brauchte Luft, um wieder zur Besinnung zu kommen. Als Kind hatte er das Wort seines Vaters nie in Frage gestellt, er hatte dessen Zorn und dessen Schläge hingenommen, weil es eben so war. Aber er kannte diesen wütenden Druck, der von ihm Besitz zu ergreifen drohte und der nur verschwand, wenn man ihn an jemand anderen weiterreichte. Er hatte schon das eine oder andere Mal Arrestanten verprügelt, die allzu widerspenstig waren, hatte zusammen mit Kameraden die dunkle Befriedigung verspürt, wenn man die Abscheu vor sich selbst in Schläge verwandelte, die man einem anderen verabreichte.

Er atmete durch, zwang sich, die Worte des Vaters weit von sich zu schieben. Die Finger zu Fäusten verkrampft, lehnte er an der Hausmauer und starrte in den Himmel. Nur langsam entspannte er sich – und da fiel ihm wieder auf, dass er die ganze Zeit dieses Schreiben in der Hand gehalten hatte, das aus Idas Rocktasche gefallen war.

Der Brief, den ihre Schülerinnen angeblich bei ihren Ermittlungen entdeckt hatten.

Als er den Namen las, der auf dem Kuvert stand, zuckte er zusammen. »Nein …«, murmelte er, während er mit fliegenden Händen den Brief erbrach, der offenbar schon einmal zuvor geöffnet worden war.

Wer in der Nähe gewesen wäre, um Wilhelm zu beobachten, hätte bemerken können, wie er erst weiß wurde, dann in Verzweiflung die Lippen zusammenpresste, ehe er sich schließlich in einer entschlossenen Geste von der Wand abstieß.

Mit langen Schritten marschierte er in die kleine Stube zurück, wo Ida sich mittlerweile wieder halbwegs angemessen gekleidet und ihre Haare in einem Zopf gebändigt hatte.

»Was ist geschehen?«, fragte sie, als sie ihn so aufgewühlt eintreten sah.

Frau Koweindl schaute ihn eindringlich an. »Der Vater?«

Wilhelm schüttelte nur den Kopf. Darüber wollte er nun gewiss nicht reden. »Ich muss wieder in die Stadt. Auf der Stelle. Und du, Ida, bleibst hier.« Er wandte sich zu seiner Mutter. »Egal, was der Vater sagt, ich will nicht, dass das Fräulein allein bleibt. Bitte.«

Sie nickte ernst. »Ja, Bub.«

»Aber ich –«, hob Ida zum Widerspruch an.

»Nein.« Er klang härter, als er es vielleicht beabsichtigt hatte. Das Schreiben brannte in seinen Fingern.

»Wieso? Das kann nicht dein Ernst sein!«

»Doch.«

»Ich bleibe sicher nicht hier.« Ida hatte sich vor ihm aufgerichtet und funkelte ihn an. »Ich bin deiner Mutter ja überaus dankbar, aber bei deinem Herrn Vater bleib ich keine Stunde länger, als ich muss.«

»Nur, bis ich wieder da bin.«

»Was soll das? Wieso kann ich nicht in meine Wohnung? Wenn es dir so wichtig ist, kannst du mich gern bis zur Haustür begleiten.«

»In der Stadt, wo dieser Wahnsinnige weiß, wo du bist und was du tust? Sicher nicht. Du bleibst!«

Frau Koweindl hatte sich bei ihrem Wortwechsel wohlweislich zurückgezogen, nicht aber ohne ihrem Sohn zuvor einen mahnenden und Ida einen freundlich aufmunternden Blick zuzuwerfen.

»Damit ich mich von deinem Vater weiter beleidigen lassen kann? Das kannst du nicht ernsthaft erwarten!«, zischte Ida aufgebracht.

»Bitte, er –«

»Nein! Und sei ehrlich, Wilhelm, zu dir hat er doch auch kein freundliches Wort gesagt, seit du hier bist. Wie kannst du glauben, dass ich hier unter seinem Dach sicherer bin als zu Hause – oder von mir aus in irgendeiner kleinen Pension? Hier muss es doch etwas geben, wo man für eine Weile unterkommen kann!«

»Du weißt genau, dass es sofort allerhand Gerede gibt, wenn eine junge Frau allein sich irgendwo ein Zimmer nimmt. Vor allem am Land!« Wilhelm rang die Hände. Seit er das Brieflein gelesen hatte, hatte er das Gefühl, dass ihm die Zeit davonlief. »Und außerdem weiß jetzt ohnehin jeder hier in Thal, dass du mit mir … Ich meine, schau, wo wärst du sicherer als hier im Wirtshaus?« Wilhelm fasste nach ihren Händen.

»Dein Vater ist ein harter Mann.«

»Ich hab ihn lang genug gefürchtet, aber … Er weiß, dass ich mein Wort ebenso halte wie er. Wenn dir hier etwas geschieht, dann …« Er brauchte nicht weiterzureden.

Ida nickte nur. »Er hat es nicht gern, wenn einer gescheiter ist als er«, meinte sie dann. »Deine Mutter …«

»Er hält die Leut lieber klein, aber er merkt auch, wenn er ohne wen nicht kann. Meine Mutter ist die Wirtin hier, das wissen alle, und er weiß das auch. Den Zorn darüber kann er oft nicht beherrschen.«

»Und warum ist sie da nicht längst gegangen?«

Wilhelm seufzte. »Als ich klein war, hab ich sie das auch einmal gefragt. Sie hat nur gesagt, dass das Haus eine Wirtin braucht und der Vater eine Frau. Und die Geschwister …«

»Du hast Geschwister?«

Wilhelm reagierte darauf nur mit einer abweisenden Geste, die Idas Frage im Keim erstickte. »Bitte bleib einfach da. Das ist das Einfachste, und der Vater … «

»Er hasst mich.«

»Er hasst jeden … und sich selbst vielleicht am allermeisten.«

»Aber du –«

»Ich komm ja wieder. Morgen schon.«

»Und die Drohung?«

Er schüttelte nur den Kopf. »Nicht, die Mama muss nichts davon wissen.«

»Wieso denn überhaupt?«

»Ich habe den Brief von deinen Schülerinnen gelesen«, erklärte er dann knapp, »ich weiß jetzt, was los ist, und ich werde das klären. Morgen komme ich wieder, dann ist alles vorbei … Und bis dahin …« Er schaute zur Tür, wo bei seinen letzten Worten das Gesicht seiner Mutter mit besorgt-fragendem Lächeln aufgetaucht war. Sie nickte nur und bedeutete ihm, dass sie sich schon um Ida kümmern wollte.

Ida kam gar nicht dazu, noch etwas zu erwidern, denn schon hatte Wilhelm kehrtgemacht und war aus der Stube geeilt. Gewiss hätte er ihr zum Abschied gern noch einen Kuss gegeben – vor allem, nachdem er im Wald ihre überraschende Leidenschaft gekostet hatte –, doch zum einen scheute er sich vor den mütterlichen Augen, dies zu tun, zum anderen drängte es ihn, endlich dem Schreiben nachzugehen, das womöglich des Rätsels Lösung beinhaltete.

Der Nachmittag hatte seine hellsten Stunden überschritten, und die Schatten begannen bereits wieder, länger zu werden. Aus dem Wald wehte der süß-erdige Geruch herüber, der den nahenden Abend ankündigte.

Nachdem die beiden Gendarmen, die von Gösting hergekommen waren, das Wirtshaus verlassen hatten, zerstreuten sich nach und nach auch die übrigen Gäste. Nur ein paar besonders ausdauernde Trinker verblieben bei Bier und Schnaps in einer Ecke und redeten immer lauter von Gott und der Welt, vom Kaiser und vom Vaterland – und dass natürlich alles nur noch bergab gehen konnte.

Zuerst war Ida wütend auf Wilhelm gewesen, dass er sie einfach bei seinen Eltern zurückließ. Natürlich wollte sie keineswegs seine Mutter verletzen, doch die so überdeutlich zur Schau getragene Abneigung seines Vaters vergällte ihr jede Stunde.

Erst als Frau Koweindl sie schließlich in eines der kleinen Zimmer führte, die nur noch selten für Gäste gerichtet wurden, aber immer noch heimelig und einladend wirkten, konnte sie sich ein wenig beruhigen. Wie hätte Wilhelm denn sonst reagieren sollen, nachdem sie ihm von der Drohung des Fremden erzählt hatte? Sie hier in Sicherheit zu wissen, war – wenn schon nicht die angenehmste – wohl doch die einfachste Lösung.

Ida atmete durch und sah sich in dem Zimmer um. Ein schmales Bett, ein Tisch, ein Sessel und eine Waschschüssel unter dem Herrgottswinkel, dies war alles, abgesehen von einem malerischen Ausblick über die grünhügelige Gegend vor dem Fenster.

»Vielen Dank.« Mehr wusste Ida nicht zu sagen, denn als sich langsam das blaue Abendlicht herabsenkte, spürte sie erst, wie erschöpft und zerschlagen sie war.

Frau Koweindl nickte nur gütig und ließ sie, nachdem sie ihr noch eine Kleinigkeit zu essen gebracht hatte, für die Nacht allein.

Lange konnte Ida trotz ihrer Erschöpfung keinen Schlaf finden. Es war ein merkwürdiges Gefühl, unter demselben Dach wie Wilhelms Eltern zu sein. Selbst durch die Wände meinte sie, den Unwillen des Hausherrn zu spüren, der nicht den geringsten Hehl daraus machte, was er von ihr hielt. Fast schien es ihm Freude zu bereiten, alles und jeden um seine Geringschätzung wissen zu lassen und seine Überlegenheit durch Grobheiten zu untermauern. Seine Frau konnte einem leidtun – und doch war Frau Koweindl nicht die verbitterte Dulderin, wie man es vielleicht erwartet hätte.

Was es wohl mit einem Mann machte, der von solchen Menschen erzogen wurde, fragte sich Ida, und wahrscheinlich war dies der letzte Gedanke, bevor sie doch in einen traumlosen Schlaf fiel.

Am nächsten Morgen ließ man sie ausschlafen, und Ida gab sich alle Mühe, mit ihrer Anwesenheit im Gasthaus so wenig Umstände wie möglich zu verursachen. Dass der Wirt ihr dennoch bei jeder Gelegenheit einen Blick zuwarf, als wäre sie eine Last, die man eben ertragen musste, machte die Sache nicht besser. Sie versuchte, sich mit ein paar Handgriffen nützlich zu machen, doch dies ließ Frau Koweindl nicht zu und scheuchte sie mit freundlicher Beharrlichkeit immer wieder hinaus.

Es war also nicht verwunderlich, dass Ida bereits recht sehnsüchtig darauf wartete, dass Wilhelm endlich wiederkäme. Seine Sorge um sie mochte vielleicht verständlich sein, dennoch wurde ihr die Situation zunehmend unangenehm, zumal gegen Mittag auch wieder ein paar Gäste kamen, die sich ganz offensichtlich das Maul über sie zerrissen und mit wenig schmeichelhaften Vermutungen gewiss nicht sparten.

Nur zu gern hätte sie gewusst, was denn in dem Schreiben der Schwestern Mandelsüß gestanden hatte, und sie schalt sich, dass sie nicht einmal einen Blick auf die Adresse geworfen hatte. Für Wilhelm jedenfalls musste der Inhalt des Briefes sowohl höchst unangenehm als auch aufschlussreich gewesen sein. Anders wären seine Reaktion und sein eiliger Aufbruch kaum zu erklären gewesen.

Ida spazierte sinnend die Straße vor dem Gasthaus auf und ab. Beim Gehen ließ es sich am besten denken, und sie fragte sich, ob es denn möglich war, dass Victoria und Valentine tatsächlich des Rätsels Lösung gefunden hatten. Aber was konnte das sein? Hatte Fräulein Kern einen Brief von ihrem zukünftigen Mörder erhalten? (Wenn es denn derselbe war, der auch die anderen erschlagen hatte! Aber da alles andere die Sache ja nur unnötig verkompliziert hätte, ging Ida einfach davon aus.) Und wieso hatte dann Wilhelm so merkwürdig darauf reagiert?

»Wilhelm kennt den Mörder«, sagte Ida und blieb mitten auf der Straße stehen. »Er weiß, wer das alles getan hat.« Und plötzlich machte auch die Drohung des Fremden Sinn: Wenn dieser nämlich ebenfalls mit Wilhelm bekannt war, dann war es nur naheliegend, dass er verhindern wollte, dass Ida Wilhelm irgendetwas mitteilte, das ihn auf seine Spur bringen könnte.

Während sie noch wie angewurzelt dastand und versuchte, diesen Gedankengang weiter zu verfolgen, kam auf einmal ein kleiner Wagen auf sie zugefahren. Sie wollte ausweichen, als der Kutscher etwas zu hektisch die Zügel anriss.

»Fräulein Fichte!« Es war niemand anderes als Leopold Leitner, dessen uniformierte Gestalt auf dem Kutschbock etwas fehl am Platz wirkte. Er sah blass und aufgewühlt aus, und Ida wusste sofort, dass etwas geschehen sein musste.

»Was ist?«

Leopold lenkte erst die Pferde an den Straßenrand, dann sprang er vom Wagen. »Wo ist Herr Koweindl?«

»Wilhelm? Er ist gestern noch eilig aufgebrochen, nachdem er diesen Brief gelesen hat.«

»Welchen Brief?«

»Den von den Schwestern Mandelsüß, den ich in meiner Rocktasche vergessen hatte. Er hat gesagt, dass ich hierbleiben soll und dass er wiederkommt, wenn alles geklärt ist. Ich weiß nicht, was er vorhatte. Was ist denn los?« Idas Brauen zogen sich zusammen, die Gewissheit, dass etwas ganz und gar nicht stimmte, wurde immer drängender. »Was ist geschehen? Reden Sie!«

Kurz sah Leopold sich um, als fürchtete er einen Lauscher, dann begann er, und das Beben in seiner Stimme ließ Ida das Schlimmste fürchten. »Wie ich heut zum Dienst angetreten bin, da hab ich, da wurde gerade …« Er stockte und setzte noch einmal an. »Die Post, also Briefe, Ansuchen, Akten, irgendwelche Schreiben, Verordnungen, die werden üblicherweise beim Portier gesammelt. Meist trägt er sie dann zu den Herrschaften, für die sie bestimmt sind.«

»Ja, ja, was ist damit?«

»Heute Morgen ist ein Brief dabeigelegen … Ich weiß nicht, warum ich gerade diesmal darauf geachtet habe, aber die Hand von Herrn Koweindl, die habe ich sofort erkannt. Ich weiß, das ist strengstens gegen die Vorschriften, aber … ich habe ihn genommen. Und gelesen.« Er schluckte schwer, dann zog er einen geöffneten Brief aus seinem Uniformrock.

»Was soll das?« Ida wusste nicht, was sie von dieser umständlichen Erklärung halten sollte.

»Lesen Sie.«

Mit plötzlich klammen Fingern griff Ida nach dem Papier.

An das Landesgendarmeriekommando zu Graz.

Ich, Wilhelm Nepomuk Koweindl, geboren am 17. April 1848, ehemals Stabswachtmeister des 27. Infanterieregiments, nun gemeiner Gendarm zu Gratwein, bekenne mich schuldig, Franz Klein, Jeremias Brandt, Maria-Benedikta Kern, die Witwe Anna Windisch und Ferdinand Rachoinig in kaltem Blut erschlagen zu haben.
Dies tat ich, da sie wussten, dass ich am Verschwinden von Alois Blamberger, einstens ebenfalls Unteroffizier im 27. Infanterieregiment, die alleinige Schuld trage, und mich ob meines Verbrechens anzeigen wollten.
Nun hat das Gewissen gleichwohl gesiegt, und wenn ich mich auch der weltlichen Gerichtsbarkeit entziehen werde, so wird Gott mein Richter sein. W. K.

Kapitel 12

… in welchem alles nur noch komplizierter wird …

Wankend stand Ida da, starrte auf den Brief in ihren Händen, als müssten sich jeden Moment die Buchstaben darauf zu anderen Sätzen zusammenfügen. Ihr Körper fühlte sich taub an, unwirklich, als wäre die Welt um sie herum auf einmal in einen luftleeren Raum gestürzt, in dem es kein Oben und Unten mehr gab und Traum und Wirklichkeit sich in einem würgenden Nebel verloren.

Endlich löste sie ihre Augen von den Zeilen, und von all den entsetzlichen Fragen, die sich in diesem Moment hinter ihrer Stirn ballten, kam ihr diese als erste über die Lippen: »Wer ist Alois Blamberger?«

»Ich habe keine Ahnung.«

Die Lehrerin und der junge Gendarm schauten einander stumm an, als ihnen bewusst wurde, dass sie bislang beide einfach davon ausgegangen waren, alles Wichtige über Wilhelm Koweindl zu wissen. Was sollte man über einen gewöhnlichen Landgendarmen denn schon sagen?

Allein Leopold erinnerte sich an jene Szene in Straßengel, als sie den toten Leutnant Vocelka fanden und ein Offizier der Infanterie an eine Begebenheit in Wilhelms Jugend erinnerte, die tunlichst in Vergessenheit verbleiben sollte. Allerdings erschien es ihm nun wenig hilfreich, wenn er dies mit Ida teilte, zumal sie gerade nicht den Anschein erweckte, in der Verfassung für derlei Spekulationen zu sein.

Idas Gedanken begannen zu galoppieren. »Aber dieses Schreiben, das ist nicht wahr … oder? Er hat sich nicht … wird sich nicht …« Sie konnte das Wort nicht über die Lippen bringen, das Unaussprechliche nicht Wirklichkeit werden lassen.

Leopold schwieg.

Es war ihr vollkommen klar, was Wilhelm andeutete, und

war der Selbstmord auf der einen Seite auch die schlimmste aller Sünden – denn *post mortem* konnte niemand mehr Abbitte für seine Tat leisten –, so war es andererseits unter Militärs durchaus eine probate Lösung, allfälligen unangenehmen Konsequenzen zu entkommen und dabei auch noch die eigene Ehre zu retten.

»Aber wenn er …«

Leopold schwieg.

In demselben Ausmaß, wie sie die Andeutung erschütterte, war ihr auch bewusst, dass, wenn auch nur ein Stück Wahrheit in dem Schreiben steckte, es für Wilhelm vielleicht keinen anderen Ausweg gegeben hatte. »Kann es denn stimmen, was er da behauptet?«

Leopold schwieg, denn bevor er ein zuversichtliches »Natürlich nicht« erwidern konnte, streifte beide zugleich der schockierende Gedanke, dass es trotz allem zumindest möglich war. Nicht bloß, dass Wilhelm sich etwas antun könnte, sondern auch die Taten, derer er sich bezichtigte.

Plötzlich sah Ida wieder Wilhelms Miene vor sich, wie er ihr scheinbar gleichgültig von dem Mord an Jeremias Brandt berichtet hatte. Leopold hatte den Toten am frühen Morgen in der Nähe der Poudrettefabrik entdeckt, nachdem Wilhelm sie spätnachts vom Brauhaus-Ball nach Hause gebracht hatte. Die Zeit hätte vielleicht gereicht. Für den Mord an Franz Klein bei der Synagoge gab es keine brauchbaren Zeugen, ebenso wenig für den Mord an Fräulein Kern.

In Leopolds Gesicht war zu lesen, dass er an die Stunden in der kleinen Gastwirtschaft an der Mur dachte, wo die drei sich getroffen hatten und Wilhelm nach dem Stand der Ermittlungen gefragt hatte. Und hatte er nicht wenig begeistert dreingesehen, als Ida vorgeschlagen hatte, dass sie mit ihm zur Witwe Windisch gehen wollte, um ihr vom Ableben ihres Sohnes zu berichten? Zu diesem Zeitpunkt war die alte Engelmacherin wahrscheinlich bereits tot gewesen …

Wilhelm kennt den Mörder, durchzuckten Ida ihre eigenen Worte.

»Ich denke …«, erwiderte Leopold nur und verstummte,

womit er offenließ, was genau ihm gerade durch den Kopf gegangen war.

Ida starrte weiterhin auf den Brief, der real und bleischwer in ihrer Hand lag und doch nur aus einem Alptraum stammen konnte. »Wilhelm hat das nicht geschrieben«, versuchte sie, einen Ausweg zu finden.

»Es ist seine Handschrift.«

»Ja … Das ist seine Handschrift.«

Leopold schwieg.

»Was heißt das jetzt?«

Statt einer Antwort wandte Leopold sich einem Feldweg zu, der über einen sanften Hügel vom Gasthaus weg in Richtung eines Wäldchens führte. Sicherlich hätte er nun hektisch zu irgendeiner Aktion drängen können, doch sie wussten beide, dass jede überstürzte Handlung sinnlos war. Erst mussten sie darüber Klarheit gewinnen, was von dem Schreiben überhaupt zu halten war.

Ida ging schweigend neben ihm her, während die widersprüchlichsten Gedanken und Gefühle hinter ihrer Stirn miteinander kämpften.

»Noch hat niemand den Brief gesehen«, sagte Leopold nach einer Weile.

»Würde man ihm denn glauben?«

Der junge Mann seufzte. »Wenn er sich etwas antut …«

»Nein! Würde man glauben, dass Wilhelm … diese Menschen ermordet hat?«

»Ich weiß es nicht. Wenn nur eine plausible Möglichkeit besteht, dass es so war … Er wäre ein billiges Bauernopfer, denn eine andere Erklärung für diese Morde haben wir noch immer nicht. In den *gewissen* Kreisen hat man einfach niemanden gefunden, der für die Taten in Frage kommt.«

Leopold unterließ es, Ida nun von den schier endlosen Befragungen zu berichten, die man mit einigen böhmischen und mährischen Mädchen geführt hatte, die mit der Aussicht, in einem angesehenen Haushalt dienen zu dürfen, in die Stadt gelockt worden waren; er erwähnte auch nicht die verkauften galizischen Knaben, die man in einem Kellergewölbe gefunden hatte, wo sie für die weitere Verwendung in besonders extravaganten Etablissements vorbereitet wurden. Er schwieg von der Dirne, die sich vor lauter Angst, des Kindsmords angeklagt zu werden, in ihrer Dachstube erhängt hatte, nachdem man ihren Zuhälter zu einem – leider vollkommen ergebnislosen – Verhör abgeführt hatte; und von der alten Bordellwirtin, die, als man ihre beiden Türsteher wegen Mordverdachts arretiert hatte, an einem Herzschlag verstorben war und mehrere junge Prostituierte schutz- und mittellos zurückgelassen hatte.

Von dem vierzehnjährigen Freudenmädchen, das aus Furcht vor dem Mörder, der angeblich an den Ufern der Mur umging, mitsamt seinen wenigen Habseligkeiten den erstbesten Zug nach Krakau bestiegen hatte und dort dank einiger schicksalsträchtiger Zufälle doch noch sein Glück machen sollte, wusste er nichts.

»Wilhelm hat das nicht getan«, versuchte Ida, sich selbst zu überzeugen. »Er kann es nicht getan haben ... Und deshalb hat er auch keinen Grund, sich selbst etwas anzutun! Ich habe doch den Unbekannten gesehen, wie er hinter dem Eishaus lauerte und schaute, was geschehen würde. Derselbe, der mich bedroht hat! Wilhelm hat ihn verfolgt! Ich war dabei! Ich habe mit eigenen Augen gesehen, wie dieser Mann eine Waffe auf ihn richtete! Wieso hätte er das tun sollen, wenn Wilhelm selbst ...?«

»Rache ...«, sagte Leopold leise, als wagte er kaum, dem Gedanken ein Wort zu geben. »Und noch ist es nicht gewiss, dass der Mann beim Eishaus derselbe war, der Sie einschüchtern wollte.«

Ida wollte ihm schon mit aller Leidenschaft widersprechen, da ließ ein neuerlicher Blick auf das Schreiben sie erstarren. »Stabswachtmeister«, sagte sie nur.

»Wie bitte?«

»Wilhelm, Wilhelm ist der Stabswachtmeister ... war Stabswachtmeister. Und der Mann, der mir gedroht hat, er sagte zum Schluss, dass ich den *Stabswachtmeister* grüßen soll. Ich wusste nicht, wen er meint, ich dachte … Und als ich Wilhelm gestern danach fragte, hat er nicht geantwortet.«

»Dabei war es selbst.«

Wie eine dräuende Gewitterwolke legten sich die Worte über sie.

»Das heißt, der Fremde kennt ihn tatsächlich.«

Die Erkenntnis löste einen Wirbelsturm hinter Idas Stirn aus, der sie taumeln ließ und ihr für einige Atemzüge keinen vernünftigen Gedanken ließ. »Mit dem Bierkutscher hatte Wilhelm trotzdem nichts zu tun«, brachte sie endlich hervor, um wenigstens irgendetwas zu sagen.

»Ja, ich meine auch, dass Herr Koweindl den Rachoinig nicht erschlagen hat«, lenkte Leopold ein. »Obwohl es dafür wahrscheinlich ebenfalls einen Zeitraum gäbe, in dem er ungesehen …« Er redete nicht weiter, als Ida scharf die Luft einsog.

»Nein, das glaube ich nicht.«

»Ich will es auch nicht glauben.«

Ida blieb stehen, und ihr Blick bohrte sich glühend in die Augen des jungen Gendarmen. »Halten Sie es etwa für denkbar? Glauben Sie doch, dass er …?«

»Ich habe gelernt, nichts auszuschließen«, antwortete Leopold leise und sah beschämt beiseite. »Aber … Nein, es passt einfach nicht. Nicht zu ihm, nicht zur Motivlage.«

»Wilhelm ist nicht der Mann, der so viele Menschen einfach kaltblütig erschlagen haben kann. Er ist Gendarm – wie Sie! –, er würde nicht so handeln. Nicht ohne einen ausdrücklichen Befehl. Und wer soll ihm denn diesen Wahnsinn befohlen haben? Nein«, Ida spürte, wie sich etwas in ihrer Brust zu einem festen Knoten ballte, »nein, er hat das nicht getan. Er ist kein Mörder.«

Leopold schwieg.

»Er … hat es nicht getan.«

Ihre Augen trafen sich, und die Sekunden dehnten sich einem Abgrund gleich zwischen ihnen aus, auf dessen Grund, verborgen zwar, immer noch die Möglichkeit lauerte, dass sie sich nur an eine leere Hoffnung klammerten.

»Und dieser Alois Blamberger …?«, griff Ida endlich ihren

allerersten Gedanken wieder auf. Sie schritt schneller aus, als könnte sie damit der drängenden Unruhe davonlaufen.

»Ich habe den Namen noch nie gehört.«

Ida kaute auf ihrer Lippe, zwang sich, vernünftig ihre Schlüsse zu ziehen, so schwer es ihr auch fiel. »All diese Menschen müssten ihn gekannt haben. Er wäre die Verbindung zwischen ihnen. Oder …«, sie zögerte, ehe sie weitersprach, »Wilhelm hat Alois Blamberger nicht zufällig genannt.«

»Sie meinen, der Name ist ein Hinweis?«

Ida flüchtete sich in eine vage Geste. Ihr war bewusst, dass diese These reichlich gewagt war. »Wenn er das schrieb, und es ist *nicht* wahr, dann muss ihn irgendetwas … oder irgendjemand dazu gebracht haben«, grübelte sie weiter. »Der Mörder. Er wusste, dass Wilhelm ihn früher oder später entdecken würde, und statt die Flucht zu ergreifen, hat er ihn gezwungen, sich selbst zu beschuldigen, damit er … fliehen kann.« Sie wusste selbst, dass diese Vermutung nur allzu nebulös war. »In jedem Fall lenkt dieses Schreiben vom wahren Täter ab.«

»Um von sich abzulenken, hätte er Wilhelm, nachdem er das verfasst hatte, auch einfach umbringen können«, gab Leopold zu bedenken und hätte sich im selben Moment auf die Zunge beißen können, als ihn Idas Bick traf.

»Oder ihn zwingen, dass er es selbst tut …«, ergänzte sie tonlos.

»Nein.« Leopold wusste, wie wenig überzeugend er klang.

»Dann wären das Wilhelms letzte Worte …«

Es kostete Leopold sichtlich Mühe, jene Zuversicht an den Tag zu legen, die er selbst nicht recht hegte. »Ich habe Herrn Koweindl als einen Gendarmen kennengelernt, als einen Mann, der sich seiner Stellung und seiner Verantwortung bewusst ist. Solange es eine Chance gibt, dass die Wahrheit ans Licht kommt, glaube ich fest daran, dass er sich nicht … dass er nicht feige handeln würde.«

»Und was bedeutet das nun?«

»Solange niemand von dem Brief weiß, kann sich auch niemand Gedanken darüber machen.«

»Also wissen vorerst nur wir etwas davon.« Ida atmete durch. »Wir könnten den Brief einfach verschwinden lassen.«

Leopold wiegte den Kopf. »Das könnten wir, aber das ändert nichts an den Dingen, die darin geschrieben stehen. Und wenn etwas passiert – dann wird es in jedem Falle Fragen geben. Außerdem kann Wilhelm nicht davon ausgehen, dass das Schreiben allzu lange unbemerkt bleibt. Länger als einen Tag würde es selbst beim Portier des Gendarmeriekommandos nicht liegen bleiben.«

»Wilhelms Ruf wäre dann zerstört, seine Aussichten als Gendarm …«

»Außer, wir können die Sache aufklären, bevor jemand davon erfährt.« Leopold sah Ida forschend an. »Was genau stand in der Nachricht, die er gelesen hat, bevor er aufbrach?«

»Ich weiß es nicht.«

»Aber Sie hatten doch den Zettel die längste Zeit in Ihrer Rocktasche!«

»Das sagte ich doch schon. Ich … wollte ihn nicht lesen. Die Fräulein Mandelsüß haben ihn mir quasi als ihr neuestes Ermittlungsergebnis aufgezwungen, aber das war bereits nachdem dieser Unbekannte … Ich wollte mit dem allen nichts mehr zu tun haben! Ich habe nicht einmal mehr daran gedacht, dass ich ihn noch immer eingesteckt hatte.«

»Haben Sie denn nicht wenigstens eine ungefähre Ahnung?«

Ida schüttelte den Kopf.

Leopold gab einen hilflos-frustrierten Laut von sich.

»Vielleicht …«

»Ja?« Es klang, als flehte er um wenigstens einen kleinen Hoffnungsschimmer.

»Vielleicht wissen Victoria und Valentine mehr über den Brief.«

»Wer?«

»Die Fräulein Mandelsüß.«

»Gut.« Er atmete durch. »Dann fahren wir zu ihnen. Jetzt gleich.«

Endlich gab es etwas, das sie tun konnten.

In aller Eile verabschiedete sich Ida von Frau Koweindl, wobei sie vorgab, dass Wilhelm extra den Gendarmen Leitner geschickt habe, um sie wieder in die Stadt zu bringen. Falls die Thalerwirtin ahnte, dass etwas vorgefallen war, das diese überaus rasche Abreise nötig machte, so gab sie vor, nichts davon zu bemerken. Der Wirt warf Ida zum Abschied nur einen missbilligenden Blick zu und kümmerte sich weiter um ein paar Gäste, die in ihrem üblichen Eck saßen und mit augenscheinlicher Begeisterung die Ereignisse des Vortags rekapitulierten.

Leopold spornte die Pferde zu einer eiligen Gangart an, wobei er unkommentiert ließ, wie es dazu kam, dass er überhaupt dieses flotten Gefährts habhaft werden konnte. Solcherlei extravagante Fortbewegungsmittel waren keineswegs für Gendarmen vorgesehen; überhaupt sollten die Ruhe- und Ordnungshüter, die der k. k. Landwehr unterstanden, sich möglichst zu Fuß fortbewegen. Aus Kostengründen, hieß es, und um näher beim Volk zu sein, das sie überwachen sollten.

Die Vermutung liegt nahe, dass Leopold Leitner, als er das Schreiben von Wilhelm entdeckt und an sich genommen hatte, sich, der Konsequenzen durchaus bewusst, vollkommen eigenmächtig den Wagen beschafft hatte, um zu retten, was hoffentlich noch zu retten war. Wie er dabei genau vorgegangen war, würde im Wirbel der folgenden Ereignisse rundweg untergehen und daher auch nie gänzlich geklärt werden.

Außerdem würde er ohnehin bald seine neue Stelle in Wien antreten – wenn man ihn nach dieser Aktion dort noch haben wollte.

Die Worte, die er geschrieben hatte, brannten noch unter seinen Fingern. Wilhelm machte sich keine Illusionen darüber, was er damit angerichtet hatte, was das für ihn bedeuten musste. Aber was hätte er sonst tun sollen?

Er hatte so ziemlich alles falsch gemacht, was man nur falsch machen konnte.

Vielleicht hatte das schon damals begonnen, als er seinem Vater vor Jahren ins Gesicht gesagt hatte, dass er sich eher im nächstbesten Krieg erschießen lassen wollte, als das Wirtshaus zu übernehmen. Dass er dann bei der Infanterie so rasch aufgerückt war, musste man wohl als Wunder werten. Er hätte tatsächlich Chancen gehabt, es bis zu einem Offiziersrang zu schaffen.

Aber so weit sollte es nie kommen.

Sein Kamerad Alois hatte ihn bekniet, ihm sein Leid geklagt und ihn angefleht, es ihm nicht noch schwerer zu machen. Ein jämmerliches Schauspiel. Erst hatte Wilhelm versucht, ihm klarzumachen, wie dämlich das alles war, dann aber war er zornig geworden. Zornig darüber, dass jemand so viel Glück haben konnte und doch so ein Idiot war. Er hätte sich beherrschen sollen, aber er hatte zugeschlagen.

Aber das andere, worum er ihn gebeten hatte, hatte er nicht getan. Bloß den Säbel hatte er für ihn verkaufen wollen.

Er hatte alles falsch gemacht.

Wilhelm wollte schreien, doch der Laut blieb ihm bitter in der Kehle stecken.

Wahrscheinlich hatte er sogar verdient, was ihm nun drohte.

Die Riemen, mit denen man ihn wenig sachgerecht, dafür aber umso schmerzhafter verschnürt hatte, schnitten ihm in die Handgelenke. Unter der Position, in der er zu sitzen gezwungen war, waren ihm seine langen Beine verkrampft und eingeschlafen. Der wackelige Schemel, auf dem er hockte, war mehr Folter als Erleichterung. Und obendrein wummerte es unheilkündend in seinem Schädel. Wie auch immer er ihn hierherbugsiert hatte, er war ganz eindeutig nicht zimperlich mit ihm umgegangen.

Jede Tat zog eine Strafe nach sich. Das hatte Wilhelm so gelernt. Und er hatte mehr als nur eine schlechte Tat begangen. Vielleicht war es ja doch das einzig Gute in seinem Leben gewesen, dass er diese Zeilen geschrieben hatte, vielleicht konnte er damit noch schlimmeres Unheil verhindern, dafür sorgen, dass kein Unschuldiger für das Furchtbare zur Rechenschaft gezogen wurde.

Allein, dass er ihn nun so lange warten ließ, schien ihm unnötig grausam.

Stöhnend versuchte er, sich in eine bequemere Position zu bringen, was allerdings nur dazu führte, dass seine Arme in einen noch unangenehmeren Winkel gedreht wurden und er einen wenig erfreulichen Ausblick auf das morsche Gebälk seines Aufenthaltsortes erhielt. Einige Dachziegel über ihm waren im Laufe der Zeit herausgebrochen und erlaubten ihm, ein Stück Himmel zu sehen. Fast zu licht, zu schön, um echt zu sein.

Wie hatte er nur so blöd sein können, zu glauben, dass er allein alles in Ordnung bringen könnte! Als würde alte Kameradschaft all diesen Wahnsinn einfach aufwiegen. Als würde ein Wort genügen, um Vernunft walten zu lassen. Wilhelm wand sich, doch irgendein unsäglich grausiges Trumm, das man ihm in den Mund gestopft hatte, machte das Atmen schwer und jeden Laut unmöglich. Er blinzelte mit brennenden Augen in den Dämmer, der ihn umgab.

Im Grunde machte es jetzt ohnehin keinen Unterschied mehr, was geschehen würde. Er hatte die Worte geschrieben, es war vorbei. Er war das geborene Bauernopfer.

Und irgendwo unter den Schmerzen, die seinen verkrampften Körper quälten, schwärte noch eine tiefere Pein: der Hass auf den Vater, die ewige Güte und Freundlichkeit der Mutter, die man nie zu einem harschen Wort aufstacheln konnte, die leidige Perfektion Leopolds und Ida, neben der er immer nur ein einfacher Landgendarm sein würde – und die er dennoch so sehr wollte. Er zerrte an den Fesseln, bis er nicht mehr konnte und zuließ, dass der Abgrund, den seine Taten aufgerissen hatten, ihn mit sich hinabzog.

Insgeheim war Ida überrascht, wie gut und sicher Leopold kutschieren konnte. In beachtlichem Tempo gelangten sie von Thal nach Gösting und von dort in die Stadt, wo sie bald schon vor dem Hause Mandelsüß hielten.

Da Idas Garderobe noch von der Verfolgungsjagd des Vortags gezeichnet war, überließ sie es Leopold, anzuläuten.

Es dauerte nur wenige Sekunden, bis der Diener mit reichlich überraschter Miene öffnete. »Ja, bitte, was kann ich für Sie tun?«, sagte er, wobei in der Floskel wenig Hilfsbereitschaft mitschwang.

Der junge Gendarm grüßte formvollendet. »Wir müssten die Fräulein Victoria und Valentine Mandelsüß sprechen.«

Erst nun schien dem Diener aufzufallen, dass Leopold nicht allein war. Mit hochgezogenen Brauen kommentierte er Idas Erscheinung, ehe er sich wieder an den Gendarmen wandte. »Ich nehme an, Sie wollen eher den gnädigen Herrn sprechen.«

»Tatsächlich würden wir lieber –«

»Er ist nämlich gerade nicht zu Hause.«

»Das trifft sich gut, denn wir würden wirklich gerne die beiden Fräulein um eine Auskunft bitten«, ließ sich Leopold nicht aus dem Konzept bringen.

»In diesem Falle wäre wohl die gnädige Frau –«

»Nein, es geht allein um die werten Fräulein«, mischte sich nun Ida ein. Ein zerrissener Rock konnte ihrer Meinung nach kaum ein Grund zu schweigen sein.

»... die leider auch gerade außer Hauses ist«, fuhr der Diener fort, als hätte er nichts gehört.

»Passen Sie einmal auf«, setzte Leopold nun zu einer Rede an, die man seinem knabenhaft freundlichen Wesen kaum zugetraut hätte. Ehe er jedoch fortfahren konnte, ließ ihn ein Kichern von oben innehalten.

Überrascht wandten Ida und er sich in Richtung des Geräusches und entdeckten die beiden Fräulein, die sich, offensichtlich bester Laune, aus einem der Fenster der Beletage beugten und die Szene amüsiert beobachteten.

»Fräulein Fichte!«, rief nun Victoria und winkte dabei auch noch. »Kommen Sie doch!«

Der Hausdiener verzog das Gesicht zu einer Grimasse, die an Zahnschmerzen erinnerte.

»Sie gestatten?«, fragte Leopold mehr der Höflichkeit halber und trat an dem Mann vorbei ins Haus.

Ergeben wies der Diener in Richtung des Musikzimmers, wo die beiden jungen Damen bereits freudig erregt ihren unvermuteten Besuch erwarteten. Vor allem Valentine beäugte

Leopold, den sie seit ihrem Besuch im Gerichtsmedizinischen Institut nicht mehr aus ihren Gedanken bekommen hatte, mit unverhohlenem Wohlgefallen.

Dass Herr Mandelsüß wieder einmal in seinem Herrenclub verweilte und die Hausherrin sich nach erschöpfenden Einkäufen bei Freundinnen zum Teekränzchen eingefunden hatte, das gut und gern bis in die frühen Abendstunden oder gar noch länger dauern konnte, soll hier erwähnt, aber nicht weiter kommentiert werden. Es war für niemanden der Beteiligten etwas Neues, dass die Töchter des Hauses einen Gutteil der Zeit unbeaufsichtigt waren, und die Dienerschaft hütete sich wohlweislich, in der Abwesenheit der Herrschaft irgendeine erzieherische Maßnahme an den jungen Damen zu verüben.

»Ihr seid sicherlich überrascht«, begann Ida, »dass ich … dass wir hierhergekommen sind, zumal eure Eltern gerade nicht zugegen sind.«

»Es geht sicher um die Morde!«, fiel Victoria begeistert ein.

»Um unsere Ermittlungen!«, fügte Valentine hinzu, nicht ohne dabei einen um Beifall heischenden Blick auf den jungen Gendarmen zu werfen, der nach Kräften versuchte, selbigen zu ignorieren.

»Was wir über die Marie herausgefunden haben!«

»Ja … in gewisser Weise«, bestätigte Ida.

»Es geht um das Schreiben, das Sie beide gefunden und dem Fräulein Fichte ausgehändigt haben«, ergriff nun Leopold das Wort.

Eifrig nickten die Mädchen.

»Was stand darin?«

Verwirrt sahen Victoria und Valentine einander an.

»Ja, haben Sie es denn nicht gelesen?«, fragte schließlich Erstere.

»Leider … ist es verloren gegangen, bevor ich mich dem widmen konnte.« Es kostete Ida einige Mühe, ihre Worte möglichst ruhig klingen zu lassen. »Habt ihr womöglich eine ungefähre Ahnung, was das Fräulein Kern vielleicht darin vermerkt haben könnte?«

»Wir haben keine *ungefähre* Ahnung«, erwiderte Victoria.

»Wir wissen es ganz genau!« Stolz schaute Valentine in Leopolds Richtung.

»Wir haben den Brief nämlich kopiert.«

»Genau so, wie man es in richtigen Ermittlungen eben macht.«

»Wir haben recherchiert.«

»Und was«, Ida schluckte, um das Beben aus ihrer Stimme zu vertreiben, »steht darin?«

»Wir zeigen es Ihnen!«

Victoria sprang sogleich auf, um das Ergebnis ihrer Recherche- und Ermittlungsarbeit zu holen, während Valentine mit einem siegessicheren Lächeln bei Ida und Leopold verharrte. Den Hausdiener, der kurz seinen Kopf ins Musikzimmer steckte, um nach dem Rechten zu sehen, verscheuchte sie mit einer bemerkenswert herrschaftlichen Geste, die sie sich gewiss von ihrer Mutter abgeschaut hatte.

»Hier!«, kam Victoria kurz darauf mit einem Büchlein zurück, das eher wie ein gewöhnliches Tagebuch anmutete als eine sorgsam zusammengetragene Sammlung von kriminalistischen Erkenntnissen. »Wir haben alles aufgeschrieben.« Sie blätterte ein wenig hin und her, bis sie Leopold und Ida das aufgeschlagene Buch reichte.

Wer nun einfach eine Wiedergabe des Briefes erwartet hatte, dem sei gesagt, dass die Schwestern Mandelsüß sich tatsächlich einige Mühe gegeben hatten. Nicht nur der exakte Wortlaut des Schreibens war hier vermerkt, sondern auch eine Skizze des Kuverts, auf dem als einzige Adresse jedoch lediglich »A. B.« zu lesen war.

»Wir haben uns erkundigt, wie man das macht«, erklärte Victoria scheinbar lapidar.

»In der Bibliothek«, ergänzte Valentine.

»Dort, wo sonst nur die Studenten hingehen.«

»Der Bibliothekarsgehilfe ist sehr freundlich gewesen«, merkte Valentine noch an.

In Leopold erwachte eine vage Ahnung, wie es zu dieser

ausgesuchten Freundlichkeit des Gehilfen gekommen sein mochte, entschloss sich aber, diese für sich zu behalten. Stattdessen beugte er sich über das Büchlein, um den Brief zu lesen, der Wilhelm zu seinem überstürzten Aufbruch getrieben hatte.

Was auch immer mit mir geschehen mag, ich weiß, was du damals von uns verlangt hast. Und Freundschaft gilt, das haben wir immer gesagt.
Aber das Fräulein von Waldstein ist noch lange nicht vergessen, und wenn du dein Glück aus Übersee nicht mit uns teilen willst, dann wird man früher oder später wohl ein bisserl darüber reden müssen, was damals passiert ist. Außerdem soll deiner lieben, teuren Frau Mutter, die so viel für dich auf sich genommen hat, ja kein Leid geschehen. Und denke nicht, dass es einen billigeren Weg gäbe, dieser Sache zu entfliehen. Es waren genug, die mit anpacken mussten, dass von den Siebenundzwanzigern keiner was mitbekommt. Aber Gott sei Dank heilt Geld bekanntlich alle Wunden.
Dein stets treuer Freund Jeremias

»Schon wieder die Siebenundzwanziger«, murmelte Ida.

Leopold sagte dazu nichts. Dies bestätigte nur eine Befürchtung, die er insgeheim gehegt hatte. »Jeremias Brandt, der Geliebte von Fräulein Kern«, meinte er stattdessen. »Das macht zumindest ein bisschen Sinn, dass sie einen Brief von ihm aufbewahrt.«

»Wer weiß, wie alt das Schreiben ist?«, überlegte Ida.

»Vielleicht ein paar Wochen«, antwortete Victoria sogleich. »Der Brief war in der Waschküche in dem Kasten hinter dem Putzessig und der Kernseife, und wir wissen genau, wann diese Sachen eingekauft werden. Weil die Mama dann immer besonders schlecht gelaunt ist – weil sie dann ja etwas mehr vom Haushaltsgeld hergeben muss.«

Das leuchtete durchaus ein.

»Und wer ist A. B.?«, fragte dann Valentine.

Nur kurz sahen Leopold und Ida einander an, dann sagten sie gleichzeitig: »Alois Blamberger.«

Ida sog scharf die Luft ein, als sich plötzlich eines ins andere fügte. »Jeremias Brandt erpresst – oder eher: erpresste – diesen Blamberger wegen irgendeiner Sache, in die das Fräulein von Waldstein verwickelt war.« Kurz hielt sie inne, als für einen Sekundensplitter ein Gedanke sie streifte, den sie jedoch nicht zu fassen bekam. »Dieser Brief ist so etwas wie eine Rückversicherung, die er Fräulein Kern anvertraute, falls ihm etwas passieren sollte.«

»Was ja auch der Fall war«, warf Leopold ein.

»Er musste sterben, und seine Geliebte, die ebenfalls von dieser Erpressung wusste, teilte sein Los. Genauso wie seine Mutter und Franz Klein, für den sie Flickarbeiten und Engel machte. Das würde doch bedeuten, dass Alois Blamberger diejenigen beseitigt hat, die ihm hätten gefährlich werden können. Er ermordet alle, die etwas gegen ihn in der Hand haben, die von ihm und dem Fräulein von Waldstein wissen.«

»Und um seine Mutter zu schützen!«, warf Victoria ein.

»Blamberger ...«, wiederholte Leopold und fügte leise hinzu: »Und Herr Koweindl?«

Ida presste die Lippen aufeinander. In Wilhelms Brief stand, dass *er* sie alle ermordet hatte, weil sie *ihn* mit dem Wissen um Alois Blambergers Verschwinden erpresst hatten. Sie wollte, dass alles so war, wie es in dem Schreiben von Jeremias Brandt stand. Es wäre so viel einfacher.

»In der einen Version ist Blamberger der Täter, in der anderen das Opfer«, fasste Leopold ihre Gedanken zusammen.

Sein sachlicher Tonfall machte Ida auf einmal wütend.

»Und außerdem war die Marie bei einer Anna Windisch in Dienst!«, mischte sich Victoria wieder ein, ohne auf seine Worte Bezug zu nehmen.

»Und danach bei der Familie von Waldstein«, fügte Valentine hinzu, die es auf keinen Fall auf sich sitzen lassen konnte, dass womöglich ihre Schwester eher als sie vor dem blonden Gendarmen *bella figura* machte. »Wo es ja diesen Skandal gab, von dem die Frau Mama erzählt hat.« Sie sah sich bedeutungsschwer um.

»Mein Gott.« Ida schlug sich die Hand vor den Mund. Der Gedanke, der ihr zuvor noch entfleucht war, lag nun offen vor ihr.

Fragend sah Leopold sie an.

»Die Initialen auf dem Taschentuch, in dem der Ring eingeschlagen war. F und W – Flora von Waldstein. Natürlich. Das würde alles passen. Wieso habe ich nicht gleich daran gedacht!«

»Was würde passen?«

Ida wollte schon zu einer Erklärung ansetzen, doch stattdessen erzählten die beiden Schwestern sogleich im Duett (welches bisweilen eher in ein Duell ausartete) die Begebenheit von dem gnädigen Fräulein von Waldstein, das plötzlich unter mysteriösen Umständen, die anscheinend irgendetwas mit *Früchten* zu tun hatten, starb.

»Sie starb an einer Entfruchtung«, wiederholte Ida halblaut, um Leopold etwas Klarheit zu verschaffen.

»Engelmacherei.« Seine Hände zuckten aufgeregt, und er hob den Blick. »Die Witwe Windisch.«

»Brandt wusste davon und konnte damit Blamberger erpressen.«

»Und irgendwie hängt der Bierkutscher da auch noch mit drin.«

»Was für ein Kutscher?«, fragte Valentine interessiert.

»Das … ist nicht wichtig«, wollte Ida ablenken, ehe sie doch antwortete: »Ein Kutscher, der Bier zu Gasthäusern liefert, ist auch ermordet worden.«

Die Mädchen nickten, als ergäbe das alles vollkommen Sinn.

Kurz schwiegen sie, als müssten alle erst ihre Gedanken und Schlussfolgerungen wieder in Ordnung bringen. Ida spürte, dass Leopold im Stillen abwog, ob er nun eher jenen Alois Blamberger als Urheber der Morde betrachten sollte oder ob das Bekennerschreiben von Wilhelm doch mehr Gewicht hatte.

Schließlich ergriff er das Wort. »Wir müssen diesen Blamberger finden.« Er stand auf. »Er lebt. Und er weiß, wie das alles hier zusammenhängt.« Er sagte es so überzeugt, als könnte er allein damit seinen Worten Realität verleihen. »Blamberger muss ein Kamerad von Wilhelm gewesen sein.«

»Ja, aber … warte.« Ida runzelte die Stirn, als könnte sie damit ihre Gedanken besser zu fassen kriegen. »Was, wenn es nicht Blamberger war? Ich meine, laut Wilhelm ist er tot.« Sie sah Leopold an. »Wenn wir in die ganz falsche Richtung denken, uns von diesen Schreiben durcheinanderbringen lassen? Wer hätte denn noch einen Grund, sich an Fräulein Kern und Brandt und den anderen zu rächen?«

»Wer …?«, wiederholte Leopold sinnend.

Doch ehe er auch nur ansatzweise eine Antwort formulieren konnte, platzten die beiden Mädchen heraus: »Ihr Vater natürlich! Der Vater von dem Fräulein von Waldstein!«

Leopold war es vielleicht mittlerweile gewohnt, dass Ida überraschende Schlüsse zog, nicht aber, dass nun auch zwei vorlaute Backfische sich in Ermittlungen einbrachten. »Das kann ich mir kaum vorstellen.«

»Aber es wäre möglich!«, bestanden die Schwestern auf ihre These.

»Es wäre tatsächlich möglich«, überlegte Ida.

»Vielleicht. Aber … warum erst jetzt? Wenn der gnädige Herr einen Verdacht hatte, wer alles an dem tragischen Ende seiner Tochter beteiligt war, warum zog er diejenigen nicht schon vor Jahren zur Rechenschaft, sondern erst jetzt? Außerdem würde er die Schuld an dem Unglück doch vorrangig bei ihrem Verführer gesehen haben. Oder?«

Ida konnte sich zwar vorstellen, dass ein Mann wie Waldstein einen Gutteil der Schuld auch bei seiner Tochter selbst sah – denn immerhin war sie ja mit ihrer Unschuld nicht sorgfältig genug umgegangen –, aber es hatte wohl wenig Sinn, darüber nun eine Debatte zu beginnen. Wenigstens gab es in dem Herrn eine weitere Person, die über die Verbindung der Mordopfer Bescheid wissen konnte. »Was tun wir nun?«, fragte sie. »Blamberger oder Waldstein?«

Leopold zögerte. »Wenn wir uns an Waldstein wenden, wird das für Aufsehen sorgen.«

Victoria und Valentine warfen sich einen beredten Blick zu.

»Also versuchen wir, zuerst herauszufinden, was es mit Blamberger auf sich hat?«

Leopold nickte Ida zu. »Gut. Dann schauen wir uns am besten die Quartierlisten der Siebenundzwanziger an.«

»Gut«, wiederholte sie, vielleicht mit einem Ton von Erleichterung in der Stimme.

»Und was sollen wir in der Zwischenzeit tun?«, fragte Valentine.

»Nichts.«

»Nichts?« Empört sahen die Mädchen den Gendarmen und die Lehrerin an.

»Sie haben uns schon mehr als genug geholfen.« Leopold deutete eine charmante Verbeugung an, die den beiden jungen Damen eine zarte Röte auf die Wangen zauberte. Dann wandte er sich eilig um. Es galt, diesen Alois Blamberger zu finden, bevor Wilhelms Brief allzu wahr werden konnte.

Bekanntlich vergeht die Zeit, wenn man der Meinung ist, recht wenig davon zu haben, besonders schnell. So erging es auch Ida und Leopold, als sie das Landesgendarmeriekommando erreichten und der junge Mann sich sogleich auf die Suche nach einer Wohnsitzangabe des Herrn Blamberger machte.

Wie und woher Leopold Leitner so rasch die Quartierlisten des 27. Infanterieregiments hatte, sei dahingestellt. In jedem Fall konnte er mit den entsprechenden Angaben – der Gesuchte musste ja ungefähr zur selben Zeit wie Wilhelm Koweindl denselben militärischen Rang innegehabt haben – besagten Alois Blamberger ausfindig machen.

»Der ist wirklich verschwunden.« Leopold starrte auf das Blatt vor sich.

»Was?« Ida schaute über seine Schulter auf die Liste, die in gestochen scharfer, geradezu militärischer Schrift einen Namen nach dem anderen anführte.

»Hier steht es.« Er legte den Finger auf eine Zeile etwas weiter oben auf der Seite. »›Aus dem Dienst ausgeschieden‹, keine weiteren Angaben.« Er schluckte. »Herr Koweindl hat nur geschrieben, dass er schuld am *Verschwinden* Blambergers sei.«

»Aber das heißt genau genommen gar nichts.«

»Normalerweise wird ein Grund angegeben, wieso jemand den Dienst quittiert. Krankheit, Eheschließung, ehrenvolle Entlassung oder Todesfall – hier steht nichts.«

»Weil man nichts wusste, oder weil man es nicht aufschreiben wollte?«, fragte Ida.

Leopold hob nur die Schultern. »Vielleicht war die Sache unklar, oder man wollte abwarten.«

»Oder es verschweigen«, fügte Ida hinzu.

Sein Blick sagte ihr, dass dies zumindest eine Möglichkeit war.

»Aber er muss doch eine Familie gehabt haben«, warf Ida ein. »Blamberger muss auch außerhalb der Kaserne existiert haben, irgendjemand muss etwas von ihm wissen. Und wenn Wilhelm wirklich bei ihm war und heute Morgen schon sein Schreiben im Gendarmeriekommando war, dann kann der Ort nicht weit weg sein.«

»Stimmt. Schauen wir einmal …«

Tatsächlich ließ sich mit den vorhandenen Angaben schließlich doch eine zivile Wohnadresse ausfindig machen – zumal selbst jemand, der schon in frühester Jugend den Weg des Mars eingeschlagen hatte, irgendwo gelebt haben musste, bevor er sein Quartier in der Kaserne bezog. Es war anzunehmen, dass es sich um Blambergers Elternhaus handelte, denn dass er einen eigenen Hausstand gegründet haben könnte, ließ sich aus den vorhandenen Unterlagen nicht ableiten.

Die angegebene Adresse führte sie nach Strassgang, was passenderweise nicht allzu weit weg von der Poudrettefabrik und auch leidlich nahe beim Brauhaus lag.

»Mit dem Wagen werden wir rasch da sein«, sagte Leopold.

Einmal mehr bewunderte Ida die Sicherheit und Geschwindigkeit, mit der Leopold den Wagen durch die Straßen der Stadt lenkte. Auch wenn er damit gewiss mehr als nur eine Dienstvorschrift missachtete. Allerdings blieb ihr nicht besonders viel Zeit, über das Für und Wider überhöhter Geschwindigkeit im Straßenverkehr nachzudenken, denn rascher als erwartet brachte Leopold die Rösser vor einem Haus zum Stehen, dessen eine Hälfte frisch geweißt und mit einem farbenfrohen Verkaufsschild, das offenbar so etwas wie eine verführerisch grinsende Stiefelette zeigte, sich als Schusterei zu erkennen gab; die andere Hälfte näherte sich ihrem Verfall.

Entlang der ungepflasterten Straßen reihten sich weitere ländlich anmutende Häuser, die noch kaum vermuten ließen, dass eines Tages die Stadt sich bis hierher und noch weiter ausbreiten würde. Hinter Bäumen und Feldern ließ sich das Brauhaus erahnen.

»Hier wohnt er?«, fragte Ida.

»Oben.« Leopold deutete auf die Fenster des Obergeschosses. »Wenn er es ist.«

Er wollte gerade an der Tür der heruntergekommenen Haushälfte klopfen, als eine Frau aus der Schusterwerkstatt trat. Mit ihrer adretten blauen Schürze und dem roten Halstuch schien sie fast selbst einem Werbeschild entstiegen zu sein.

»Da wohnt niemand«, sagte sie und maß Leopold in seiner Uniform mit skeptischem Blick, während sie Ida nur mit einem knappen Nicken bedachte. »Aber das Amt kümmert das ja nicht, wenn uns einmal die Wand einstürzt.« Sie verschränkte die Arme vor der Brust. »Wen suchen S' denn?«

»Den Herrn Blamberger«, erwiderte Leopold.

Die Frau stieß einen Laut aus, dessen Bedeutung sich nicht recht feststellen ließ. »Gegenüber«, sagte sie dann und deutete mit dem Kinn auf ein Gebäude, das einen deutlich vertrauenerweckenderen Eindruck machte. »Unterm Dach. Aber ich glaub, mit dem Blamberger wird die Gendarmerie nimmer viel anfangen können.« Sprach's und verschwand wieder in ihrem Laden.

Ida und Leopold sahen einander beklommen an. Die Anmerkung der Schusterin schien jedenfalls nichts Gutes zu verheißen.

Nichtsdestotrotz trat Leopold zu dem genannten Haus und zog an der Glocke neben dem dunkel gebeizten Tor. Kurz darauf wurde ihm von einem schlaksigen Mädchen geöffnet, das Mehl auf der Schürze und Teigreste an den Fingern hatte. Ängstlich sah sie zunächst den Gendarmen und seine Begleitung an und wies dann eilig auf die schmale Treppe, die ins Obergeschoss führte.

Ein kaum beleuchteter Gang, in dem allerlei Gerümpel stand, führte zu der Wohnung, in der Alois Blamberger hausen sollte.

Leopolds Haltung spannte sich merklich an, als er an der schmalen Tür klopfte.

Es dauerte schier eine Ewigkeit, bis ein raschelndes, schlurfendes Geräusch hörbar wurde und ihnen endlich aufgemacht wurde. Eine alte Frau stand vor ihnen, den krankhaft nach rechts gekrümmten Körper auf einen Stock gestützt. Kurzsichtig blinzelte sie die beiden an.

Leopold deutete eine Verbeugung an. »Frau Blamberger?«

»Ja?« Ihre Stimme klang rau und rissig.

Ida war näher getreten und versuchte, freundlich dreinzusehen.

»Wir suchen Herrn Alois Blamberger, ehemals Unteroffizier im 27. Infanterieregiment«, schlug Leopold allerdings einen militärischen Tonfall an.

Unwillkürlich hielt Ida den Atem an. Wenn die Frau ihnen nun nicht mitteilte, dass Alois tot oder verschollen sei, dann war Wilhelms Bekennerschreiben eine Lüge, dann konnte sie noch hoffen.

Schlagartig veränderte sich die Haltung der Alten. »Verschwinden S'! So einer war schon da!« Sie versuchte, die Tür zuzuschlagen, doch Leopold war schneller und stellte seinen Fuß in den Türspalt. Es war ein Leichtes für ihn, ihrer gebrechlichen Gegenwehr standzuhalten.

»Gnädige Frau«, versuchte er, beruhigend auf sie einzureden, die nun lautstark zu schimpfen begann. »Haben Sie einfach die Güte und sagen uns, wo sich Ihr Sohn aufhält. Wir müssen dringend mit ihm reden. Es geht um … seinen einstigen Kameraden Wilhelm Koweindl.«

»Der Loisi hat nichts gemacht!«, kreischte sie. »Das hat er ihm auch schon gesagt!«

Ida atmete auf. »Wer – wem?«

»Dem Gendarmen gestern. Spätabends, eine Schand ist das! Sie wollen ihm doch auch nur alles wegnehmen, was er mitgebracht hat!«

»Wilhelm war hier?«, entfuhr es Ida.

Leopold drückte mit sanfter Gewalt die Tür auf und trat in die Wohnung, die nach abgestandener Luft und dem schalen Hauch von selten gereinigter Wäsche roch.

Die alte Frau wehrte sich, geiferte und zeterte, doch er ließ sich nicht beirren.

»Lassen Sie meinen Buben in Ruh! Von ihm werden Sie nichts bekommen!«

»Vor allem müssen wir einmal mit ihm reden.«

Ida war Leopold gefolgt und sah sich um. Von Wohlstand konnte in den niedrigen Zimmern kaum die Rede sein, alles wirkte abgewohnt und verwahrlost. Anscheinend konnte Frau Blamberger kaum noch die Kraft aufbringen, ihre Behausung allein in Ordnung zu halten.

Sie verspürte eine dräuende Ahnung im Nacken. Wenn Wilhelm hier gewesen war, dann musste es doch noch irgendein Zeichen von ihm geben. »Ich bitte Sie, wo ist Ihr Sohn?«, wandte sich Ida an die Frau, und die Fragen, die sie zuvor zurückgehalten hatte, platzten nun aus ihr heraus. »Wissen Sie, wer der Gendarm gestern war? Haben Sie mit ihm gesprochen? Wo ist er hingegangen? Ist Ihr Sohn mit ihm fortgegangen?«

»Ich weiß gar nicht, was Sie wollen!«, ereiferte sich die Alte und machte neuerlich Anstalten, sich mit ihrem Stock zur Wehr zu setzen. »Was denken Sie denn von meinem Loisi? Mit leeren Händen ist er heimgekommen!«

»Von wo? Von wo ist er heimgekommen?« Leopold musste an sich halten, um der Frau gegenüber nicht versehentlich grob zu werden. »War er in Thal draußen?«

»In welchem Tal?«

»In Thal – hinter Gösting draußen.«

»Was reden Sie denn da? In Amerika war er!«

Wie vom Donner gerührt erstarrte Leopold.

»Amerika?«, wiederholte Ida. Das ergab nicht den geringsten Sinn.

Plötzlich schwand die borstige Widerspenstigkeit von Frau Blamberger, und mit zitternden Lippen erwiderte sie: »Was glauben denn Sie? Dass er am Nordpol war? Vor sechs Jahren ist er fortgegangen, ohne ein Wort! Erst Jahre später hat er mir einen Brief geschrieben, irgendwo aus dem Land, wo die Wilden wohnen. Vor einem Monat ist er heimgekommen.«

»Und was hat er seither getan?«

Die Alte sah Leopold voll bitterer Hilflosigkeit und machtlosem Zorn an. »Gestorben ist er. Seit Wochen stirbt er schon.« Und auf den fragenden Blick von Leopold hin sagte sie: »Ja, so hat der Gendarm auch dreingesehen. Dann schauen Sie halt selbst.« Sie ging mühsam auf ihren Stock gestützt voraus, während sie weiterredete, ohne sich an jemanden Bestimmten zu wenden. »Der Himmel straft die kleinen Sünden am härtesten. Es waren so liebe Buben. Erst der eine, und man kann nichts tun, verscherbelt, was er hat, für nichts und wieder nichts, und jetzt der andere ... Herrgott! Dabei hab ich alles für sie gemacht. Ein Geschäftsmann ... Hehlerei ist das ... Herrgott, jaja, der Himmel straft, und der Mensch ist machtlos ...« Sie öffnete eine schmale Tür, die in ein Hinterzimmer führte. »Da haben Sie meinen Loisi«, sagte sie nur.

Ida roch sogleich den Dunst von Fieber und Krankheit, der ihnen entgegenwehte.

Zögernd trat sie näher. Auf dem Bett, das längs unter die Dachschräge geschoben war, lag ein Mann, der vielleicht Wilhelms Alter haben mochte, doch seine Züge waren eingefallen, seine Arme, die auf der gräulichen Decke lagen, ausgemergelt. Er schaute sie kurz aus hohlen Augen an, das Gesicht in einem geradezu grotesken Gelbton gefärbt.

Er öffnete den Mund, als wollte er etwas sagen. Dann bäumte

er sich plötzlich wie im Krampf auf und erbrach sich würgend in eine Schüssel, die neben ihm am Boden stand.

Frau Blamberger eilte zu ihm, um ihm einen Becher Wasser zu reichen, das er keuchend trank.

»Gelbsucht«, flüsterte Ida nur.

Die Alte wandte sich mit glasigen Augen in ihre Richtung. »So ist er aus Amerika heimgekommen. Sechs Jahre war er weg, und das ist alles, was er heimgebracht hat. Was auch immer Sie glauben, das er gemacht hat – mein Bub war's nicht!«

Der Mann hustete schmerzhaft, dann drehte er sein bereits vom Tod gezeichnetes Gesicht in Idas Richtung. »Wilhelm? Vorher haben Sie ... Wilhelm gesagt ... Der Fritz, es ist ja nur wegen der Mama«, presste er hervor, ehe er sich wieder erbrach.

Frau Blamberger wischte ihrem Sohn das Kinn ab. »Verschwinden Sie jetzt«, sagte sie nur, ohne den Blick von ihm zu wenden.

»Fritz«, wiederholte der Sterbende.

Die Alte schüttelte den Kopf. »Nein ... nicht der Fritz.«

»Wer ist –«, wollte Leopold fragen, doch sie ließ ihn nicht ausreden.

»Er meint seinen Bruder«, sagte Frau Blamberger, und ein herber Zug grub sich noch tiefer in ihre Falten ein. »Ein Taugenichts, ein Tunichtgut, ein ...« Sie fuhr sich grob über die Augen. »Aber er hat sich wenigstens immer um seine Mutter gesorgt, der Fritz.«

»Ich doch auch ...«

»Aber du bist einfach fortgegangen. Ohne einen Grund, ohne ...«

Ida fühlte sich zunehmend als Eindringling, doch ohne eine Information, irgendeinen Hinweis, wollte sie nicht weggehen, nun, da sie wusste, dass Alois Blamberger noch lebte.

»Fritz ... war ... da.« Es klang, als würde er die Worte mit letzter Gewalt über die Lippen bringen. Er schob seine Mutter von sich und bedeutete Leopold, näher zu kommen.

»Natürlich war er da«, versuchte diese, ihn zu beruhigen.

»Aber das ist doch egal.« Sie wandte sich zu Ida und Leopold. »Gehen Sie jetzt.«

»Verzeihung.« Zögernd trat der junge Gendarm näher. Er mochte es nicht zugeben, doch er scheute sich vor dem erschreckenden Anblick des Mannes, vor dem unverhüllten Antlitz der Krankheit, die ihm aus dessen Augen entgegensah.

»Ich … war es«, presste Alois hervor. »Dass der Mama nichts geschieht. Aber der Fritz … glaubt … Dabei weiß er gar nichts … Und der Wilhelm hat …« Dann erfasste ihn abermals ein Krampf, sodass er sich würgend in den Armen seiner Mutter krümmte.

Ein Blick voll bitterer Resignation und hilflosem Zorn traf Ida und Leopold. Ohne eine Verabschiedung zogen sie sich zurück. Sie sahen auch so, dass sie hier nichts mehr erreichen konnten.

Als sie wieder beim Wagen standen, wo die beiden Pferde bereits unruhig mit den Hufen scharrten, ließ Leopold den Kopf in die Hände sinken.

Beide waren sie davon ausgegangen – ohne sich genauere Gedanken über den tatsächlichen Hergang zu machen –, dass sie mit Alois Blamberger sowohl den Mörder als auch eine Spur zu Wilhelm finden würden. Vielleicht hatten sich beide gerade deshalb so blind an diese eine und einzige Spur geklammert, weil sie bereits geahnt hatten, dass es nicht so einfach sein konnte. Sie wagten die Frage, was sie nun weiter tun sollten, nicht auszusprechen, doch auch so schwebten die Worte greifbar zwischen ihnen.

»Alois hat gesagt, dass er es war«, brach Ida endlich das Schweigen. »Um seine Mutter zu schützen – wie es in dem Brief steht.«

Leopold stieß ein Seufzen aus und stieg auf den Kutschbock. »Er kann es nicht gewesen sein.« Unentschlossen hielt er die Zügel, ohne die Pferde antraben zu lassen.

»Aber er muss der Mann sein, den wir suchen – Wilhelm war bei ihm.«

»Ja. Und jetzt müssen wir diesen Fritz finden.«

Ida wollte Leopold schon zustimmen, als ein Gefühl, eine Vermutung – oder gar so etwas wie Intuition – sie innehalten ließ. »Nein«, sagte sie. Irgendein Wort war zuvor gefallen, das sie auf einen Gedanken gebracht hatte.

»Das ist der einzige Hinweis, den wir noch haben. Herr Koweindl war hier, er hat mit Alois geredet, der hat seinen Bruder Fritz erwähnt – also muss er bei ihm sein!« Leopold fasste nach den Zügeln. »Obwohl ich keine Ahnung habe, wie wir ihn so schnell finden sollen. Wenn er ein Gewerbe hat … Oder vielleicht findet sich im Dienstbotenregister etwas.«

»Nein«, unterbrach ihn Ida.

»Was denn dann?«

»Ich weiß nicht, aber … Victoria und Valentine. Wir fahren zu ihnen.«

»Die Fräulein Mandelsüß schon wieder?«, wiederholte Leopold zweifelnd.

»Ja. Sie haben etwas gesagt … Frau Blamberger hat etwas gesagt …« Ida wusste nicht weiter und machte eine hilflose Geste. »Da war etwas.«

Natürlich hätte Leopold ihr nun widersprechen können. Er hätte auch beschließen können, dass sie, wie es Gendarmen und andere ermittelnde Instanzen üblicherweise machten, einfach dem naheliegendsten Hinweis folgten.

Dass er es nicht tat, lag vielleicht daran, dass er selbst nicht recht wusste, wie es weitergehen sollte. Vielleicht aber vertraute er auch einfach auf Idas Ahnung, die schon mehr als einmal zuvor richtiggelegen hatte.

Kapitel 13

... in welchem Ida und Leopold mehr erfahren, als sie eigentlich gefragt haben, und ein Schuss fällt ...

Der Weg zurück in die Stadt stellte ihre Geduld auf eine harte Probe. Es war nicht zu übersehen, dass sich die Schatten bereits spätnachmittäglich in die Länge zogen.

Ohne es zu sagen, wiederholten Leopold und Ida den Brief Wilhelms in Gedanken ein ums andere Mal – nur um festzustellen, dass sie noch immer nicht mehr wussten und eine furchtbare Tat darin angekündigt war.

»Vielleicht können wir ...«, setzte Ida einmal an, doch die Worte waren ihr entschwunden, ehe sie den Satz beenden konnte. Schweigend fuhren sie weiter, eine dräuende Ahnung im Nacken.

Als sie endlich in die Straße einbogen, an deren Ende das Haus der Familie Mandelsüß war, geschah jedoch etwas höchst Unerwartetes. Leopold, der selbst gerade die düstersten Überlegungen wälzte, konnte erst im letzten Augenblick die Zügel anziehen, um den Wagen zum Stehen zu bringen. Eines der Pferde wieherte unwillig auf, als sich eine zierliche, schwarz verschleierte Gestalt ihm in den Weg stellte.

»Verdammt, gnädige Frau!«, wollte er schon rufen, als eine zweite Person in Trauerkleidung vor ihn hintrat. Ihre Bewegungen wirkten weniger von Trauer gezeichnet, als vielmehr freudig beschwingt.

Ida runzelte verwirrt die Brauen.

Fast synchron zogen die beiden Witwen die Schleier vom Gesicht und strahlten sie an.

»Fräulein Mandelsüß?«, entfuhr es Leopold schockiert.

»Was tut ihr hier? Was soll das?« Ida gab sich diesmal nicht die geringste Mühe, ihre Erregung mit Höflichkeit zu kaschieren.

»Wir ermitteln«, erklärte Victoria.

»Wir haben etwas Wichtiges herausgefunden«, fügte ihre Schwester hinzu.

»Aber hier? Wieso? Und was sagen eure Eltern?«

Die beiden Mädchen zuckten nur die Schultern. »Die Mama wird wohl noch bei einer ihrer Freundinnen sein. Das kann lange dauern. Und der Papa … Na ja, den kümmert es ohnehin nicht, was wir tun.«

»Und wieso dieser Aufzug?« Ida konnte es immer noch nicht fassen, dass sie ihre beiden Schülerinnen hier, auf offener Straße, und noch dazu in Trauerkleidung, vorgefunden hatte. Ganz zu schweigen von ihrer Anmerkung, dass sie gerade mit angeblichen Ermittlungstätigkeiten befasst waren.

»Das ist doch vollkommen klar«, sagte Valentine mit einem Blick zu Leopold, dem sich allerdings die Situation auch noch nicht ganz erschlossen hatte. »Wenn man trauert, trägt man Schwarz. Und wer trauert, zu dem ist man höflich und freundlich, und aus Mitleid redet man auch mit der Person. Daher ist Trauerkleidung perfekt, um zu ermitteln.«

»Und was habt ihr ermittelt?«

Nun breitete sich ein siegesgewisses Lächeln auf den Gesichtern der beiden Schwestern aus.

»Wir waren bei Frau von Waldstein …«, verkündete Victoria. »Wie Sie gesagt haben.«

»Ich habe gar nichts gesagt!«, versuchte Ida zu widersprechen.

»… und haben uns nach der Sache mit der *Entfruchtung* erkundigt«, setzte Valentine fort.

»Ihr habt … Ihr seid einfach so dorthin gegangen und habt *was*?« Ida wollte es nicht glauben.

Nicht, dass sie bisher noch niemals mit dergleichen selbstbewussten jungen Damen zu tun gehabt hatte – auch im Pensionat am Annaberg waren trotz der strengen Hand der Oberlehrerin einige Individuen herangereift, von denen man noch hören würde –, aber ein solcher Ausbund an geradezu erschreckend emanzipiertem Verhalten (und das noch dazu in diesem jugendfrischen Alter!) war selbst Ida nicht ganz geheuer.

»Natürlich nicht einfach so. Wir gehen planvoll vor.«

»Deshalb auch die Trauerkleidung«, ergänzte Valentine.

»Wir gingen zu Frau von Waldstein, um ihr von dem tragischen Tod ihres ehemaligen Dienstmädchens Maria-Benedikta Kern zu berichten. Wir wollten nämlich eine Trauerkollekte für einen schönen Grabstein für sie machen und wandten uns deshalb an ihre ehemaligen Herrschaften.«

Um ehrlich zu sein, konnten sich bei dieser ausgeklügelten Behauptung weder Ida noch Leopold der stillen Bewunderung für die Chuzpe der Fräulein enthalten. Auch wenn die Aufmachung in tiefer Trauer, mit schwarzem Krepp und Schleier, lediglich für ein dahingegangenes Dienstmädchen doch ein wenig übertrieben war.

»Nun ja, wenn man trauert …«

»… und Erinnerungen austauscht …«

»… da kommt eben das Gespräch auf dieses und jenes und …«

»… da haben wir auch erfahren, was es mit diesem Kutscher Rachoinig auf sich hat!«, platzte Valentine endlich heraus. »Ferdinand Rachoinig war nämlich auch bei Waldsteins in Dienst, als diese … Fruchtsache geschah, an der das Fräulein Tochter starb.«

Ida und Leopold tauschten einen Blick.

»Damit stehen nun alle Mordopfer miteinander in Verbindung«, stellte er fest.

»Alle, die Wilhelm wegen des angeblichen Verschwindens von Alois Blamberger erpresst haben«, sagte Ida. »Bloß ist der nicht verschwunden, sondern liegt im Sterben.«

»Wer ist Wilhelm?«, fragte Valentine sogleich.

»Und wer liegt im Sterben?« Zu einem anderen Zeitpunkt wäre Victorias Interesse an dem nahenden Ableben eines Menschen wahrscheinlich unpassend erschienen, nun aber hatte weder der Gendarm noch Ida die Muße, erzieherisch auf die Mädchen einzuwirken.

»Alois Blamberger«, erwiderte Leopold.

»Und dieser Wilhelm ist also der Mörder?«, brach es aus Valentine mit voyeuristischer Begeisterung heraus.

»Nein!«, entfuhr es Ida. »Ist er nicht!«

Ob der unerwarteten Schärfe in ihrer Stimme sahen die beiden Fräulein sie zunächst irritiert an, dann jedoch konnte Victoria ihrer Neugier nicht länger Einhalt gebieten. »Aber wer war es denn dann?«

Ida presste die Lippen aufeinander. Wenn sie nicht an sich hielte, dann würde sie ihre ziellose Angst und Wut nicht mehr lange zurückhalten können. Die Zeit verrann, und sie hatten nichts in der Hand, was ihnen wirklich weiterhalf!

An ihrer statt wandte sich nun jedoch Leopold an die Mädchen. »Wilhelm Koweindl ist der Mann, den wir suchen, aber er ist nicht der Mörder Ihres Dienstmädchens und … der anderen.«

Die beiden sahen ihn mit der ungerührt abwartenden Miene altgedienter Polizeiagenten an, die auf die Befehlsausgaben harrten.

»Ich verstehe, dass Sie beide gut informiert sind und offenbar ein Gespür für gewisse Zusammenhänge haben. Deshalb wäre es vielleicht möglich, wenn Sie uns in noch einer Sache weiterhelfen könnten.« Leopold sah zu Ida, die stumm neben ihm saß, die Hände in ihre Rockfalten gekrallt, als könnte sie sich nur so noch an ihre Fassung klammern. »Sagt Ihnen der Name Fritz … oder Friedrich etwas? Fritz Blamberger?«

Es war nicht zu übersehen, dass die Schwestern die Annahme, über relevantes Wissen zu verfügen, durchaus genossen. Allerdings konnten sie nicht die Antwort geben, die Leopold und Ida sich erhofft hatten.

»Glauben Sie eher, dass er auch ermordet wurde«, fragte Victoria, nachdem sie ein paar Augenblicke lang sinnend vor sich hingestarrt hatte, »oder würden Sie ihn eher auf der Seite der Täter vermuten?«

Diese Art zu überlegen war überraschend.

Ida hob den Kopf. Wider Willen musste sie dem Mädchen Respekt zollen. »Er gehört nicht zu Wilhelms vorgeblicher Liste, also würde ich ihn auf die Täterseite setzen«, antwortete sie dann.

»Aber er muss mit den Opfern Kontakt gehabt haben, sonst

wäre das alles ja vollkommen sinnlos und willkürlich«, setzte Victoria fort, während ihre Schwester den richtigen Moment abpasste, um den Faden aufzunehmen. »Wir selbst wissen über Marie sehr genau Bescheid …«

»Sie war ja unser Hausmädchen«, erklärte Valentine überflüssigerweise, »und sie hatte nur ihren Geliebten.«

Ihre Schwester warf ihr einen giftigen Blick zu – hatte diese sich bekanntlich über die Maßen für jenen Mann interessiert, der sich später als der windige Geselle Jeremias Brandt herausstellte –, ehe sie fortsetzte: »Ja, wir wissen mit größter Sicherheit, dass sie sich nur mit ihm traf. Sie machte ja sonst nicht viel, die Hausarbeit, und an ihren freien Nachmittagen ging sie mit ihm fort. In den Park wahrscheinlich, und einmal in so einen Kramladen. Davon haben wir Ihnen doch erzählt.«

Nur vage konnte sich Ida an etwas Derartiges erinnern. Immerhin hatten die Mädchen mehr als einmal versucht, ihre Klavierstunden statt mit Musik mit derlei Geschichten zu füllen.

»Ja, dort gab es alles!«, fügte Valentine hinzu. »Es hat so ausgesehen, als wäre die Hälfte davon Diebesgut und Trödel.«

Bei diesen Worten zuckte Ida zusammen.

»Was ist?«, fragte Leopold.

»Diebesgut, Hehlerei«, wiederholte Ida und spürte, wie auf einmal eine klamme Ahnung von ihr Besitz ergriff. »Frau Blamberger … Hat sie nicht auch von Hehlerei geredet? Von ihrem anderen Sohn und seinen Geschäften?«

»Das könnte auch ein Zufall sein«, wollte Leopold schon abwiegeln.

»Nein! Die Mädchen haben recht! Fräulein Kern war mit ihrem Liebhaber in dem Laden von Fritz Blamberger, dem Laden von Alois' Bruder. Sie kennen einander, vielleicht hat er Marie dort auch irgendeine Kleinigkeit gekauft, für die er anderswo weit mehr Geld hätte ausgeben müssen – und so erfuhren sie auch von der Sache mit dem Fräulein von Waldstein und dachten sich, dass sie dieses Wissen zu Geld machen können.«

Natürlich ließ diese These noch genug Detailfragen offen,

aber sei es, dass er selbst wollte, dass sie die Lösung gefunden hatten, sei es, dass er einfach nicht mehr weiterwusste, meinte Leopold nur: »Und wo befindet sich dieses Geschäft?«

Ein begeistertes Lächeln legte sich nun über die Mienen der Mädchen, das so gar nicht zu ihren adretten, wenn auch betrüblichen Trauerkleidern passte. »Wir zeigen es Ihnen«, beschlossen sie.

Ida und Leopold hatten vor Anspannung fast vergessen, dass sie diese Unterredung gerade mitten auf offener Straße geführt hatten. Erst als die Pferde ein ungeduldiges Schnauben vernehmen ließen und Victoria und Valentine Anstalten machten, den Wagen zu besteigen, kam die Lehrerin wieder zu sich.

»Auf gar keinen Fall!«, wollte Ida die beiden in die gebührenden Schranken weisen.

»Wenn wir mitkommen, geht es schneller«, widersprach Valentine.

»Und wenn wir alles nur erklären, könnten Sie sich trotzdem verfahren«, ergänzte Victoria und nahm neben ihrer Schwester auf der schmalen Bank Platz.

Leopold sagte gar nichts. Kurz warf er einen um Gnade und Beistand flehenden Blick zum Himmel, dann ließ er die Rösser antraben.

Diesmal war der Weg nicht besonders weit – und wenn die Mädchen gewollt hätten, wäre es durchaus machbar gewesen, die Strecke so zu beschreiben, dass man den Laden, der sich in einer Gasse zwischen zwei renovierungsbedürftige Häuser schmiegte, auch hätte finden können.

In Sichtweite des Geschäfts hielten sie. Sich gänzlich unbemerkt der Örtlichkeit zu nähern, an der sich vielleicht der gesuchte Fritz Blamberger aufhielt, war ohnehin schwer zu bewerkstelligen.

Victoria und Valentine warfen einander begeisterte Blicke zu. Offenbar gingen in dieser höchst unkonventionellen Aktion all ihre abenteuerlichen Träume von Heldentaten und nur knapp vereitelten Verbrechen in Erfüllung. Gespannt beugten sie sich vor, um auch ja kein Wort zu verpassen, das Ida und der junge Gendarm wechselten.

»Jemand muss herausfinden, ob er tatsächlich derjenige ist, den wir suchen. Ob er wirklich etwas mit den Morden zu tun hat … und weiß, wo Wilhelm ist«, sagte Ida.

»Und dann wird er festgenommen«, fügte Victoria voll Vorfreude hinzu.

»Aber allein kann ich ihn kaum festsetzen«, meinte Leopold. »Ohne offiziellen Befehl … und ohne die Stadtwache … Ich kann ihn ja schlecht einfach niederschlagen und irgendwo festbinden, bis ihn wer in den Arrest bringt.«

»Dann muss eben jemand von uns die Stadtwache herholen.«

»Ja. Wenn Sie sich beeilen …«

»Das könnten *wir* machen!«, meldete sich Victoria sogleich voller Tatendrang.

»Nein! Das werdet ihr nicht«, widersprach Ida. Hilfesuchend schaute sie zu Leopold. »Das ist gefährlich … Und außerdem, was soll sich so ein Herr denken, wenn ihr beide …?«

»Nun ja …«, setzte Leopold an.

Während Victoria sich bereits zu einer umfangreichen Replik nebst praktischen Beispielen und der Drohung, notfalls auch ohne offizielle Erlaubnis ihren Beitrag zu leisten, bereit machte, riss Valentine plötzlich die Augen auf.

»Da!«, stieß sie hervor und deutete nach vorn.

Leopold, der sich gerade geistig einen wenigstens halbwegs brauchbaren Schlachtplan zurechtzulegen versucht hatte, blickte auf und zuckte zusammen. Dort vorn war jemand, der eiligen Schrittes die Straße entlangging. Zu eilig, um bloß ein müßiger Spaziergänger zu sein.

Ida war einen Moment zu spät und konnte nur noch erahnen, dass eine wahrscheinlich männliche Gestalt soeben hinter dem Geschäft um die Hausecke gebogen war.

»War er das? Dieser Fritz Blambacher?«

»Blamberger«, verbesserte Valentine ihre Schwester.

Leopold war hektisch vom Kutschbock gesprungen und ein paar Schritte vorausgeeilt, doch von seinem Standort aus war der Mann nicht mehr zu sehen. »Möglich.« Er wandte sich zu ihnen um.

»Hatte er«, Ida spürte, wie ihre Beherrschung Risse bekam, »eine Uniform an? Eine grüne?«

»Nein«, sagte Victoria.

»Und ob!«, widersprach ihre Schwester.

»Möglich …«, sagte Leopold. Er blickte zwischen Ida und den Mädchen und der Straße hin und her. »Wenn es …« Er musste sich entscheiden. Jetzt.

»Es war Wilhelm! Sicher war es Wilhelm!« Ida sprang vom Wagen und machte Anstalten, ihm hinterherzueilen. »Wilhelm!«

»Warte!«, hielt Leopold sie auf und warf dabei auch den beiden Schwestern einen mahnenden Blick zu. »Wenn er nicht … Wenn es Blamberger war, oder …« Er war sich selbst nicht mehr sicher, wem denn ihre größte Sorge galt, doch wusste er mit aller Gewissheit, die er je verspürt hatte, dass sie nun nicht leichtfertig vorgehen durften.

»Aber er …«

Leopold schaute in die Richtung, in welche der Mann abgebogen war. Nicht mehr lange, und er würde ihn wohl nicht mehr einholen können. »Ich gehe ihm nach. Ihr bleibt hier.« Mit ausholenden Schritten eilte er los.

»Aber …« Die Schwestern Mandelsüß wirkten wenig begeistert von dieser Order.

Ida schaute Leopold wie erstarrt nach.

»Und wer holt denn jetzt die Stadtwache?«, rief ihm Valentine hinterher.

Im Laufen drehte Leopold sich um und rief etwas, das sie leider nicht mehr ganz verstanden. Und auch wenn es sich vielleicht so angehört hatte, als hätte er ihnen befohlen, sich nicht vom Fleck zu rühren, beschlossen die beiden Schwestern, nicht eine Silbe davon vernommen zu haben.

»Wilhelm …«, wiederholte Ida, während auch der junge Gendarm aus ihrem Blickfeld verschwand.

»Und was machen wir jetzt?«, fragte Victoria. Abwartend schaute sie zu ihrer Lehrerin hin.

Ida blickte stier die Straße hinab. Sie konnte nur noch daran denken, dass sie womöglich ganz nah an dem Ort war, der alles miteinander verknüpfte. Wenn sie wirklich bei dem Geschäft von Fritz Blamberger waren, dann musste sich dort eine Spur zu Wilhelm finden lassen. Wer auch immer der Mann war, dem Leopold hinterhergeeilt war – hier nun untätig zu warten, ohne zu wissen, worauf, konnte sie nicht länger ertragen.

»Ich gehe«, sagte sie.

»Wohin?« Valentine sah sie befremdet an.

Ida zwang sich, die Mädchen anzusehen. »Ihr habt doch gesagt, dass hier das Fräulein Kern mit ihrem Galan war. Ich muss herausfinden, ob –«

»Aber der Herr Gendarm …«, warf Victoria zwar nicht grammatikalisch vollständig, doch überraschend vernünftig ein.

Ihre Schwester quittierte diese Bemerkung mit einem unwirschen Stoß in ihre Rippen. »Wir werden die Stadtwache alarmieren«, beschloss sie.

Ida nickte dazu nur.

Ohne Zweifel regte sich in ihr der Gedanke, dass sie die beiden Schwestern durchaus nicht hier allein lassen durfte, doch immer tiefer krallte sich die Angst um Wilhelm in ihren Verstand, das Gefühl, keine Stunde mehr vergeuden zu dürfen.

Es mag zu ihrer Verteidigung gereichen, dass sie sich noch öfter Vorwürfe über ihr Verhalten machen würde, doch wer, der je in einer solchen Situation war, hätte wirklich klüger entschieden?

Mit forschen Schritten marschierte Ida auf den Laden zu.

Sie verbot sich jeden Gedanken, der sie womöglich hätte zögern lassen. Mit einem entschlossenen Ruck öffnete sie die Tür zu dem Kramladen, der lediglich mit einem verblassten Schild, das mit »Waren und Bedarfsartikel aller Art, neu und gebraucht« warb, auf sich aufmerksam machte. Das Knarren der Tür vermischte sich mit dem Scheppern einer Glocke.

Der Verkaufsraum machte den Eindruck, über keinen einzigen rechten Winkel zu verfügen, dafür aber über umso mehr Regale, Tischchen und Vitrinen, in denen alles, was man sich nur vorstellen konnte, zum Verkauf bereitlag. Leicht angegilbte Weißwäsche, Nachttöpfe – mit und ohne sinnige Sprüche –, Brillengestelle und ausgestopfte Vögel gab es ebenso wie Kurzwaren und verschnörkelte barocke Waffen, die man bestenfalls noch in einem herrschaftlichen Kuriositätenkabinett erwartete.

»Guten Tag«, rief Ida in den dämmerstaubigen Raum.

Hinter der Theke bewegte sich ein Vorhang, der offenbar den Durchgang zu einem Hinterzimmer verbarg.

»Grüß Gott?«, wiederholte Ida. »Ich suche Herrn Fritz ... Friedrich Blamberger.«

Als ihre Vernunft langsam wieder die Oberhand gewann und sie gerade anfing, sich insgeheim zu fragen, ob es nicht doch eine ausgemachte Dummheit gewesen war, dass sie ganz allein in diesen windigen Laden gekommen war, ohne wirklich so etwas wie einen konkreten Plan zu haben, wurde der Vorhang zurückgeschlagen, und ein Mann trat heraus.

Er mochte ungefähr so alt wie Wilhelm sein, war von Kopf bis Fuß durchschnittlich, trug einfache, dunkle Kleidung und die nichtssagend freundliche Miene eines Geschäftsmannes, der, ohne mit der Wimper zu zucken, ein paar Buben auch Schwarzpulver zum Spielen verkaufen würde.

Nur für einen Moment meinte Ida, hinter dem Vorhang noch eine zweite Person zu sehen. Vielleicht hatten ihre Sinne ihr aber auch einen Streich gespielt, denn einen Herzschlag lang hatte sie sich eingebildet, dass der Mann im Hinterzimmer eine Uniform trug, deren Egalisierungsfarben sie aber in dem schummerigen Licht nicht erkennen konnte. »Wilhelm!«, wollte sie rufen, doch der Name blieb an ihren Lippen kleben.

»Was wünschen Sie?«, fragte der Ladenbesitzer ohne besonderes Interesse.

»Sind Sie Herr Blamberger?«

Kurz fuhren seine Brauen in die Höhe, doch er schwieg.

»Sie sind der Bruder von Alois Blamberger?«

Seine Stirn begann sich in Falten zu legen. Ob da auch ein kurzes Aufblitzen von plötzlichem Erkennen in seinem Gesicht gewesen war, ließ sich nicht mit Sicherheit sagen.

»Ich … Alois Blamberger kennt Wilhelm Koweindl, und deshalb …« Ida unterbrach sich und setzte neu an: »Wo ist Wilhelm Koweindl?«

Als sie seinen Namen zum zweiten Mal aussprach, geschahen mehrere Dinge gleichzeitig, von denen Ida jedoch nur einen Teil mitbekam.

Diesmal stand es außer Frage, dass ihr Gegenüber sie erkannte, denn offenbar einem ersten Impuls folgend, wollte er ins Hinterzimmer huschen. Als er jedoch den Vorhang beiseiteschob, schien er zu bemerken, dass etwas nicht so war, wie er es erwartet hatte. Er stockte gerade lange genug, um einen Fluch zwischen den Zähnen hervorzupressen.

Ida, die diesen Augenblick vielleicht zur Flucht hätte nutzen können, blieb verwirrt stehen. Erst als sie seinen Griff an ihrer Hand spürte, wurde ihr klar, dass sie zu lange gezögert hatte.

Ihr Ansatz zur Gegenwehr wurde mit einem schmerzhaften Ruck unterbunden, der sie zwang, dem Mann zu folgen. Vor Schreck vergaß sie zu schreien, was aber vielleicht auch keinen großen Unterschied mehr gemacht hätte. Der Vorhang streifte staubig über ihre Schulter, als sie ins Hinterzimmer stolperte, von wo ein enger Durchgang anscheinend in einen Hof führte. Eine zweite schmale Tür, die sie hinter weiteren Regalen und einem Stapel undefinierbarer Gerätschaften auf den ersten Blick kaum entdeckt hätte, öffnete sich zu einem Treppenabgang.

Ida wollte sich losreißen, doch als sie sich umwandte, blickte sie in die schwarzdrohende Mündung einer urgroßväterlichen Duellpistole. Bewegungslos blieb sie stehen.

»Platzny!«, rief der Mann.

Niemand antwortete.

Für einen unsinnigen Moment fragte sich Ida, ob er gerade einem Hund einen Befehl zugerufen hatte.

»Platzny!«, wiederholte er. »Verdammt«, zischte er dann und wedelte mit der Pistole in Richtung des Kellerabgangs. Es war offensichtlich, was er wollte, und da Ida die Fähigkeiten dieser vorsintflutlichen Waffe lieber nicht herausfordern wollte, gehorchte sie.

Wie zu erwarten, befanden sich im Untergeschoss mehrere Lagerräume, in denen sich weitere Waren unklarer Herkunft sowie Kohle und in einem Winkel auch zwei Säcke mit Kartoffeln, stapelten. »Was wollen Sie?« Angestrengt blickte Ida sich um, ob sie irgendwo eine Spur von Wilhelm entdecken könnte, doch außer drückendem Kellerdunkel war nichts zu sehen.

»Also gut, Fräulein, ich habe Sie erkannt«, sprach der Mann sie endlich an, als sie in einen Raum traten, dessen Schwärze von Kohlestaub noch verstärkt wurde. Nur ein schmaler Lichtschacht sorgte für genug Helligkeit, dass sie einander wenigstens ins Gesicht sehen konnten.

Ida presste die Lippen aufeinander und bemühte sich um Haltung. »Sie waren beim Eishaus, draußen in Thal«, schleuderte sie ihm dann entgegen.

»Gut beobachtet.«

»Sie wollten Wilhelm erstechen!«

»Aus Notwehr. Aber Sie haben das ja gekonnt vereitelt.«

Einen Augenblick lang war Ida irritiert. So wenig erfreulich ihr Gespräch gerade verlief – seine Stimme war ihr wider Erwarten vollkommen unbekannt. Ja, sie hätte schwören können, dass sie ihn noch nie gehört hatte, dabei war sie doch davon ausgegangen, dass der Mann in Thal derselbe gewesen sein musste, der sie auch in der Stadt bedroht hatte. Sie schüttelte den Kopf. Gewiss lag der fremde Klang nur an diesen Kellergewölben, die sie umgaben. Sie musste sich zusammenreißen.

»Wo ist Wilhelm jetzt?«, fragte sie.

»Der Gendarm?« Der Mann stieß ein frustriertes Schnauben aus. »Bitte, verkaufen Sie mich nicht für dumm. Sie werden ja wohl nicht zufällig hierhergekommen sein. Wahrscheinlich steht Ihr Wilhelm gerade oben auf der Straße und passt auf den richtigen Moment, um mich dingfest zu machen. Und deshalb muss ich mir jetzt genau überlegen, was ich mit Ihnen anstelle.«

»Was?« Fast hätte Ida ihm erklärt, dass wenn, dann nicht Wilhelm, sondern Leopold (hoffentlich bereits mit Verstärkung) ihm auflauerte. Irgendetwas stimmte hier ganz und gar nicht – und da war noch nicht einmal mit eingerechnet, dass sie völlig unüberlegt und allein den Laden betreten hatte und sich nun mit einem pistolenschwingenden Mann in einem finsteren Keller befand.

»Geh, schauen S' nicht so belämmert drein, das steht Ihnen nicht.«

Das Ungetüm von Duellwaffe war noch immer auf sie gerichtet.

»Ich weiß nicht, wo Wilhelm ist.«

»Reden Sie keinen Blödsinn!«

»Aber Sie wissen, dass Wilhelm Sie entdeckt hat.« Ob es klug oder eher höchst töricht war, sei dahingestellt – doch irgendetwas zwang Ida weiterzusprechen, auch wenn sich manches davon erst in dem Moment zusammenfügte, als es über ihre Lippen kam. Ja, es schien sogar, als verlöre die Pistole mit jedem weiteren Wort etwas von ihrer Bedrohlichkeit, während die Verwirrung auf den Zügen des Mannes in demselben Maße zunahm. »Er weiß von den Morden an den Leuten, die Ihren Bruder Alois erpressen wollten, er weiß, was Sie getan haben.«

»Halten Sie den Mund!«

»Deshalb kam er zu Ihnen«, fuhr Ida fort. »Er wusste erst nur von Alois, aber Ihr Bruder ist schwer krank. Aus diesem Grund kam Wilhelm dann auf Sie, denn in Ihrem Laden verkehrten ja auch die Mordopfer. Und als Sie begriffen, dass er Sie gefunden hatte, da ...« Sie stockte, als das letzte Bruchstück an seinen Platz fiel. »Da haben Sie ihn irgendwie überwältigt und gezwungen, sich selbst der Taten zu bezichtigen. Sie verwischen Ihre Spuren mit seinem Geständnis! Und Sie glauben, dass sein Selbstmord das auch noch bestätigen würde, Sie ... Sie ...!«

»Wie bitte?« Völlig entgeistert ließ der Mann die Pistole sinken.

»Ich weiß, dass Wilhelm kein Mörder ist. Dieses Schreiben von ihm kann nicht wahr sein.«

»Welches Schreiben?«

»Der Brief ... an das Landesgendarmeriekommando, in dem er gesteht, dass er den Brandt und das Hausmädchen der Familie Mandelsüß, diesen Maquereau Klein und den Kutscher Rachoinig und die Witwe Windisch erschlagen hat. Sie haben ihn dazu gebracht!«

Als hätten ihre Worte ihm einen Hieb versetzt, taumelte Fritz Blamberger zurück. »Der Hund!«, fauchte er. »Der Hund!«

Ida machte einen Schritt von ihm weg, doch plötzlich richtete er wieder die Waffe auf sie.

»Sie bleiben … vorerst.« Dann ließ er sich an der rußdunklen Wand zu Boden gleiten. »Verdammt …« Ihm entrang sich ein freudloses Lachen. »Sie haben offenbar wirklich keine Ahnung.«

Ida schwieg abwartend.

»Dieser Dreckskerl!« Er krallte die Finger in seine Haare. »Ich Idiot …«

Ida sah ihn an.

»Anscheinend hat der Platzny, dieser Sauhund«, er hieb zornig mit der Faust gegen die Wand, »beschlossen, seine eigene Haut zu retten, der Hundsfott!« Irgendetwas an der drohenden Haltung des Mannes zerbrach, als er abermals auf einen imaginären Feind einschlug. »Wenn sogar Sie schon herfinden, werden die Herren Kriminalisten nicht weit sein …«

Ida widersprach ihm nicht.

»Und wenn es der Alois nicht gewesen sein kann, dann wird natürlich der nächste Verdacht auf mich fallen – was Sie ja eindrucksvoll bewiesen haben. Und was auch immer Ihr Wilhelm gesteht oder auch nicht, der Platzny ist über alle Berge, und ich … Na, in meinem Sündenregister werden sie schon was Passendes finden. Der Hund hat an alles gedacht.«

»Ich verstehe nicht.«

»Jetzt ist es doch eh schon egal …«

»Was meinen Sie?«, fragte Ida vorsichtig.

Ein Blick voller Wut und Verzweiflung traf sie. »Mein Bruder ist an allem schuld.«

Sie nickte. »Ich verstehe …« Abermals den Versuch zu wagen, einfach wegzurennen, erschien ihr wenig erfolgversprechend; ihn reden zu lassen bedeutete immerhin, Zeit zu gewinnen.

»Der Alois hatte damals als Unteroffizier eine Liebelei nach der nächsten – und dann ist es gekommen, wie es kommen musste. Eines seiner süßen Mädels wurde schwanger. Ausgerechnet ein gnädiges Fräulein.«

»Das Fräulein von Waldstein«, sagte Ida.

Fritz schnaubte. »Flora von Waldstein. Aber als es drohte, ernst zu werden, und unsere Mama begonnen hat, Fragen zu stellen, hat Alois einmal mehr seinen Charme spielen lassen. Ein Hausmädchen bei den Waldsteins brachte das Fräulein nachts aus dem Haus, der Kutscher war eingeweiht, sie fuhren zu einer Engelmacherin.«

»Zu der Mutter vom Liebhaber des Hausmädchens«, ergänzte Ida.

»Sie wurde das Kind los, obwohl sie im letzten Moment lieber einen Rückzieher gemacht und aus Liebe die gesellschaftliche Schande riskiert hätte. Man brachte sie wieder zurück – aber dann ging alles daneben. Das Fräulein starb, es gab einen riesengroßen Skandal, die Dienerschaft bekam Angst um ihre Stellung, das Gerücht ging um, dass jemand von der Affäre geredet hat. Und mein Bruder, der Feigling, machte sich auf einmal Sorgen um seine Ehre und beschloss zu verschwinden. Nach Amerika! Ich war damals … Ich war eben nicht da, um ihm zu helfen.« Ein Laut voller Bitterkeit entrang sich seiner Brust. »Aber er ist nicht so, er wollte nicht, dass unsere Mama unversorgt bleibt, wenn er weg ist – auf mich war ja kein Verlass –, also bat er einen Kameraden, wenn er weg war, seinen Säbel zu verkaufen und das Geld ihr zukommen zu lassen. Ich glaube, er hat ihm erzählt, dass er wegen einer Ehrensache die Konsequenzen ziehen müsste. Stattdessen hat er die nächstbeste Passage nach Amerika genommen. Und sein Freund geriet wegen der Waffe in Schwierigkeiten.«

»Wilhelm …«

»Sein Kamerad Joseph Platzny ließ den armen Deppen auffliegen.« Er vollführte mit der Pistole eine wegwerfende Geste, die Ida zurückzucken ließ. »Ausgerechnet der Platzny, der selbst seine Finger überall drinnen hat, wo es sich auszahlt. Wir kannten uns … von anderen Geschäften. Vor ungefähr einem Monat ist der Alois dann wieder heimgekommen. Niemand hat mehr mit ihm gerechnet, aber auf einmal war er da. Offenbar stirbt es sich leichter in der Heimat … Er hat nicht viel erzählt, aber er ließ anklingen, dass er nun reich sei, dass er Geld mitgebracht habe. Er hat es nicht hergezeigt, aber es war offensichtlich. Neue Schuhe, ein paar neue Töpfe für die Küche, neue Vorhänge, bezahlte Rechnungen. Meine Mutter war begeistert, ich habe ihm auch geglaubt – und irgendwie machte das die Runde. Auf einmal kamen sie der Reihe nach angekrochen, der Klein, Brandt und seine Mutter, das Fräulein Kern, der Rachoinig. Sie haben gedroht, dass sie wissen, weshalb er damals weg ist, dass sie erzählen würden, was damals geschehen ist. Der Alois hat nur gelacht – was hätte ihm denn noch geschehen können? Er hat gewusst, dass er nicht mehr lange zu leben hat.« Er wischte sich über die Augen.

Ida hielt die Luft an, um zu lauschen. Früher oder später musste doch jemand diesen Laden betreten!

»Hören Sie mir eigentlich noch zu, Fräulein?« Plötzlich war die Waffe wieder auf sie gerichtet.

»Natürlich.« Sie zerrte ein Lächeln auf ihre Lippen. »Das alles ist … ein großes Missverständnis.«

»Ein Missverständnis, ja«, lachte er bitter auf. »Aber dann haben sie gedroht, dass sie der Mama was antun, wenn sie keinen Anteil bekommen. Unsere Mama – natürlich haben wir da etwas machen müssen! Dem Alois ist es dann aber schon so schlecht gegangen, er wollte über das Geld nicht reden. Und da ist der Platzny aufgetaucht. Der Sauhund! Der ist nicht so ein Trottel wie die anderen.«

Ein Geräusch von oben ließ ihn innehalten.

»Bitte.« Ida schluckte. »Lassen Sie mich jetzt gehen. Ich habe verstanden, dass alles eigentlich ganz anders war.«

»Nein. Sie bleiben hier. Bis zum Schluss.«

Entgeistert hatten Victoria und Valentine ihrer Lehrerin nachgesehen, als sie geradewegs auf das Geschäft zumarschierte. Kurz hatten sie noch gezögert, denn dass sie auf einmal tatsächlich so ganz allein wären, hatten sie zunächst nicht erwartet. Diese Gegend der Stadt war ja auch etwas anderes als die noble Straße, wo sie der gnädigen Frau von Waldstein einen Besuch abgestattet hatten.

Die Kutschpferde standen bewegungslos und desinteressiert da und kümmerten sich nicht darum, als die Mädchen schließlich loszogen, um wie vereinbart die Stadtwache zu alarmieren.

Ganz so einfach, wie sie sich das zunächst gedacht hatten, gestaltete sich dieses Unterfangen jedoch nicht. Denn wider Erwarten ließ sich in den umliegenden Straßen kein einziger Uniformierter blicken. Aus Sorge, sich im Straßengewirr dieser ihnen weitgehend unbekannten Gegend zu verirren, entschlossen sich die beiden, schließlich wieder den Rückweg anzutreten – denn hatte nicht doch die erste Anweisung des Gendarmen gelautet, an Ort und Stelle zu bleiben?

»Oder sollten wir vielleicht selbst in den Laden …?«, schlug Valentine vor, als sie sich von der anderen Seite wieder der Straße näherten, in der Wagen und Pferde noch immer geduldig warteten.

»Aber wenn dort dieser Mörder ist?«, wandte Victoria ein.

Ihre Schwester zuckte nur die Schultern. »Er erwartet uns ja nicht.«

»Und wenn doch?«

»Hast du Angst?«

»Ich habe einen Plan.«

»So? Welchen denn?«

Ehe jedoch Victoria ihre Überlegungen mit Valentine teilen konnte, packte diese sie an ihrem schwarzen Rockzipfel und hielt sie zurück. »Schau!« Sie deutete auf die Mauer vor ihnen, deren Verputz möglicherweise einmal schönbrunnergelb, nun jedoch in irgendeiner Nuance von Straßenstaub gefärbt war.

»Blut«, stellte Valentine mit Kennermiene fest.

»Nicht alt«, ergänzte Victoria, indem sie den Finger kurzerhand auf den kleinen Fleck drückte.

Die beiden schauten sich um.

»Dort vorne ist der Laden – ist hier nicht der Gendarm diesem Mann hinterhergelaufen, gerade hier um die Ecke?« Victoria reckte den Hals, als könnte sie ihn irgendwo entdecken.

»Hat er ihn erschossen?«

»Zu wenig Blut. Und kein Radau – das würde man doch hören«, erwiderte Victoria. »Und wo sollte er denn sein? Wenn man erschossen wird, muss man doch irgendwo herumliegen.«

»Dort!«

Victoria folgte dem ausgestreckten Finger ihrer Schwester. Doch statt eines erschossenen Gendarmen entdeckte sie jemand anderen. »Komm«, hauchte sie nur und eilte los.

Ida wusste, dass sie einen Fehler gemacht hatte. Sie hätte auf Leopold warten sollen, sie hätte die Schwestern Mandelsüß nicht allein lassen dürfen. Aber für derlei Überlegungen war es nun zu spät. Sie konnte dem Mann, der immer noch diese vorsintflutliche Duellpistole auf sie richtete, nicht entkommen – sie konnte nur abwarten und hoffen, dass rechtzeitig noch so etwas wie ein Wunder geschähe.

»Sie haben sich also zusammengetan«, redete sie weiter, um ihm keine Zeit zu geben, sich womöglich doch noch dafür zu entscheiden, mit einem Schuss dieser absurden Situation ein Ende zu bereiten. »Alle, die von der Geschichte mit Fräulein von Waldstein wussten und Sie deshalb erpressen konnten, brachten Sie um. Sie wollten das Geld Ihres Bruders mit niemandem teilen, zumal er wohl nicht mehr lang genug leben würde, um den Reichtum zu genießen.«

»Ja! Nein …« Fritz Blamberger stöhnte auf. »Ich wollte ja nur, dass sie der Mama nichts tun! Aber der Platzny, der hat gemeint, dass die anderen nie eine Ruh geben würden, dass sie immer und immer wiederkommen würden und dass ich mich … dass ich unsere Mama nur schützen könnte, wenn ich … wenn ich …« Er gestikulierte mit der Pistole.

»Wenn Sie sie umbringen?«

»Was hätt ich denn sonst tun sollen?«

»Aber wieso dann Wilhelm?«

Er schaute sie düster an. »Mit Ihrem Wilhelm habe ich nichts zu schaffen. Er war ein Freund vom Alois, blöd genug, dass er seinen Säbel verscherbeln wollte. Aber nachdem ich ihn in Thal nicht erwischt habe … Ich war mir sicher, dass er mich nicht erkannt hat, wieso sollte ich mir dann noch wegen ihm die Mühe machen? Ich wollte ohnehin weg, sobald mein Bruder … Das muss der Platzny gewesen sein.«

»Aber wieso?«

»Tun Sie doch nicht so blöd! Wenn Ihr Wilhelm den Alois kennt und der Platzny ein Kamerad vom Alois war, dann wird Ihr Wilhelm wohl die Verbindung zwischen den beiden sein, die niemand herausbekommen soll.« Er wedelte wieder mit der Pistole herum, um seine Worte zu unterstreichen. »Von vorn bis hinten hat der mich betrogen!« Ein Ton bitterster Enttäuschung mischte sich in seine zornigen Worte.

Ida versuchte, ruhig zu bleiben, obwohl sie jedes Mal, wenn die Mündung auf sie zeigte, zusammenzuckte. »Gut. Und wo ist der Platzny nun?«

Fritz hob die unhandliche Duellwaffe und betrachtete sie sinnend. »Er hat mir von seinem einstigen Kameraden erzählt, den er beim Brauhaus-Ball beobachtet hat, zusammen mit einem ansehnlichen Frauenzimmer – mit Ihnen.« Er maß sie mit einem abwägenden Blitzen in den Augen.

»Er war es.« Ida sah ihn an und spürte eine Gänsehaut ihren Rücken hinabrieseln. »Platzny. Er hat bemerkt, dass ich zufällig in der Nähe der Morde war, er hat mich bedroht – und er wusste, dass Wilhelm durch Sie auch auf ihn kommen konnte!« Sie trat einen Schritt auf Fritz zu. »Bitte, sagen Sie mir, wo der Platzny jetzt ist! Sagen Sie mir, wo er Wilhelm hingebracht haben könnte! Bitte!«

Der Mann verzog nur die Lippen. »Wieso sollte ich das tun?« Ein erneutes Geräusch aus dem Laden ließ ihn den Blick zur Decke wenden.

»Sie haben mir alles erzählt, ich kenne jetzt die Wahrheit.« Verzweifelt suchte Ida nach den passenden Worten. »Ich werde aussagen, dass Sie guten Willen gezeigt haben. Ich gebe Ihnen mein Wort.«

»Was soll das jetzt noch nützen?«

»Bitte, helfen Sie mir!«

Ein Poltern von umstürzenden Regalen ließ sie beide zusammenfahren.

»Eigentlich müsste ich Sie doch einfach nur erschießen, und die Sache wäre erledigt ...«

»Bitte!«

»Aber wenn ich Sie jetzt umbringe, muss ich hier verschwinden. Ohne Geld, der Platzny wird mir nicht helfen, mein Bruder stirbt ohnehin und die Mama verflucht mich und will mich nicht mehr sehen. Wenn ich Ihnen helfe und den Platzny umbringe, werden Sie mich wahrscheinlich trotzdem verraten, ich komme ins Gefängnis – oder an den Galgen –, mein Bruder stirbt und meine Mama wird mich verfluchen. Wenn ich Sie entkommen lasse und stattdessen diesen Menschen erschieße, der da oben herumpoltert, werden Sie mich verraten, ich muss verschwinden oder komme an den Galgen, mein Bruder stirbt in jedem Fall und meine Mama wird mich verfluchen. Sie sehen, was auch immer ich tue, jemand wird sterben.« Sein Lachen klang wie zersplitterndes Glas. »Jeremias und sein Mädel, Franz Klein, die Alte, Ferdinand – die sind alle nur gestorben, damit keiner unserer Mama was antun kann, weil ohnehin niemand weiß, wo der Alois das Geld versteckt hat.«

Ida wollte etwas sagen, doch die Worte blieben ihr wie Klumpen in der Kehle stecken.

»Also, wen soll ich jetzt erschießen?« Fritz lächelte sardonisch und hob die urgroßväterliche Waffe. »Falls es Sie erleichtert, Fräulein, der Wilhelm steht ohnehin nicht mehr zur Auswahl, weil den erledigt höchstwahrscheinlich ohnehin gerade der Platzny, wie ich den kenne ... also?«

Ida schüttelte nur den Kopf, zu mehr war sie nicht fähig.

»Gut.« Fritz sah sie an, nickte.

Dann setzte er die Pistole an seine Schläfe und schoss.

Kapitel 14

… in welchem der Tod sehr nahe ist …

Der Schuss hallte in dem Kellergewölbe hundertfach wider, und für einige Sekunden meinte Ida, dass sie nie mehr etwas anderes hören würde. Vor ihr an der kohlestaubschwarzen Wand zu Boden gesunken lag Fritz Blamberger. Das dämmrige Licht verbarg gnädig den grausigen Anblick, den seine Tat hinterlassen hatte.

Entsetzt stolperte Ida einen Schritt zurück. Ihr Herz pochte so sehr, dass es ihr fast den Atem nahm.

Sie wusste nicht, wie lange sie so bewegungslos dagestanden hatte, bis sie endlich Kraft und Willen aufbringen konnte, um über den Leichnam hinwegzusteigen und schwankend die Treppen aus dem Kellergewölbe wieder hinaufzusteigen.

Oben blieb sie entsetzt stehen. Der Laden, der zuvor schon kein Ausbund an Ordnung und Sauberkeit gewesen war, schien das Opfer eines vandalischen Aktes geworden zu sein. Kästen und Truhen waren aufgerissen, ein Regal schien gänzlich von der Wand gerissen worden zu sein. Es war schwer zu erkennen, ob jemand etwas gesucht oder lediglich ein Höchstmaß an Unordnung zu einem anderen Zwecke veranstaltet hatte. Jedenfalls erklärte dies das Poltern, das sie im Keller vernommen hatte.

Vorsichtig blickte sie sich um. Sollte ihr jemand auflauern wollen, so wäre dies der perfekte Ort, um sie aus dem Hinterhalt zu überwältigen. Als sie jedoch niemanden entdeckte, trat sie aus dem Hinterzimmer in den Verkaufsraum, um so rasch wie möglich das Geschäft zu verlassen – als sie zurückprallte.

Sie konnte einen erschrockenen Schrei nicht unterdrücken, als eine Gestalt auf sie zutrat, leicht gekrümmt und wankend, das Gesicht blutig verschmiert.

Reflexartig packte Ida das erstbeste Trumm, dessen sie habhaft werden konnte, und streckte dem Mann in Abwehrhaltung eine leicht verbogene Schöpfkelle entgegen.

»Ida!«

Sie brauchte ein paar Herzschläge, bis sie begriff, wer vor ihr stand. »Leopold?«

Er stützte sich auf einem Tisch ab. »Er hat mich niedergeschlagen, gleich hinterm Laden.«

Ida ließ das Küchenutensil sinken. »Wer?«

»Der Mann, den die Mädchen gesehen haben … in der Uniform.« Er wischte sich über die Stirn, betrachtete seinen blutigen Ärmel und stöhnte. »Ich wollte ihm nach, da hat er einfach, ich weiß nicht, wie … Er hat mich gegen die Mauer gestoßen, und wie ich dann endlich wieder auf den Beinen war und ihm hinterher, da war er längst weg. Er muss gewusst haben, dass wir …« Erst jetzt schien ihm bewusst zu werden, dass der Laden nicht in bester Ordnung war. »Was ist denn hier geschehen?« Er sah Ida an. »Was ist passiert?«

»Er … hat sich erschossen«, brachte sie endlich heraus.

»Hier?«

»Im Keller.«

Leopold keuchte auf.

»Fritz Blamberger, er hat sich erschossen«, wiederholte Ida.

Leopold schloss für einen Moment die Augen. »Gut. Nein, nicht gut, aber …«

»Wilhelm muss bei … Platzny sein.«

»Bei wem?«

Ida spürte, wie erst jetzt der Schock, der sie in Erstarrung gehalten hatte, verebbte und nun ihre Beine zittern ließ. »Platzny … Joseph Platzny … ein ehemaliger Kamerad von Wilhelm und Alois Blamberger. Er wusste von dem Geld, das Alois aus Amerika mitgebracht hat, und hat Fritz eingeredet, dass der die anderen töten soll.«

»Der Platzny …« Leopold betastete abermals seine Stirn. »Das muss er gewesen sein.« Er zog ein Taschentuch aus seinem Rock und presste es auf die Wunde. »Und welches Geld?«, wiederholte er.

»Später«, erwiderte Ida nur. »Wir müssen Wilhelm finden. Wenn dieser Mensch weiß, dass wir ihm auf der Spur sind, dann hat er keinen Grund mehr … Dann macht es keinen Unterschied, ob …« Sie brauchte den Satz nicht zu beenden, Leopold verstand sie auch so.

Als sie wieder auf die Straße traten, hatte der frühe Abend sich bereits bläulich über die Stadt gelegt. Sie hatten das zweifelhafte Glück, dass gerade niemand unterwegs war und sich darüber wundern konnte, was ein junger Gendarm mit blutiger Stirn und eine Frau mit zerschlissener Kleidung zu dieser Stunde hier machten. Sie wandten sich sogleich in Richtung des Wagens, vor dem die Pferde immer noch mit ergebener Miene eingespannt ausharrten.

Plötzlich blieb Leopold wie angewurzelt stehen. »Wo sind die Mädchen hin?«

»Sie sind weg.«

Kurz kreuzten sich ihre Blicke.

»Sie alarmieren die Stadtwache«, sagte Ida nur.

»Herrgott …«, murmelte Leopold.

Es war ein merkwürdig dumpfes Gefühl, sich in sein Schicksal ergeben zu haben.

Schmerzen wurden zu einem beständigen Strom, auf dem man sich einfach treiben lassen konnte, Gedanken kamen und gingen, Trauer, Wehmut, Hoffnung …

Wilhelm saß auf einem Sessel, dessen Beine windschief und anscheinend unterschiedlich lang waren, weshalb er in einer unbequemen, verkrampften Haltung die Balance halten musste, wenn er nicht wollte, dass der Stuhl umkippte. Seine Arme waren rücklings um einen aufrecht stehenden Holztram, der einen Teil des Dachstuhls stützte, geschlungen und so grob gefesselt, dass er längst kein Gefühl mehr in den Fingern hatte. Er konnte sich lebhaft vorstellen, wie sich ihm die Schulter auskugeln würde, wenn er seitwärts vom Stuhl fiele.

Zudem kämpfte er gegen einen beständigen Würgereiz, den ihm sein Knebel verursachte. Er konnte nicht erkennen, was man ihm zwischen die Kiefer gezwängt hatte, aber der Geschmack, der sich in seiner Kehle ausbreitete, war ekelerregend bitter und faulig, der grobe Stoff von seinem Speichel vollkommen durchtränkt.

Die Zeit zog sich wie ein Strudelteig.

Zwischendurch hatte er versucht, sich mit verschiedenen Szenarien abzulenken, wie man vielleicht weiter mit ihm verfahren würde. Er hatte sich vorgestellt, wie er bei der ersten sich bietenden Gelegenheit seine Hände aus den Fesseln riss und sich auf seinen Peiniger stürzte. Er hatte in den immer tiefer werdenden Schatten nach Gegenständen Ausschau gehalten, die er als Waffe verwenden könnte. Irgendwo neben dem Aufgang zum Dachboden erahnte er einen Stapel Brennholz, das man hier trocken gelagert hatte; es gab einige recht massiv anmutende Möbelstücke, unhandliche Gerätschaften, die sicherlich schon seit Jahrzehnten nicht mehr im Haushalt verwendet worden waren. Er hatte auch mit dem unsinnigen Gedanken gespielt, ob es möglich wäre, eine Ratte oder einen Marder, deren Rascheln er im Gebälk immer wieder hörte, anzulocken und dazu zu bringen, seine Fesseln durchzukauen.

An diesem Punkt hatte Wilhelm meist die Augen geschlossen und in sich hineingehorcht, ob dies bereits die ersten Anzeichen des herannahenden Wahnsinns waren.

Plötzlich ließ ihn ein Knarren auffahren.

Die Tür zum Dachboden, die hinter dem gemauerten Kamin seinem Blick verborgen war, wurde aufgestoßen, und ein Mann kam mit langen Schritten auf ihn zu, in dem Wilhelm nun seinen einstigen Stubenkameraden Joseph Platzny erkannte.

»So, Koweindl, wir werden das jetzt erledigen«, sagte der in einem Ton, als ginge es um nicht mehr als einen lästigen Vertragsabschluss.

Wilhelm wollte etwas sagen und würgte röchelnd.

Platzny betrachtete ihn für einen Moment interessiert, während er mit einem langen Lederriemen, der wahrscheinlich zu einem Pferdegeschirr gehörte, herumspielte. »Sie haben den Fritz. Das ist blöd, aber da kann man nichts machen.« Er verzog die Lippen. »Und weißt du, wen die werten Ermittler als Lockvogel eingesetzt haben? Dein feines Fräulein! Ist einfach so in den Laden marschiert. Respekt.«

Wilhelm zerrte an den Fesseln und spürte, wie seine Schultergelenke schmerzhaft knackten.

»Aber sie war ohnehin nicht allein. Dieser Blondel war auch mit dabei. Hat gemeint, dass er mich einfach so dingfest machen kann. Ich habe ihm den Schädel eingeschlagen. Wahrscheinlich liegt er noch immer dort am Straßenrand herum.«

Wilhelm würgte einen Fluch hervor.

»Um den ist es nicht schad. Mach dir lieber Gedanken über dein liebes Fräulein.«

Er wollte sich aufbäumen, aber Kraft und Koordination waren ihm abhandengekommen, was sein Gegenüber durchaus zu amüsieren schien.

»Nur keine Hektik, ich glaube eh nicht, dass er sie einfach erschießt, er ist nicht so einer. Ich habe ihm ja jedes Mal stundenlang zureden müssen, bis er einen von den Quälgeistern erschlagen hat. Außerdem sind Tote immer so … lustlos.« Platzny stieß einen Laut aus, der möglicherweise ein Lachen darstellte. »In jedem Fall kann ich mit dem Fritz jetzt nicht mehr rechnen. Aber wichtig ist nur, dass die Herrschaften Kriminalisten mich in Ruhe lassen, und deshalb muss hier ihre Spur enden – wenn sie überhaupt so weit kommen. Du hast eh schon schriftlich festgehalten, was du machen wirst, Koweindl. Also gehen wir's an.«

Mit aufreizender Gelassenheit machte Platzny sich darauf an Wilhelms Fesseln zu schaffen. Als er jedoch bemerkte, wie sich der Gendarm zur Gegenwehr spannte, hielt er inne. »Lass das«, meinte er nur und fügte mit einem sardonischen Lächeln hinzu: »Dein Fräulein Fichte ist nicht weit weg … Wenn du deinen Teil erfüllst, können wir es dabei bewenden lassen. Andernfalls … na ja, du bist ja Manns genug, um dir da was Feines auszumalen.«

Wilhelm keuchte und würgte.

»Sehr gut.«

Nachdem er Wilhelm von dem Holztram losgebunden

hatte, säumte Platzny nicht lange und fesselte dessen Hände aufs Neue. Seinen Versuch, sich ihm zu entwinden, quittierte er mit einem Hieb in den Bauch, der Wilhelm schier den Atem raubte. Als er sich wieder aufrappelte, musste Wilhelm zudem feststellen, dass er bei einem Fluchtversuch ohnehin nicht allzu weit gekommen wäre, denn von der unmöglichen Sitzhaltung waren seine Beine so verkrampft, dass er ins Stolpern geriet.

Mit überraschend festem Griff packte sein Gegenüber ihn am Oberarm. »Keine Sorge, du musst nicht weit rennen.«

Ehe Wilhelm auch nur irgendwie reagieren konnte, schlang sich der Lederriemen um seinen Hals.

»Steig auf den Sessel«, befahl Platzny. »Keine Sorge, noch halt ich dich.«

Wilhelm krächzte und versuchte, den Knebel loszuwerden.

»Schau, Koweindl, einer, der sich aus Reue erhängt, der schreit vorher eher nicht herum. Es soll ja alles so authentisch wie möglich wirken, da kann ich dir nicht jetzt schon den Knebel wegnehmen.«

Ungelenk wand sich Wilhelm aus Platznys Griff und wollte davonstürzen, doch sein einstiger Stubenkamerad lächelte nur. Es brauchte nicht mehr als einen Ruck, und Wilhelm stürzte, von dem Lederriemen gehalten, rücklings zu Boden. Das Erstickungsgefühl wurde übermächtig, als sich in seiner Kehle der Geschmack des Knebels und seines eigenen Erbrochenen mischte und ihm der Riemen die Luft abschnitt.

»Wir müssen das jetzt nicht allzu unschön gestalten. Du sollst dich ja nur erhängen. Jetzt steig auf den Sessel – schau, der Balken hat genau die passende Höhe. Wenn du dich wie ein Mann und Soldat benimmst, wird man dich erst in ein paar Tagen – wenn überhaupt so bald – entdecken, und dann wird man auf die Details«, er deutete lässig zu den Fesseln, die sich tief in Wilhelms Handgelenke eingegraben hatten, »auch nicht mehr so genau achten. Außerdem hast du dich ja selbstloserweise längst schuldig bekannt. Was wird man da die Juristen noch zusätzlich behelligen?«

Vielleicht wäre Wilhelm noch zu einer letzten Gegenwehr

in der Lage gewesen, doch mit einem letzten Gedanken an Ida schloss er ergeben die Augen.

Mit ein paar bedenklich geübten Handgriffen hatte Platzny den Lederriemen über den Balken geschlungen und an dem Holztram fixiert.

»Letzte Worte?«

Wilhelm röchelte.

»Nicht du – *ich* werde noch etwas sagen.« Platzny räusperte sich. Er schien es offensichtlich zu genießen und ließ sich alle erdenkliche Zeit. »Wilhelm Koweindl …«, begann er feierlich. Ein Rascheln ließ ihn innehalten, doch nachdem er sich vergewissert hatte, dass es wohl nur die üblichen Marder oder anderes Getier, das am Dachboden heimisch war, gewesen sein konnten, fuhr er fort: »Schon wie ich dich erwischt habe, als du den Säbel vom Blamberger verkaufen wolltest, wusste ich, dass du ein ausgemachter Idiot bist. Nun, damit hätte ich es bewenden lassen können, allerdings hatte ich das Glück, dein wertes Fräulein beim Brauhaus-Ball vor zwei Wochen zu treffen. Ein sauberes Frauenzimmer, mit dem du da auf der Tanzfläche warst.« Er grinste nur, als Wilhelm noch einmal die Augen aufriss. »Ich habe sie dann beobachtet, das Fräulein, und da habe ich bemerkt, dass sie dummerweise die Angewohnheit hat, allerweil dort herumzusteigen, wo gerade jemand erschlagen worden ist.«

Wilhelm schaute starr an ihm vorbei.

»Eigentlich wäre mir das ja vollkommen egal gewesen, aber leider waren das genau die Leute, die der Fritz auf meinen Rat hin erledigt hat. Schau nicht so blödistisch. Ich meine den großen Bruder von unserem einstigen Stubengenossen, den Alois. Der mir immer die Kleinigkeiten abgenommen hat, wenn ich einmal wieder gewisse Ehrenschulden zu begleichen hatte. Der hat sich damals nicht umgebracht, wie du inzwischen weißt, sondern er hat in Amerika ein Vermögen gemacht. Blöderweise wird er demnächst verrecken, und weil der Fritz das Geld nicht mit dessen Handlangern teilen will und obendrein meint, seine treu sorgende Mutter beschützen zu müssen, waren eben andere

Mittel notwendig. Ich hätte das mit deinem Fräulein schon geregelt.«

Wilhelm ruckte hektisch mit dem Kopf.

»Nana, der Riemen hält«, meinte Platzny nur und fuhr ungerührt fort: »Und dann kommst du und mischst dich auch noch ein. Natürlich haben wir da was tun müssen. Aber nachdem der Fritz sich im Wald bei Thal so ungeschickt angestellt hat, muss ich das eben erledigen. Nun – ich nehme an, du verstehst mich.«

Er setzte den Fuß auf den Stuhl und ließ ihn wackeln.

Wilhelm keuchte hektisch.

Das Knarren eines Schrittes ertönte.

Platzny lachte auf.

Wilhelm stieß einen panischen Laut unter seinem Knebel hervor.

»Jetzt!«, erklang eine Stimme.

Platzny fuhr herum, doch mehr als einen überraschten Aufschrei brachte er nicht mehr hervor.

Ein dumpfer Hieb, dann erklang ein Kreischen, als erst Platzny wie ein gefällter Baum umfiel – und dann der Stuhl, auf dem Wilhelm stand.

Wäre der Fall tiefer gewesen, hätte vielleicht Wilhelms Genick nachgegeben, so aber gab nur der Knoten ein Stück nach, und der lang gewachsene Gendarm zappelte nun auf den äußersten Zehenspitzen um sein Leben.

Das Kreischen war allerdings nicht von Wilhelm gekommen, denn der brachte wegen des Knebels und seiner ausgesprochen misslichen Lage nicht mehr als ein panisches Röcheln zustande. Der Laut entstammte einer schwarz gekleideten Gestalt, die sich nun mit einem rostigen Ding in der Hand (wahrscheinlich handelte es sich dabei um das uralte Gehäuse eines Fleischwolfs) interessiert über den Mann beugte.

»Vali, der andere!«, rief da Victoria ihrer Schwester zu und deutete auf Wilhelm.

Eilig bemühten sie sich darauf, den Sessel wieder unter Wilhelms zuckende Füße zu bugsieren.

Mit fliegenden Fingern machte sich die eine daran, den Riemen und die Fesseln zu lösen, während die andere, weiterhin mit dem Fleischwolf bewaffnet, über dem gefällten Mann stand, jederzeit bereit, ihn noch einmal niederzustrecken.

Endlich bekam Victoria Wilhelms Hände frei, und mit wenigen Griffen gab auch der Riemen nach. Wilhelm stolperte von dem Sessel auf den festen Boden, riss sich den Knebel aus dem Mund und erbrach sich neben den Holztram. Kraftlos sank er zu Boden, alles um ihn herum ein Wirbel, in dem es kein Oben und Unten mehr gab.

»Stirbt er?«, fragte Valentine.

Victoria warf einen kritischen Blick auf Wilhelm, der gerade vollauf damit beschäftigt war, wieder zu Atem zu kommen. »Eher nicht. Der andere?«

Ihre Schwester stupste den Mann am Boden mit dem Fuß an. »Ich weiß nicht.«

Sicherlich ist es nicht leicht, sich auszumalen, was Wilhelm nun denken mochte, der bislang ja noch nicht die Bekanntschaft der Schwestern Mandelsüß gemacht hatte. Man stelle sich vor: Da standen zwei junge Fräulein in Trauerkleidung, die schwarzen Schleier lose zurückgeschlagen, und überlegten, wer wohl eher sterben würde – er oder sein Peiniger. Kein Wunder, dass er sich für einen Moment fragte, ob er in ihnen so etwas wie Todesengel vor sich hatte.

»Dann geh ich und ruf die anderen«, entschloss sich Victoria endlich.

Während Wilhelm noch versuchte, zu begreifen, ob der hübsche schwarze Engel nun den Gevatter Tod nebst Gefolge höchstselbst herbeiholen würde und wie er seine letzten Augenblicke begehen wollte, vernahm er nur eine bemerkenswert laute Stimme, die in allen Registern aus dem Dachfenster brüllte. Den Gesang einer Todesfee hätte er sich vielleicht ähnlich vorgestellt, das zarte Requiem eines Engels war es jedenfalls nicht.

In jedem Fall aber musste jemand diese Töne gehört haben, denn auf einmal wurden weitere Stimmen laut, und Schritte knarrten auf der Holzstiege.

»Wilhelm!«

Es war nun freilich nicht der Tod, der da auf ihn zustürzte (und wenn er in dieser Gestalt gekommen wäre, so hätte Wilhelm sich glücklich seiner Umarmung ergeben), sondern es war Ida.

»Herr Koweindl!«

Hatte Wilhelm bei Idas Erscheinen vielleicht noch an ein Wunder geglaubt, das ihm die bittere Sterbestunde erleichtern sollte, so wusste er spätestens mit dem Erscheinen des blonden Gendarmen Leopold Leitner, dass er gerettet war – auch wenn dessen Anblick zunächst nicht ganz vertrauenerweckend schien.

»Wilhelm!«, wiederholte Ida abermals, dann fiel ihr Blick auf den Mann, den ein rostiges Küchengerät das Bewusstsein gekostet hatte. »Er!«, stieß sie hervor.

»Wer?«

»Das ist der Mann vom Brauhaus-Ball, der …« Sie wich Wilhelms Blick aus.

»Der dich angerührt hat?«

»Nein … Der hier hat mich nur angestarrt.«

»Der Platzny, der Hund«, murmelte Wilhelm. Zu vielen Worten war er zunächst zwar nicht fähig, doch als sein Atem sich langsam wieder beruhigte und der erstickende Schmerz in seiner Brust nachließ, als er seine Finger wieder zu spüren begann und das Zittern in seinen Beinen verebbte, sagte er leise: »Ich habe etwas furchtbar Dummes gemacht.«

»Ja, sich fast erhängen zu lassen und dann von zwei Backfischen gerettet zu werden, ist schon eine ganz besondere Leistung«, erwiderte Leopold mit einem mehr als erleichterten Lächeln.

»Nein, ich –«

Ehe Wilhelm weitersprechen konnte, stürmten weitere Männer auf den Dachboden und schauten sich in Erwartung einer gewalttätigen Auseinandersetzung angespannt um, ehe sie verwirrt, aber reflexartig salutierten. Victorias Geschrei hatte nämlich nicht nur Leopold und Ida den Weg gewiesen, sondern auch zwei Herren der Stadtwache. Die bisherigen Ermittlungen –

auch wenn sie nicht den allgemein erwarteten Erfolg gebracht hatten – waren immerhin für eine Verstärkung der städtischen Schutzmaßnahmen verantwortlich gewesen, die nun sichtbar wurden. Weshalb die beiden jungen Damen zuvor bei ihrer Suche nach hilfreichen Uniformierten nicht fündig geworden waren, ist eine Frage, die wohl niemals geklärt wird.

»Festsetzen«, sagte Leopold nur und deutete auf den niedergestreckten Mann.

Verwundert sahen die beiden Beamten zwischen den Anwesenden hin und her. Offenbar irritierte sie der Anblick der allzu jungen Witwen und des noch immer nicht ganz wiederhergestellten Gendarmen, der am Boden in der Obhut einer Frau kauerte, deren Kleidung teilweise in einem bedenklichen Zustand war.

»Was ist denn geschehen?«, fragte schließlich einer der beiden.

»Das ist Leutnant Joseph Platzny«, erklärte Leopold. »Er hat mit den Morden … an der Mur und bei der Poudrettefabrik zu tun.« Er räusperte sich, bevor er hinzufügte: »Sie können ihn mitnehmen.«

Kurz verharrten sie noch, und einer der beiden warf einen forschenden Blick auf Wilhelm, der sich nun mühsam aufrichtete, um eine halbwegs angemessene Haltung anzunehmen. Dann nickten die Männer jedoch und packten den Leutnant wenig sanft unter den Armen. Sie würden ihn ins Kriminal bringen, wo das weitere Vorgehen den ermittelnden Instanzen oblag.

»Und schicken Sie noch jemanden in den Kramladen dort an der Straßenecke. Im Kohlenkeller hat sich einer erschossen«, fügte Leopold hinzu.

Die beiden Männer sahen ihn entgeistert an. Gewiss war ihr Dienst kein leichter, und kaum einer der zahlreichen menschlichen Abgründe war ihnen fremd, mit einem Einsatz dieses Ausmaßes hatten sie aber offensichtlich nicht gerechnet.

»Warten Sie noch auf etwas Bestimmtes?«, hakte Leopold deshalb nach.

Sie schüttelten eilig die Köpfe.

Einem der beiden war jedoch Wilhelms Zustand nicht entgangen. »Sollen wir nicht für Sie auch noch wen kommen lassen?«, fragte er, ehe sie sich mit ihrer Beute, die erst langsam wieder zur Besinnung kam, zum Gehen wandten.

Wilhelm straffte sich. »Vielen Dank, ich weiß, was ich zu tun habe.«

Die beiden Stadtwachebeamten runzelten nur leicht die Stirn, dann machten sie sich auf den Weg.

»Ich werde mich um den Kameraden kümmern«, sagte Leopold laut genug, dass sie es auf der Treppe noch hören konnten.

Wilhelm stöhnte auf. »Danke«, sagte er rau, als ihre Schritte verklungen waren. »Ich weiß es zu schätzen, dass du mich nicht gleich ... Mir ist bewusst, was man nun von mir annehmen wird. Ich bin bereit, die Konsequenzen zu tragen wegen des Schreibens ...«

»Dieses Schreiben hat uns erst auf den Weg hierher geführt.«

Wilhelms Blick richtete sich auf Ida.

»Fräulein Fichte ist auch unterrichtet.«

Er ließ den Kopf in die Hände sinken.

»Der Brief ist heute Morgen im Kommando angekommen.«

»Mein Gott ...«

»Allerdings war mir ... uns von Anfang an klar, dass die Sache nicht so einfach sein konnte.« Ida legte ihre Hand auf Wilhelms Schulter. »Ich traue dir vieles zu, aber nicht, dass du fünf Menschen erschlägst.«

»Fünf!«, wiederholten Victoria und Valentine entzückt. Die beiden Mädchen waren bislang zwar schweigend im Hintergrund verblieben, dies hatte sie aber nicht daran gehindert, jedem einzelnen Wort mit größtem Interesse zu lauschen.

Ida schaute die beiden tadelnd an. »Er hat es nicht getan.«

Wilhelm sah zu Boden. »Das sagst du, aber im Gendarmeriekommando wird man anders über dieses Schreiben denken. So eine Blödheit. Das kostet mich alles ...«

»Vielleicht – wenn es denn jemand lesen würde.«

»Aber ...«

Ein Grinsen legte sich auf Leopolds Gesicht. »Ich habe den Brief an mich genommen, bevor ihn irgendwer gesehen hat. Niemand außer uns weiß davon.«

»Niemand …?« Wilhelm stieß einen Laut aus, der entfernt an ein Lachen erinnerte, aber genauso gut ein Stoßgebet oder irgendein anderer Ausruf hätte sein können. Eilig wischte er sich über die Augen. »Jesusmariaundjosef …«

Victoria und Valentine kicherten verhalten.

Erst nun schien Wilhelm auch die beiden jungen Damen, die er zunächst für die Botinnen des Letzten gehalten hatte, so richtig wahrzunehmen. »Und wie … Wer …? Ich dachte … Ich war mir sicher, dass …« Er redete nicht weiter, denn hier und jetzt zuzugeben, dass er sich mit seinem Ende bereits halb abgefunden hatte, schien ihm doch ein wenig übertrieben.

»Wir wollten ja eh zuerst die Stadtwache alarmieren«, erwiderte Victoria.

»Dabei hatten *wir* Fräulein Fichte und den Gendarmen erst zu diesem Laden geführt!«, warf Valentine ein.

»Zu dem Geschäft von Herrn Blamberger«, ergänzte ihre Schwester.

»Aber als das Fräulein Fichte …«

»… und dann der Gendarm Leitner …«

»… weg waren, haben wir Blut an der Wand gefunden.«

Leopold seufzte bestätigend und drückte sich wieder das Taschentuch an die Stirn.

»Wir beobachteten, wie ein anderer Mann …«

»Einer in Uniform!«, spezifizierte Victoria.

»… aus dem Haus kam und verdächtig eilig davonmarschierte.«

»Also folgten wir ihm.«

»Man kann ja nie wissen.«

Auf diese Weise berichteten die Fräulein Mandelsüß im Duett, wie sie dem Mann, der sich später als Leutnant Platzny herausstellte, gefolgt waren. Als er ein Haus gar nicht weit von dem Kramladen betrat, wollten sie schon wieder kehrtmachen, aber dass er, statt in eine der Wohnungen zu verschwinden, bis hinauf in den Dachboden stieg, schien ihnen dann doch verdächtig. Also schlichen sie ihm nach und entdeckten dort Wilhelm.

»Zuerst waren wir uns nicht ganz sicher, ob nicht vielleicht doch Sie der Böse sind«, räumte Valentine ein. »Aber wie der andere Sie dann aufhängen wollte, haben wir uns gedacht, dass es vielleicht klüger ist, wenn wir das verhindern.«

»Vergelt's Gott …«, murmelte Wilhelm.

Ida drückte seine Hand. »Aber wie ist er überhaupt an dich herangekommen?«

Während sie nun endlich den Dachboden verließen – immerhin mussten die beiden Fräulein Mandelsüß ja wieder rechtzeitig nach Hause kommen, ehe die Dienstboten oder gar doch ihre Eltern auf die Idee kamen, sie zu vermissen –, erzählte Wilhelm so gut er konnte, was ihm seit dem Vortag zugestoßen war.

Nachdem er den Brief aus Idas Rocktasche gelesen hatte, war er natürlich gleich zum Elternhaus von Alois Blamberger aufgebrochen. »Ich dachte doch, dass er sich damals etwas angetan hatte, wegen dieser Liebesgeschichte. Wir hatten uns deswegen sogar gestritten, weil er sich Wunder weiß was ausgedacht hatte, um mit dem Fräulein zusammen zu sein. Als Unteroffizier hätte er sich niemals eine Heiratskaution leisten können«, erklärte er.

Erst hatte Wilhelm sich sogar gefreut, den Kameraden nach so langer Zeit wiederzusehen, doch als er ihn sterbenskrank vorfand, hatte er es nicht über sich gebracht, ihn nach den Morden zu fragen – zumal er es ja offensichtlich nicht gewesen sein konnte. »Dabei wollte er mir die ganze Zeit etwas sagen«, seufzte er. »Aber er redete so wirr, dass ich kaum etwas verstanden habe. Etwas von Amerika und was er dort erlebt hatte und dass ich oder er dringend seinen Bruder sprechen musste. Er wollte mir etwas geben …«

Also hatte Wilhelm sich auf den Weg zu dem Laden von Fritz gemacht, dessen Adresse Frau Blamberger ihm nach einigem Zögern verraten hatte. »Und dann weiß ich nicht mehr ganz genau, was geschah«, erzählte er weiter. »Es war schon spät am Abend, ich wollte nur hören, ob Fritz etwas zu den Morden sagen konnte, da ja offenbar sein Bruder mit den Toten in Verbindung gestanden hatte. Er war aber nicht allein. Ich … Ich habe keine Ahnung mehr, was ich genau sagte, ich bemerkte nur, dass mein alter Kamerad Platzny auch da war, er sah mich an, und dann …«

»Dann hat er Ihnen wahrscheinlich wie Fritz den anderen Opfern irgendwas über den Schädel gezogen«, setzte Leopold fort. »Ich kann mir vorstellen, dass er bereits eine Idee hatte, wie er Sie dazu benutzen könnte, um eine falsche Fährte zu legen. Sie waren ja der einzige Schnittpunkt zwischen ihm und Alois, den man hätte herausfinden können. Deshalb bedrohte er zunächst auch Ida, damit sie sich von den Morden und von Ihnen fernhielt und niemand so rasch die Verbindung entdeckte.«

»Und nachdem dieser Plan in Thal hinfällig wurde, musste er mich anders loswerden. Und zwar so, dass für ihn der größtmögliche Vorteil herauskam.«

»Er wusste ja, dass wir der Sache bereits auf der Spur waren, und mit Verlaub … Ida ist Ihre Schwachstelle.«

»Ja.« Wilhelm warf einen fast scheuen Blick in ihre Richtung. »Nie hätte ich so etwas geschrieben, wenn nicht um ihretwillen.«

Kapitel 15

... in welchem noch ein paar Dinge zum Abschluss gebracht werden müssen ...

Victoria und Valentine Mandelsüß wurden wohlbehalten in ihrem Elternhaus abgeliefert, wo lediglich der Hausdiener schweigend einen fragenden Blick auf die beiden Gendarmen und Ida warf, den diese jedoch mit einem freundlichen Lächeln quittierten. Weder Herr noch Frau Mandelsüß würden jemals erfahren, was ihre Töchter an diesem Tag angestellt hatten, allein ein Riss im schwarzen Schleier einer der beiden Schwestern sollte Wochen später Fragen aufwerfen, als die Trauergarderoben zum Begräbnis einer alten Tante wieder hervorgeholt wurden, weswegen der Vater auf eines der Treffen im Herrenclub verzichten musste und deshalb nicht in den Ehrenhandel eines der Clubmitglieder hineingezogen wurde.

Ida fand sich bald wieder allein in ihrem kleinen Dachzimmer – und Wilhelm, der den Eindruck hatte, dass die Welt um ihn herum erst nach und nach wieder in ihre gewohnte Bahn zurückkehrte, begriff irgendwann, als das erste Morgenlicht in sein Militärzinszimmer fiel, dass er in drei Tagen zur Examination über den Chargen-Kursus antreten musste.

Die Panik, die ihn bei dieser Erkenntnis ergriff, kam dem Gefühl des Erstickungstodes, als sich der Lederriemen um seinen Hals zusammenzog und seine Füße keinen Halt mehr auf dem Boden fanden, recht unangenehm nahe. Nachdem er sein Leben samt aller hoffnungsfrohen Zukunftsaussichten bereits ad acta gelegt hatte, war die Vorstellung, doch noch etwas erreichen zu können, vor allem beängstigend. Am liebsten hätte er nun Reißaus genommen, doch zum einen fehlte ihm nach den durchlittenen Aufregungen dazu die Kraft, zum anderen wollte er seiner Mutter die Schande nicht antun, und ebenso wenig wollte er seinem Wachtmeister Stransky verkünden, dass er vorhatte, dessen gegebenen Befehl auf ganzer Linie zu missachten. Außerdem war da irgendwo auch noch eine kleine Hoffnung, dass er die Prüfung vielleicht doch bestehen könnte.

So fand sich Wilhelm am festgesetzten Tag, ordnungsgemäß adjustiert, Koppel und Schuhe aufs Peinlichste geputzt, den Säbel an der Seite, wie es sich gehörte, zur Prüfung ein.

Es wäre müßig, die Fragen zu rekapitulieren oder zu beschreiben, wie fremd Wilhelm seine eigene Handschrift unter der Anspannung auf einmal schien. Wie eng ihm der Hals wurde, als er mündlich zu allerlei Vorschriften befragt wurde. Wie unhandlich ihm mit einem Mal die eigenen, überlangen Gliedmaßen vorkamen, als er sich mit einem militärischen Gruß von dem Prüfungskommissär verabschiedete.

Ein paar Tage später war Wilhelm zum Rapport bei seinem Wachtmeister Stransky beordert. Gewohnt gewichtig saß dieser hinter seinem Schreibtisch, blitzende Sterne am Kragenspiegel, ein Stück Gugelhupf auf einem Tellerchen, das einen Stapel Akten krönte.

»Koweindl«, grüßte er Wilhelm, als der eintrat, und machte sich sogar die Mühe aufzustehen. »Sie wissen, weshalb Sie hier sind?«

Wilhelm murmelte etwas Undefinierbares. Er konnte sich schon ausrechnen, dass es um die Ergebnisse der Examination ging, eine Aussicht, die ihm immer furchtbarer schien, je länger er darüber nachdachte.

»Wir haben ein Problem«, begann Stransky.

Wilhelm fühlte sich einmal mehr unangenehm an den Galgen am Dachboden erinnert, was er nach Kräften zu verbergen suchte, indem er besonders stramm vor seinem Vorgesetzten stand.

»Sie haben eine klare Anweisung von mir erhalten, wenn ich mich recht entsinne. Stimmt das?«

»Jawohl.«

»Und haben Sie sich daran gehalten?«

»Ich«, Wilhelm schluckte, was ihm immer noch ein raues Kratzen im Hals verursachte, »habe mein Bestes gegeben.«

»Aha.« Da war ein Zucken in Stranskys Mundwinkel, das Wilhelm jedoch entging. »Meinen Sie, dass das genügt hat?«

Wilhelm verharrte in militärischer Haltung und schwieg.

»Na, antworten Sie, wenn man Sie fragt!«

»Ich habe den Chargen-Kursus wie befohlen besucht und die Freistellung vom Dienst für die Vorbereitung auf die Prüfung genutzt«, erwiderte er.

Der Wachtmeister schmunzelte. »Und sonst nichts?«

»Ja, was denn noch?« Schon fürchtete Wilhelm, nun eine handfeste Zurechtweisung für allfällige Einmischungen in städtische Mordermittlungen zu bekommen, doch nichts dergleichen geschah.

»Schau an – Sie gehen wohl alles in der vorgeschriebenen Reihenfolge an? Löblich.«

»Wie meinen?«

Statt einer Erklärung winkte Stransky nur ab. »Zurück zu unserem Problem, Koweindl. Beim letzten Rapport habe ich Ihnen befohlen, das nächste Mal mit ein paar neuen Sternderln an der Uniform zu erscheinen. Und was sehe ich? Nix!«

»Bitte um Verzeihung?«

Nun konnte Stransky nicht länger an sich halten. »Haben Sie denn so wenig Vertrauen in Ihre eigenen Fähigkeiten, dass Sie gemeint haben, dass Sie die Prüfung nicht bestehen werden? Jetzt schauen Sie aber, dass Sie Ihre Uniform bald angemessen herrichten lassen.« Über Wilhelms verdatterte Miene lachend, kramte er eine Flasche aus einem Aktenschrank hervor und goss ihnen in zwei kleinen Gläschen eine duftende, klare Flüssigkeit an. »Sie haben bestanden. Exzellent sogar, wenn ich das anmerken darf. Der Kommissär hat Ihren praktischen Verstand gelobt. In jedem Fall können Sie demnächst hier übernehmen, Herr Wachtmeister. So. Ich bin übrigens der Johann«, sagte Stransky, indem er das Glas hob.

»Wilhelm«, sagte Wilhelm.

Es dauerte ein paar Stunden, bis Wilhelm so ganz begriff, dass er die so gefürchtete und verhasste Prüfung wirklich bestanden hatte. Dass er mit dem neuen Rang nun auch der nächste Postenkommandant von Gratwein war, brauchte noch einen Tag länger, um ganz in seinen Verstand zu sickern.

Und als er sich am dritten Tag endlich sicher war, dass er weder träumte noch in einem anderen Delirium gefangen war, entschloss er sich, dass er nun genauso gut noch einen weiteren Schritt wagen könnte, der ihm ohne die Prüfung noch auf Jahre verwehrt gewesen wäre.

Er traf Ida bei der kleinen Gastwirtschaft am Murufer, wo sie schon nach den Vorfällen am Annaberg beisammengesessen hatten. Der Wind hatte etwas aufgefrischt, und graue Wolken am Horizont kündeten für die nächsten Stunden ein erstes Sommergewitter an.

Aus Wilhelms überraschender Einladung hatte Ida bereits herausgehört, dass etwas vorgefallen sein musste, und da sie ja eine durchaus vife Person war, hegte sie schon gewisse Vermutungen, was denn der Grund ihres Treffens sein könnte.

In Zivil gekleidet und knabenhaft aufgeregt, konnte Wilhelm es kaum abwarten, bis der Kellner den Wein vor ihnen abgestellt hatte und wieder seiner Wege gezogen war, ehe er herausplatzte: »Ich habe bestanden!«

Nun hatte Ida, die ja Wilhelms Mühen mit dem umfangreichen Stoff leibhaftig miterlebt hatte, trotz allem nur recht selten an seinem Erfolg gezweifelt. Daher hielt sich wohl ihre Überraschung, nicht aber ihre Freude in Grenzen.

Anders verhielt es sich, als Wilhelm im selben Atemzug und ohne innezuhalten hinzufügte: »Und Postenkommandant in Gratwein werde ich auch, weil ich wieder Wachtmeister bin, nicht Stabswachtmeister, aber immerhin ein bisserl was … Und weil der Stransky sagt, und wenn ich Postenkommandant bin, hat der Stransky gesagt, kann ich auch eine Wachtmeisterin haben, sagt er.«

Ida schaute ihn verständnislos an. »Wie bitte?«

»Ida …« Wilhelm holte tief Luft. »Werdemeinefrauweilichkannmirbalddieehekautionleistenundichweißnichtwasichsonst-machensollundichwillgarkeineandere.«

Sie war sich nicht sicher, ob er tatsächlich das gesagt hatte, was sie zu hören meinte. »Kannst du das noch einmal wiederholen? Langsam?«

Es brauchte noch zwei weitere Anläufe, bis Wilhelm seinen Herzenswunsch endlich in begreiflichen Worten ausgedrückt hatte.

»Oh«, sagte Ida nur.

Wilhelm sah sie an.

Sie nahm einen Schluck von dem Wein und drehte das Glas in ihren Händen. »Ich habe eine Einladung von einer ehemaligen Schülerin bekommen, nach Schloss Auberg. Bei Murau.«

»Fährst du hin?«

»Ich habe die Einladung angenommen.«

Wilhelm sah sie an. »Aber … Wirst du wiederkommen?«

Ida war eine vernünftige Person. Sie war nicht mehr in dem Alter für romantische Träumereien, sie wusste, was es bedeutete, sich in die Hand eines anderen zu begeben. Aber sie hatte auch erfahren, welchen Schwernissen und Einschränkungen eine alleinstehende Frau ausgesetzt war – vor allem, wenn sie nicht den gängigen Erwartungen und Anforderungen entsprach. Ja, sie wollte beides, Sicherheit und Freiheit, und obwohl sie sich vor Jahren vielleicht einmal ein anderes Leben erträumt hatte, wusste sie nun, dass hier immerhin ein Teil ihrer Wünsche zum Greifen nahe war.

»Ja, ich werde wieder zurückkommen.«

»Und darf ich dann hoffen?«

Kurz zögerte sie, ehe sie nickte.

Als Wilhelm später sein Militärzinszimmer betrat, schwirrte ihm der Kopf dermaßen, dass er ernsthaft befürchtete, sich versehentlich betrunken zu haben (was allerdings nicht der Fall war). Vor dem Fenster grollte der Donner, und in seiner Brust fühlte er ein ganz ähnliches Vibrieren.

Versonnen spürte er noch Idas Kuss auf seinen Lippen nach,

als sein Blick auf einen Brief fiel, der auf dem Tisch neben einem Teller mit den Resten der Jause seines Stubenkameraden lag.

Das Schreiben war an ihn adressiert.

Sehr geehrter Herr Wilhelm Koweindl.
Ich schreibe Ihnen nicht, um Sie von dem Tod meines Sohnes, Ihres ehemaligen Kameraden Alois Blamberger, zu informieren, der gestern unter Schmerzen aus dem Leben schied.
Ich erfülle nur den Wunsch meines Sohnes, der aus irgendeinem Grund noch in seinen letzten Atemzügen der Meinung war, Ihnen zu Dank verpflichtet zu sein. Ich weiß nicht, wofür.
Er hat mich gebeten Ihnen die beiliegende Nachricht von seiner Hand zukommen zu lassen, was ich hiermit tue.
Hemma Blamberger

Verwirrt besah sich Wilhelm das Kuvert, das aus billigem, dünnem Papier bestand. Die Tinte würde in Jahresfrist bis zur Unleserlichkeit verblasst sein.

Plötzlich fiel ihm ein Zettel in die Hand, der vielleicht aus irgendeinem Buch gerissen worden war, denn die Ränder waren ausgefranst und vergilbt.

Nur wenige Worte standen darauf:

Unterm Zwetschgenbaum.
Dein Kamerad Alois

Wilhelm starrte das Blatt an. Er wusste nicht recht, wieso, aber die Worte trieben ihm Tränen in die Augen. Alois Blamberger war ein Träumer gewesen, einer, der kaum je weiter als bis zum nächsten Tag gedacht hatte, ein guter Kamerad, einer, mit dem es keine fade Stunde gegeben hatte. Und das war sein Abschied.

Unterm Zwetschgenbaum ... Wilhelm runzelte die Stirn. In der Kaserne hatte es lediglich ein paar kränkliche Birken gegeben und irgendein nadeliges Gewächs, auf das sie im Winter bisweilen Weihnachtslichter gesteckt hatten. Von welchem Baum redete er?

Und plötzlich wusste er es.

»Zwetschgenbaum – Kurzwaren und Sonstiges«.

Wilhelm blinzelte. In seiner letzten Stunde hatte Alois an ihn gedacht. Er hatte nicht auf den Säbel vergessen – und den Preis, den Wilhelm dafür bezahlt hatte. Und in diesem Augenblick wusste er, dass Alois dort etwas für ihn zurückgelassen hatte. Wer außer ihnen ahnte denn, welche Bedeutung dieser Ort für sie beide hatte? Er musste dorthin zurückkehren. Sobald er die Gelegenheit dazu hätte, würde er zu dem Geschäft gehen, im Gedenken an seinen Freund.

Unterm Zwetschgenbaum.
Dein Kamerad Alois

Ein Wort zum Schluss

Aller guten Dinge sind drei, heißt es. In diesem Falle freue ich mich jedoch, dass mit dem dritten Mur-Krimi bereits mein vierter Roman bei Emons erschienen ist.

Wie immer gilt es, mich bei ganz vielen Menschen zu bedanken: bei meinem Ehemann Gerald (der sich mittlerweile ganz gut mit Wilhelm, Leopold und den anderen Herren in meinem Leben arrangiert hat …), bei meiner Lektorin Christiane Geldmacher, bei meinem Agenten Carsten Polzin, bei allen Mitarbeiter*innen bei Emons, die auf alle meine Fragen und manchmal auch etwas planlosen Mails reagieren – und mich bisweilen sogar an ganz essenzielle Dinge erinnern. Dieses Nachwort zum Beispiel würde immer noch irgendwo in meinem »Ida-und-Wilhelm-Ordner« auf meinem Computer herumdümpeln, wenn nicht Vanessa Herwartz aufgefallen wäre, dass da am Ende des Manuskripts irgendwie noch etwas fehlt. (Danke!!)

Außerdem möchte ich diesmal auch nicht verabsäumen, ein Dankeschön an meine Kolleg*innen am Akademischen Gymnasium zu richten, die nicht nur meine Krimis lesen, sondern mich immer wieder motivieren, weiterzumachen. Es ist ein unheimlich tolles Gefühl, beides sein zu dürfen: Autorin und Lehrerin.

Und wie geht es nun mit Ida und Wilhelm weiter?

Nun, nachdem ich den beiden ja in den bisherigen drei Krimis das Leben gehörig schwer gemacht habe, haben sie es sich wohl verdient, dass irgendwann einmal auch rosigere Zeiten auf sie zukommen. Allerdings wartet zuvor noch der eine oder andere Kriminalfall auf sie.

Ich habe den Verdacht, dass Wilhelm leider keine Zeit haben wird, Ida vom Zug abzuholen, wenn sie aus Murau zurückkehrt …

Gudrun Wieser
JENSEITS DER MUR
Broschur, 240 Seiten
ISBN 978-3-7408-1625-4

Steiermark, 1882: In einem gestrengen Mädchenpensionat in der Nähe von Graz ereignen sich mysteriöse Todesfälle unter den Schülerinnen. Alle Opfer tragen eine rosafarbene Schleife an ihrer Kleidung. Als der jungen Lehrerin Ida Fichte noch weitere merkwürdige Details auffallen, beginnt sie gemeinsam mit dem feschen Gendarmen Wilhelm Koweindl zu ermitteln. Doch bald schon werden die beiden in ein abgründiges Spiel hineingezogen, in dem nichts ist, wie es scheint.

»Die Autorin schreibt in einer so farbenreichen, sensitiven Sprache, wie man sie heute kaum noch findet.« Karfunkel

Gudrun Wieser
DIE KÄLTE DER MUR
Broschur, 256 Seiten
ISBN 978-3-7408-1869-2

Graz, 1882. Immer wieder werden Körperteile am Ufer der Mur angespült, und keiner weiß, zu wem sie gehören. Gendarm Wilhelm Koweindl steht vor einem Rätsel – und erhofft sich einmal mehr Rat von Hauslehrerin Ida Fichte. Kurz darauf verschwinden das Hausmädchen von Idas Dienststelle und dann die gnädige Frau höchstselbst. Wilhelm und Ida stürzen sich in die Ermittlungen, doch als sie erkennen, dass sie einer falschen Fährte folgen, ist es beinahe zu spät ...